MEG GARDINER

雙面殺手

A NOVEL

INTO THE BLACK NOWHERE

In this exhilarating thriller inspired by real-life serial killer Ted Bundy, FBI profiler Caitlin Hendrix faces off against a charming, merciless serial killer.

梅格・嘉德納 著

李麗珉 譯

致 大衛·拉佐

我們這些連續殺人犯是你們的兒子，我們是你們的丈夫，我們無所不在。

——泰德・邦迪[1]

[1] Ted Bundy，一九四六年十一月二十四日－一九八九年一月二十四日，原名西奧多・羅伯特・考維爾，是活躍於一九七三－一九七八年代的美國連續殺人犯。他在五年間犯下三十起謀殺案，不過，真正的被害人數量仍屬未知，一般估計為三十五人。泰德・邦迪與眾不同之處在於外表斯文，擁有華盛頓大學心理系學士學位，並就讀猶他大學法學院。

1

哭聲穿透了牆壁、劃破了黑暗，夏娜・克伯從床上起身，瞇眼看著時鐘。凌晨十二點四十五分。

她的聲音化為了一聲嘆息。「這麼快？」

夏娜在被窩裡蜷縮了一下，渴望能扒住暖意和睡意。你自己安靜下來吧，潔蒂，拜託你了。然而，孩子的哭聲卻越來越強烈。這是她強而有力且清醒地在表達著我餓了的哭聲。

寒夜。二月初，北風席捲著德州。冷風穿透這間農舍的縫隙，把屋裡的每一扇門在門框裡震得嘎嘎作響。夏娜翻過身。床的另一邊涼颼颼的。布蘭登還沒回家。

夏娜動也不動地又躺了幾秒，疲憊不堪地希望潔蒂會主動安靜下來。不過，她的哭聲連樂團都得甘拜下風。潔蒂都十個月大了，卻依然還會每晚醒來兩次。夏娜的母親曾經向她保證一切都會越來越順利。她已經保證了好幾個月了。什麼時候？媽媽？求求你告訴我，什麼時候？

「來了，寶貝。」夏娜喃喃自語地說著。

她掀開床單，拂去散落在臉上的髮絲，拖著沉重的步伐走出臥房。硬木地板在她赤裸的腳下發出了嘎吱的聲響。潔蒂的哭聲越來越清楚了。

她才在走廊上走出六呎，便緩下了腳步。哭聲並不是來自育嬰室。

屋子裡一片漆黑。潔蒂還那麼小，不可能爬出她的嬰兒床。

夏娜打開走廊燈。只見育嬰室的房門是開著的。

一道寒意滑過她的胸口。站在走廊遠端的她可以看得到起居室。在走廊燈的照耀下，她隱約可以看到沙發上坐著一個陌生人，而她的小女兒就被他抱在腿上。

夏娜胸口的那股寒意直往下沉。「你在這裡幹嘛？」

「不用擔心。我是你丈夫的朋友。」男子的臉罩在陰影之中。他的聲音很舒緩——幾近溫暖。「她在哭。我不想吵醒你。」

他似乎很輕鬆自在。夏娜緩緩地走進起居室。從前窗看出去，她可以看到今晚的滿月。還有一輛SUV就停在屋外。車裡的後視鏡上掛著一個牌子。

「那是……」她打量著男子。「軍隊？你是……」

小孩在男子的懷抱中扭動著。男子於是將孩子在腿上輕輕地彈上彈下。「她真是個小洋娃娃。」

語畢，他搔了搔潔蒂，又用牙牙學語的方式和她說話。夏娜努力地想要看清他的臉孔。但他的眼睛卻依然在陰暗之中。一股說不出來的感覺阻止了她扭開桌燈。

他是布蘭登的朋友嗎？

夏娜伸出雙手。「我來抱她。」

寒風擊打著窗戶。男子的笑容依舊。雖然她看不到他的眼睛，但是，夏娜很確定他正在盯著她看。

她往前移動了一點點。她和他之間距離了八呎。他無法碰得到她。「把潔蒂給我。」

他沒有把孩子給她。

她張開了雙手。「拜託你。」

潔蒂在男子的懷裡掙扎。她肥胖的小腳彷彿活塞一樣地上下晃動著。夏娜的心在怦怦作響。她看得出男子雙手的力道，她知道自己不能和他硬碰硬。

步槍就在她的床底下。她只需要五秒鐘就可以跑到臥室，把槍拿出來，再衝回到走廊上。那是一把十二口徑的步槍。而且子彈也已經上膛了。

然而，那沒有用，因為男子把她的孩子抱在他的胸口。她無法呼吸，就像一塊布被釘子勾住了一樣。

她又往前挪近了一吋。「把她給我。」

接下來的幾秒鐘裡，他持續地把潔蒂上下彈跳著。孩子只是哭著張開了十指，將手伸向夏娜。

「她要她媽媽，」男子說。「噢，過來吧。」

夏娜裹足不前，在原地伸長了雙臂。「把我的孩子給我。」

男子臉上的笑容僵住了。他把潔蒂輕輕地放在他身邊的沙發上。

在夏娜來得及呼吸之前，男子雙肩一沉，蓄勢待發。當燈光終於照亮他的眼睛時，他已經採取行動了。

當布蘭登・克伯把車開到碎石車道上時，儀表板上的時鐘顯示著一點三十分。卡車在碎石子的溝槽上彈跳著，車裡的音響正在大聲地播放克里斯・特普爾頓的歌曲。布蘭登隨著音樂吹起口哨。他難得外出的週六夜晚過得棒極了——和以前軍中的朋友一起在聖安東尼奧觀看馬刺隊的賽事。車子繞過成排的雪松，房子立刻就出現在了眼前。

「搞什麼……」

前門是敞開的。

布蘭登直接把他的福特F-150皮卡開到了屋前。窗戶反射著卡車的大燈，彷彿狂野的眼睛一樣。他跳下車。大門在狂風中來回地撞著牆壁。一股胃酸湧上他的喉嚨。這麼大的撞擊聲應該會吵醒夏娜才對。他聽到漆黑的屋子裡傳來一陣哀嗚哭聲。

布蘭登衝進屋裡。起居室裡充滿寒意。車頭燈將他的影子投射在他身前的地板上，看起來宛如一把刀刃一樣。哭聲還在持續。是孩子在哭。

潔蒂蜷縮地躺在地板上。他一把將她抱起。「夏娜？」

他打開一盞燈的開關。起居室立刻亮了起來，乾淨、整齊，空無一人。

潔蒂的眼睛已經紅了一圈。哭泣讓她筋疲力竭。他把孩子抱在胸口。她的哭聲立刻化為了一陣陣的打嗝聲。

「夏娜。」

布蘭登抱著孩子跑進臥室，打開房裡的燈。隨即又轉身，大踏步地沿著走廊走向育嬰室。廚房。車庫。後陽台。

什麼也沒有。夏娜不見了。

他站在起居室裡，緊緊地抱著潔蒂，然後告訴自己，*她在屋裡，只是我沒有看到而已。*

然而，事實卻逐步向他逼近。夏娜消失了。

她是第五個。

2

清晨的陰影斜切在路面上。金燦燦的陽光在松樹的枝葉間閃爍。凱特琳・韓吉斯加速地將她的豐田 Highlander 駛入位於匡提科鎮的聯邦調查局學院腹地。

在那件黑色的冬衣外套下，她的識別證就夾在皮帶的左邊。而那把格洛克 19M 手槍則安穩地收在皮帶右邊的槍套裡。她的手機簡訊上寫著，索勒斯，德州。

凱特琳下了車，冷冽的寒風將她那頭紅褐色的頭髮吹離了肩膀。維吉尼亞的冬天總是提醒著她自己是個外來者。也讓她分外地保持警覺。

她快步穿過大門，朝著行為分析組而去。

疑似連續綁架，那則簡訊上這麼寫著。

每一個和凱特琳擦肩而過的人都行色匆匆，他們走路的速度遠比她在阿拉米達警察局工作時合作的那些探員要快得許多。她想念她那群海灣地區的同事——想念他們的自豪和友情。不過，她更樂於見到自己的資歷上多了 FBI 的經歷，特別是她名字底下的那幾個字特別探員。

電話鈴聲四處作響。窗戶外面那一道道 FBI 綜合實驗室的藍色玻璃帷幕上反射著東昇的旭日。

凱特琳走到她位於行為分析組的座位上，目前，她是專門負責成人傷害案件的八位探員和分析師之一。她在同事紛紛抵達時向他們道早安。每個人都收到了同樣的簡訊。

行為分析組是FBI國家暴力犯罪分析中心的一個部門——隸屬於重要事件反應小組的一支。它的任務在於調查不尋常或者重複發生的暴力犯罪事件。重要事件反應意味著當一個熱點案件被送到行為分析組時，小組必須快速地做出反應，因為時間有限，而且人命危急。

就像今天。

她還來不及脫掉外套，房間遠端的一扇公務門就打開了。

「不要放鬆了。」

在場的人紛紛向聲音的來源望去。只見主任探員希傑．艾默里奇大踏步地向他們走來。

「在過去六個月裡，德州的基甸郡有五名女子失蹤了。最近的一次是兩個晚上以前，」他說。「所有的被害人都在週六晚上消失。而每一次綁架之間相距的時間越來越短。」

艾默里奇的目光掃過房間，落在了凱特琳身上。

「事情在惡化中。」她說。

他短暫地點點頭。「這些綁架事件的共通性顯示出，我們在面對的是一個單一的作案者。某個越來越大膽，越來越有自信的人。」

艾默里奇是她在探員受訓期間的導師。他是一名傳奇性的側寫師，他所散發出的自律讓她感到自嘆不如。嚴肅、認真，他在分析案件時就如同一隻攻擊獵物的老鷹一樣。當他對準目標俯衝的時候，他的爪子已然磨得銳利。

「基甸郡的警察局要求我們給予協助。」他說。

他的助理開始把檔案夾傳給眾人。凱特琳一拿到手，立刻翻閱了起來。

案情加劇了。她審視著檔案裡的資料，尋找著所謂的「加劇」在這個案子裡意味著什麼。

她雖然已經不再是菜鳥，不過，在犯罪側寫師這個職務上，她依然在努力地適應，並且力求站穩腳步。她具有警察的經驗和直覺；她正在學習解讀和闡釋犯罪現場證據、法醫證據和被害人心理學，以求建構出一名犯罪者的樣貌。犯罪現場的每一件東西都訴說著一個故事，也透露著關於罪犯的某些訊息，而側寫就是基於對這些事情的觀察和洞悉。行為分析組研究犯罪者的行為，以揭露他們的思維方式、預測他們將會如何加劇犯罪行動——並且在他們來得及危害到任何人之前逮捕他們。

「被害人都是從公共場所或她們自己的家裡被帶走的，」艾默里奇說。「沒有目擊者，而且到目前為止，也沒有留下可以作為證明的鑑識證據。就像警長說的，她們就那樣消失了。」

消失。凱特琳的目光落在一張被她釘在桌子上方的草圖素描上。

白人男性，年近三十歲。那張草圖捕捉到了一雙細長的眼睛和一股漫不經心的威脅感。他曾經在加州的一間摩托車騎士酒吧和她擦身而過。後來，他也曾經在一條暗黑的隧道中，用一把釘槍釘住她的手。

聯邦調查局的臉部辨識軟體無法辨識他。他就像個幽靈：一個殺手，一個背叛者，一條電線發出來的嘶嘶聲。他曾經幫助那個被稱為先知者的連續殺人犯謀殺了七個人，包括她的父親在內。

他曾經保證過他們會再見面。因此，她無時無刻都在等待著他。

不過，這件事今早引發不了她的注意力。

她翻過檔案夾裡的頁面，看到了一張照片：一名二十五、六歲的女子，只比她自己年輕幾歲。充滿活力的雙眼，自信的笑容，淡金色的頭髮。

夏娜・克伯。凱特琳注視著照片好一會兒，希望自己可以告訴她，撐下去。大家都在搜尋你。

「最後一起綁架案發生至今已經二十九個小時了，」艾默里奇繼續說道。「由於還有明顯的機會可以救回被害人，因此，當地警方需要我們趕到現場。如果我們可以找到她的話，也許也會有機會救出其他人。」

語畢，他指著凱特琳和另一名探員。凱特琳的心跳不禁加速了起來。

「帶著你們的應急包。飛機會在十點半從杜勒斯飛往奧斯汀。」

3

索勒斯位於奧斯汀和聖安東尼奧之間的德州丘陵地帶山腳底下，三十五號州際公路穿越其東邊的邊緣。凱特琳和她的團隊在冬日的陽光下駛進了索勒斯。

凱特琳小時候曾經到過德州一次。在她的印象中，光是穿越空曠無垠的大地就花了他們好幾個小時的時間。從那時候起，三十五號州際公路走廊就逐漸發展成一條蓋滿暢貨中心、汽車經銷商和公寓大樓群，並且綿延百哩的狹長地帶。不過，當他們下了高速公路之後，那些速食店就被鄉村的景色所取代了：橡樹和雪松、泥土路，還有在鐵絲網圍籬後面放牧的牛群。

「層層的樹葉，沒有什麼路燈。索勒斯有多少人口，四千人？」她說。

特別探員布麗安．雷尼坐在從當地FBI辦公室借來的雪佛蘭Suburban的方向盤後面，戴著太陽眼鏡的她看起來十分淡定。「四千三百人。」

坐在後座的艾默里奇埋首在一份檔案夾之中。「基甸郡的人口很少。不過，聖安東尼奧卻是全美第七大城。」他瞄了一眼車窗外的農村。「雖然看起來不像，但是，索勒斯卻被視為大都市圈的一部分。」

雷尼從後視鏡裡看了他一眼。「德州三角地帶。聖安東尼奧、休士頓、達拉斯－沃斯堡。」

他點點頭。「大型城市和農村地區的混合體。」

他的意思是：數十萬計的潛在嫌疑犯，以及數以百萬畝的藏匿之地。他們經過一具漆著索勒斯，黑武士之家的水塔。還有被做成德州形狀的郵箱。

「這裡夜晚的星星又大又亮。」凱特琳說。

雷尼閃過一絲笑容。「還有土狼在小路上嚎叫。」她的空軍學院戒指在陽光底下閃耀。她的臉瞬間又回復到面無表情的內斂。

雷尼表現出來的無動於衷是那麼地嫻熟，以至於凱特琳無法判斷那是與生俱來的天賦還是一種歷經磨練的偽裝。她三十九歲，非裔美國人，已婚，有一對十歲的雙胞胎。那頭長辮子在腦後梳成了一條高高的馬尾。她很細心，也很坦誠——凱特琳認知到，如果雷尼對她的意見提出挑戰的話，通常都具有充分的理由。她在FBI十年了，其中有三年都被分派在行為分析組。雷尼在她所涉足的每一個犯罪現場都有出色的表現。這是一種很嚇人的本事。也是凱特琳想要學得的本事。

索勒斯高中在車窗外掠過。運動場，體育館的燈光。體育館的外牆上畫著一個二十呎高的武士跨騎在一匹前腳懸空的戰馬上。

艾默里奇翻閱著檔案。「這個鎮的經濟基礎是農業。三家銀行，十二間教堂。百分之七十的學齡學生都在這所高中接受教育。」

「另外百分之三十呢？」凱特琳問。

「在家自學，」他說。「夏娜．克伯畢業於這所高中，其他兩名被害人也是。索勒斯大部分的居民都認識這些女人。那名罪犯也可能認識她們。」

主街的人行道上空蕩無人。他們經過了紅狗咖啡館。索勒斯五金行。貝蒂寵物店。這裡的生活步調顯然十分緩慢。

「有很多地方可以讓綁架者藏匿他的被害人。」雷尼說。

電線桿從車窗外一閃而過，貼在上面的傳單在風中不停地飄動。夏娜・克伯被綁架至今已經三十六個小時了。隨著每一個小時的過去，她生還的機會也越來越低。

「街道太安靜了。」凱特琳說。

「小鎮。」雷尼說。

「令人害怕的小鎮。」

他們在基甸郡警察局停下了車。

警局的大小就和一間麥當勞一樣。德州的孤星旗在星條旗底下彷彿鞭子一樣地在風中拍動。凱特琳敞開的大衣讓寒風直接刺穿了她身上那件單薄的黑色毛衣。警察局裡，磨損的油氈地板和貼著十大通緝要犯照片的告示板帶給她一股自在的熟悉感。櫃檯後面的接待員嚴厲地端詳著進門來的三個人。

艾默里奇揚起他的證件。「主任探員艾默里奇，我來找莫拉里斯。」

莫拉里斯從走廊上的一間辦公室裡走出來。「特別探員們。感謝你們前來。我們全體都總動員了。」

莫拉里斯油桶般的胸膛撐滿了他那件棕色的制服襯衫。身著牛仔褲和一雙舊牛仔靴的莫拉里斯是索勒斯的首席代理局長。那副無框眼鏡後面的棕色眼睛十分銳利。他把他們帶到後面一間擠滿桌子的房間，這是警察局用來作為調查部門的地方。牆上的軟木塞板上面釘滿了8×10的照片。

那些都是凱特琳在前來索勒斯的途中曾經瞥見過的照片——它們被釘在電線桿上、貼在紅狗咖啡館的窗戶裡，也夾在高中外面那些鐵絲網的圍籬上。

她們都是擁有啦啦隊員般曼妙身材的年輕金髮女性。那五名失蹤的女子。

她走向軟木塞板。「毫無疑問地，他有固定的喜好。」

「是啊，」雷尼說。「德州人。」

莫拉里斯揉了揉鼻翼，似乎有點惱怒。雷尼立刻揚起一隻手緩和氣氛。

「我是從聖安東尼奧的藍道夫高中畢業的，」她說。「我父親駐紮在那裡的基地。」

凱特琳沿著軟木塞板徐徐往前移動。

凱莉．法洛斯，二十一歲。八月二十五日下午十一點四十五分。紅狗咖啡館。

希瑟．古登，十九歲。十一月十七日下午十一點十分。西基甸大學校園。

薇洛妮卡．里斯，二十六歲。十二月二十九日下午十點十五分。基甸大門十六號電影院。

菲比．卡諾瓦，二十二歲。一月十九日凌晨十二點十五分。索勒斯主街。

夏娜．克伯，二十四歲。二月二日。凌晨一點（大約）。自宅。

艾默里奇轉向警長。「我們看過檔案了。除了那些訊息之外，請告訴我們你還知道些什麼。」

莫拉里斯走向軟木塞板。「前一分鐘她們還在那裡。下一分鐘，人就不見了。從凱莉．法洛斯開始都是這樣。」

照片中的女孩有著一頭明亮的頭髮和一抹賣弄風情的笑容。

「她在紅狗咖啡館的輪班結束之後走出廚房門。在那裡抽菸的廚師看著她走開。廚師和她開了個玩笑，並且看到她頭也不回地揮了揮手。或者對他比了個中指。她過去是那種沒什麼禮貌的孩子。現在也是。」他挺直了背脊。「她穿過咖啡館後面的停車場，走出了路燈照射的範圍，就這樣了。我們調查過那個廚師。咖啡館的每一名員工。以及我們認得出來的所有顧客。」

他輕輕地點了點下一張照片——希瑟．古登，照片中的女孩穿著索勒斯高中的啦啦隊制服。

「希瑟從她的宿舍前門走出來，打算步行穿過五十碼的一處中庭到學校的咖啡廳去。」他的聲音有點粗啞。「結果她卻沒能走到咖啡廳。」

「你聽起來好像認識希瑟。」艾默里奇說。

「她和我女兒從幼兒園開始就是朋友。這是一個打擊。」

莫拉里斯清了清喉嚨，繼續往下說。「薇洛妮卡．里斯。她和一個女性朋友去複合影院看電影。電影放映到一半的時候，她到小賣部去了一趟——結果再也沒有回來。」

那名年輕的女子有著燦爛的笑容，一頭蓬鬆的頭髮，脖子上掛了一條大大的十字架項鍊，金色的十字架和她粉紅色的襯衫形成了一種對比。

「檔案裡頭提到有監視器。」艾默里奇說。

莫拉里斯在一張桌子上坐下，開始準備錄影帶。在低畫質的錄影帶中，他們看到薇洛妮卡‧里斯出現在畫面裡，手中拿著皮夾，匆匆地穿越擁擠的大廳走向小賣部。她買了一盒Junior Mints的巧克力薄荷糖❷，然後穿過人群往回走。最後從轉角拐彎走到一條走廊上。

莫拉里斯按停了錄影帶。「這就是全部的過程。她再也沒有回到她的座位上。」

真是令人毛骨悚然。就那麼簡單。原本還在那裡，然後就不見了。

「你可以再播一次嗎？」凱特琳說。

這回，凱特琳看著大廳裡的群眾，評估著是否有人特別在留意薇洛妮卡‧里斯。她沒有看到什麼特別的。不過，螢幕上有好幾十個人，她得要花點時間才能好好地分析。

「你可以把影像寄給我嗎？」

他點了點頭。

雷尼說：「有電影院外面的錄影帶嗎？」

「恐怕沒有。」莫拉里斯說。

艾默里奇檢視著里斯的照片。「她有什麼個人的問題嗎？」

「我們查過了，」莫拉里斯說。「可是，她並沒有和任何朋友或親戚聯絡。信用卡和金融卡

❷ Junior Mints是美國的糖果品牌，糖果本身是一顆圓形薄荷，外面裹以半甜的巧克力，糖果一側還有一個小酒窩。

從那天晚上起也沒有使用過。薇洛妮卡到小賣部的時候，把她的皮包留在了座位上。她丈夫也沒有編什麼故事，說她和情人私奔了，就像幾年前奧斯汀的那個混蛋那樣。」他把頭朝北點了一下，示意德州首府所在之處。

在軟木塞板附近踱步的艾默里奇交叉起雙臂。「喬治・德拉庫魯茲❸。」莫拉里斯點點頭。「雖然他的老婆一直都沒有被找到，他還是被判謀殺。」

一名男子彷彿足球後衛般地穿過房門，帶著壓迫感地走向他們。男子和他們一一握手。「亞特・伯格警探。你們就是那些側寫師。」

艾默里奇轉身再度面對著軟木塞板。他敲了敲第四名被害人的照片。照片上那名削瘦的年輕女子有著一頭染成金黃色的細長頭髮。黑色的髮根。女子的項圈上有一個心形的墜子，身上穿的是一件骯髒的背心。那是一張檔案大頭照。

「告訴我關於菲比・卡諾瓦在警局的紀錄。」他說。

「她曾經因為賣淫和持有甲基安非他命被捕。這兩件事是相關的。」伯格說。「她把車子停在一條平交道的路口。在火車經過之後，她的車裡是空的。」他抿著嘴唇。「她有一個十八個月大的兒子。孩子名叫李維。」

「拉皮條的人？」雷尼說。「嫖客？」

「兩者都在調查，」伯格說。「不過，在那種圈子裡，人們一般都會拒絕開口。」

「他們認為她做了什麼讓自己引發殺機的事。而且他們也認為，如果他們告訴警察的話，他們會讓自己變成眾矢之的。」

「基本上，」伯格說。「就是害怕遭到報復。」

「有其他賣淫的女人失蹤嗎？」

「過去兩年在聖安東尼奧絕對有。但並不像這次這樣。」

雷尼說：「除了菲比．卡諾瓦之外，還有其他被害人也使用毒品嗎？」

伯格搖搖頭。「菲比的生命不可避免地是在走下坡。真令人感傷。」他交叉起雙臂。「但是，我不想把她從這個板子上拿掉。我不想責備被害人。她穿了什麼？她為什麼這麼晚還在外面？我不想要怪她。」

艾默里奇轉過身。「我們也不想。不過，我們需要調查這個不明嫌疑犯的犯罪心理。」

不明嫌疑犯是FBI在犯罪調查中對於未知對象所用的稱謂。艾默里奇對著照片點點頭。「綁架者為什麼選擇了這些女人？了解箇中原因將會有助於我們縮小對那名犯罪者的搜尋範圍。」

莫拉里斯局長點了點頭。他的肩膀往下沉了一小吋。凱特琳認為自己知道為什麼：因為艾默里奇說的是那名犯罪者。這個不明嫌疑犯。他證實了莫拉里斯的看法：這些失蹤案件是互有關聯的。

❸ 喬治．德拉庫魯茲（George de la Cruz）於2016年在德州奧斯汀因殺妻罪被判終生監禁，三十年後才得以交保。他二十一歲的妻子茱莉．安．岡薩雷茲於一九八〇年三月失蹤，兩人育有一女，但警方一直未曾找到茱莉．安的屍體。

伯格警探帶著疲憊的眼神看著他們。「然後是夏娜。」

「被害人之間有共同點嗎？」凱特琳說。

莫拉里斯晃著他的靴子後跟。「其中三個都畢業於索勒斯高中，不過，她們彼此並不認識。除此之外，她們的共通點就只有一個，她們都是在週六晚上被抓走的。」

艾默里奇看著局長。「每一次失蹤之間的間隔時間越來越短，這是一個危險的訊號。」

莫拉里斯用手掠過頭髮。「這讓全鎮都很緊張。各種說法都出籠了，有人認為這和什麼神秘的力量有關。」

「就像撒旦式恐慌？」凱特琳說。

「索勒斯是一個崇信宗教的小鎮。有這麼一說，認為有人為了某種儀式目的而抓走女人……」

「但是你們並沒有看到這樣的證據。」

莫拉里斯搖了搖頭。「沒有。」

她並沒有質疑他。撒旦式的儀式殺人是一種都市傳說，不是一種流行。

伯格說：「問題是，她們就是不見了。我們沒有證據。」

艾默里奇轉過身。「這麼說並不正確。我們有被害人的一生等待我們去檢視。而且，我們也有她們所留下來的東西。」說著，他輕輕敲了敲板子。

「菲比的車。」伯格說。

「還有夏娜的孩子。」艾默里奇轉向凱特琳和雷尼。「你們到克伯家去。然後再到卡諾瓦的車子被發現的現場。」

「是的，長官。」凱特琳說。

莫拉里斯吩咐伯格和她們同行。「檢查所有被留下來的東西，鉅細靡遺地檢查。我知道你已經全部都徹底看過了，不過，再檢查一次。夏娜還在某個地方，而我們尋回她的時間已經不多了。」

4

在下午的陽光裡，夏娜和布蘭登・克伯所居住的農舍看起來十分古雅。主窗外吊著一架門廊鞦韆。在他們家腹地邊緣上的雪松和馬纓丹後面，可以見到一座新的公寓大樓。當凱特琳和雷尼走下聯邦調查局那輛Suburban時，她們可以聽見三十五號州際公路從遠處傳來的車流聲。

伯格警探從一輛老舊的雪佛蘭Caprice上下車。「布蘭登現在帶著孩子住在他親戚家裡。」

「我們想要和他談談。那會有助於被害人心理學的建構。」雷尼表示。

「你知道嗎，那聽起來像是窺探夏娜私生活的一個花哨字眼。」

「弄清為什麼那些失蹤的女人會被選中將有助於我們了解不明嫌疑犯的心理。那能讓我們建構出一份側寫。」她說。「夏娜有任何敵人嗎？任何可能會想要傷害她的人？」

「沒有。我已經問過了。」

「過去幾個月裡，她有提過有人在監視她或者跟蹤她嗎？任何讓她感到不自在的人？」

「布蘭登說沒有。夏娜的父母也這麼說。」

凱特琳感覺到背後有一陣風掠過。「他們對布蘭登有什麼看法？」

伯格銳利地注視著她。「他們很愛他。而且他也有很牢靠的不在場證明。夏娜失蹤的時候，他還出現在聖安東尼奧籃球館的超大銀幕上。」他帶著她們來到陽台上。「這件事讓他們都飽受了折磨。」

凱特琳無意讓自己的問題聽起來很無情——她只是想要了解周全而已。調查者需要分析性地評估各種狀況。他們不能讓同情遮蔽了他們的判斷。不過，同樣地，他們也必須防止自己變得遲鈍。當凱特琳還是個在街上巡邏的警察時，她總是得提醒自己不要變得憤世嫉俗，也不要帶著懷疑的眼光把她所看到的每一個人都視為潛在的犯罪者——即便下班以後去參加孩子們的生日派對時也一樣。那些變成警察的人都具有相信權威的高度傾向。有些警察甚至很難把警徽的權力和他們個人對控制的渴望區分開來。

恫嚇就像一種毒品。但控制卻是一種錯覺。

而現在，凱特琳並不覺得他們對這個案子掌握到了什麼，他們甚至連發生了什麼事也沒有一個清楚的全貌。她覺得彷彿有一隻老虎利用身上的條紋作為偽裝，正潛伏在高高的草叢裡伺機而動。

黃色的犯罪現場封鎖帶圍住了克伯家的前門。伯格用一把小刀割斷了帶子。屋裡的暖氣是關著的，泛黃的光線透過百葉窗斜射在深色的木頭地板上。室內明顯地散發出一種悲傷的空洞感。

凱特琳檢視著大門。「有強行進入的跡象嗎？」

伯格搖搖頭。「布蘭登堅持說，夏娜向來都會鎖門，可是誰知道呢？」

她檢查著插銷和門鎖片。「這個鎖太單薄了，一張信用卡就可以把它撬開。」

雷尼表示，「也許是夏娜開的門。」

「當布蘭登回到家的時候，只有走廊燈是開著的，」伯格告訴她們。「如果是夏娜開的門，我想，她應該會把起居室裡的燈打開才對。」

凱特琳緩緩地環繞著起居室。「有什麼把她吵醒了。」

「孩子。」雷尼的目光掃過室內。「克伯家裡有槍械嗎？」

「步槍，」伯格回答。「我們在她的床下發現的。」

「上膛了？」凱特琳問。

他點了點頭。

雷尼皺著眉頭。「那個小女孩會爬了嗎？」

伯格沒說什麼。凱特琳絕對不會把一柄上膛的槍隨便亂放，更不可能放在一個會爬的孩子所能觸及得到的範圍之內。從雷尼搖頭的態勢看起來，她也一樣不會這麼做。

「步槍上的指紋？」凱特琳說。

「是布蘭登和夏娜的，」伯格回答她。「沒有其他人的指紋。」

雷尼往前走向走廊。「夏娜沒有感受到危險的警告。」

「沒有，」凱特琳說。「不然的話，她就會帶著那把步槍走出臥室，擋住通往育嬰室的路。」

她看著主臥室。「不管是什麼讓夏娜下了床，確實都讓她沒有防備。」

「這個傢伙很狡猾，很安靜，而且動作很迅速。」雷尼轉過身說道。「他離開之後，屋子裡只有一樣東西離開了原位。」

冷風震動著大門，掃過了屋簷。凱特琳想起布蘭登．伯格的書面供述，供述中形容了當他回到家時所看到的情景。凱特琳不禁感到一陣寒意。

「那個孩子。」她說。

雷尼點點頭。「他是有計畫的，而且那個計畫利用了一個十個月大的孩子。作為誘餌，或者交易的籌碼，或者制伏夏娜的方式。他是一個工於心計、殘酷的掠奪者。」

5

在索勒斯，凱特琳和雷尼在菲比．卡諾瓦消失的鐵路平交道上停下車，朝著鐵軌走去。平交道在白熾的陽光底下看起來平凡無奇，也許正因為如此，也給人一種異常不祥的感覺。整件事令人毛骨悚然。就那麼簡單。原本還在那裡，然後就不見了。鐵軌穿過了主街，一路往南延伸到灌木叢林地。路經的車輛很零星。一輛拉著運馬托車的棕色皮卡哐啷作響地開過鐵軌。當它經過的時候，車裡的駕駛減緩了速度，透過窗戶看了她們一眼，然後才揚長而去。

「我們很快就會變成新聞了，」凱特琳說。「傳言在小鎮裡散播得很快。」

「相信我，某個Reddit新聞網站上的傢伙，一定已經從他遠在紐澤西的小房間裡對這個案子提出了各種猜測。等到學校放學的時候，這個案子就會被發展出二十五種理論了。」

她們穿過鐵軌，站在馬路上，然後往回望。

另一輛老舊的紅色皮卡在她們的SUV後面停了下來。一名五十來歲的男子下了車。他把皮帶往上提了一下，走向她們。

「聽說FBI到鎮上來了。是你們嗎？」他大聲地問。

兩名穿著黑色西裝的女子在一個犯罪現場進行調查。猜中的機率還真大。

凱特琳點點頭。「是的，先生。你是？」

「達利．法蘭奇。她失蹤的時候，我人在我的卡車裡，就在你們現在站的位置。」

雷尼揚起了眉毛。「你目睹了這件綁架案？」

他的臉頰上有一個腫塊。「沒有，女士。在我停車之前，柵欄剛好放下來了。那個叫做菲比的女孩當時還沒到。我是路上唯一的人。」

「你已經把供述提給警察局了嗎？」凱特琳說。

她知道他給過了。她想聽聽他現在會怎麼說。

「當然了。」他轉向鐵軌。「貨運火車開過來，當它終於經過、柵欄也升起來的時候，我就看到她的車停在鐵軌對面。只是停在那裡，頭燈還開著，排氣管也還在排放廢氣。駕駛座的門是打開的。」他吐了一口口水。「我往前開。她車裡的頂燈是亮著的。皮包放在乘客座位上。但是車子裡沒有人。」

雷尼說道：「那一定嚇到你了。」

「感覺就像是有一隻金龜子在我的背脊上搔癢一樣。路上沒有其他的車子——甚至連車尾燈都看不見。」

「你沒有看到任何人在街上嗎？行人？」凱特琳說。

他搖搖頭。「車子在這裡。女孩不見了。我就打電話給警長了。」

凱特琳指了指自己所在的柏油路。「你的車就停在這裡？」

「對。」

「火車經過需要多少時間？」雷尼問。

「幾分鐘吧。里昂．羅素❹的歌在火車經過的時候幾乎完整地播完了。」法蘭奇說。

凱特琳從她的肩袋裡掏出檔案夾，然後翻閱了一下。「那是一輛一哩長的貨運火車。時速每小時三十一哩。」她把手指滑到檔案下方。「那種長度的火車，以那樣的速度行駛，需要一百二十五秒才能完全通過平交道。」

雷尼盯著菲比．卡諾瓦曾經停車的位置。

「她在兩分鐘的時間內遭到綁架。」她舉起手臂。「火車的每一個貨運車廂之間大約相隔三呎。法蘭奇先生，當火車經過的時候，你應該可以從貨運車廂之間的空隙看到對面的車頭燈。」

「我沒怎麼察覺到。我並沒有留意。只是把收音機打開而已。」

雷尼把雙手扠在臀上。「兩分鐘。」

凱特琳點點頭。「從靠近她到綁架，再到毫無痕跡地逃脫。」她環顧著四周。「當時是午夜。」

雷尼緩緩地點點頭。「大部分的店家都關門了。很安靜。」

她們穿過鐵軌，來到菲比．卡諾瓦的車子被發現的地方。確切的位置在柏油路面上用噴漆做上了記號。車子的四個角清楚地被畫出來。

「她距離平交道柵欄後方有一段距離，車子停得很筆直。」雷尼說。

「沒有緊急轉彎。沒有跡象顯示有人在追她。」

達利・法蘭奇蹓躂到她們旁邊。「你們有什麼理論嗎，女士們？」

「你有嗎？」雷尼問。

「某個對她的服務感到不滿的客人。因此決定要索求一次無償的服務。」

凱特琳和雷尼面無表情地思索著這個說法。一分鐘之後，法蘭奇把自己的名片遞給她們。「隨時可以聯絡我。」

之後，他漫步地走回他的卡車，離開了現場。

凱特琳看著那輛皮卡駛離。「正如目擊者所言……」

「他是個浮誇的人。」雷尼說著，戴上了墨鏡。

菲比・卡諾瓦的紅色Nissan Altima停放在警局附近隸屬於警長拖吊場的一個小棚子裡。伯格警探在那裡和她們碰頭。

凱特琳繞著車子打量。車子右後方的鈑金上有一處微損，不過，損害處的邊緣已經蓋滿了鐵鏽。

「沒有證據顯示有另外一輛車在綁架那天晚上撞到這輛車。」她說。

「沒有。」伯格說。

❹里昂・羅素（Leon Russel），一九四二年四月二日出生於美國奧克拉荷馬州，是著名的歌手、作曲家、鋼琴家、吉他手。

在無風的棚舍裡，他們的對話感覺就像在彼此耳邊。凱特琳戴上橡膠手套。這輛車已經被檢查過了，因為上面蓋滿了指紋粉，不過，對她而言，親自檢查不僅是一個必要的流程，也是她的習慣。

雷尼說：「指紋有什麼顯示嗎？」

「駕駛座的門和車內都是菲比的指紋。乘客座的門有她弟弟的指紋。她弟弟十六歲。」伯格迎向凱特琳好奇的眼神。「任何人只要擁有駕照或者州政府發給的德州身分證，都留存有指紋的檔案。」

「明白。」凱特琳回應道。

為了蒐集證據，車內已經被吸塵器清理過了。伯格表示，吸塵器吸出來的證據已經被送到州立的犯罪實驗室，不過，並沒有發現什麼有用的資訊。

凱特琳說道：「車子被發現的時候，駕駛座的窗戶是降下來的？從那時候起，就沒有再降低或者被調整過？」

「接獲九一一通報的那名警察發現車子的時候就是這個樣子的。」

「駕駛座的門是打開的。」雷尼說。

「大開。」

凱特琳打開駕駛座的門，然後蹲下來。一個冷杉形狀的紅色空氣清新劑吊掛在後視鏡上面。車內聞起來有一股野生櫻桃的味道。

她說：「那個星期六晚上也這麼冷嗎？」

伯格回答她：「更冷。幾乎很凍。」

她點點頭。「菲比為什麼把窗戶降下來？」她看著伯格。「你們最初看到這輛車的時候，車內是什麼狀況？整齊？髒亂？」

「皮包打開放在座椅上。Whatabuger❺的包裝紙在乘客座那邊的腳底板上。」他揉了揉下巴。「杯架裡面有一些早午餐的收據。」

「一張張的收據。不過，它們並沒有被風吹得亂七八糟地散落在車裡。那表示她並不是在開車的時候把車窗降下來的，而是在車子停在平交道之後才降下車窗的。」

伯格哼了一聲。

「她為什麼要把車窗降下來？」凱特琳說。「為了丟菸蒂嗎？」

「她不抽菸。」伯格表示。「至少，沒有證據顯示她有抽菸。她的皮包裡沒有香菸。儀表板的輔助動力系統上插了一個手機充電器，而不是一個點菸器。」

凱特琳點點頭。「空氣清淨劑似乎並不是為了掩蓋任何殘留的菸味。」

雷尼往前靠近。「或者大麻。」

「那麼，當她在等火車過去的時候，為什麼要把車窗降下來？」凱特琳說。「為了叫住街上

---

❺ Whataburger是美國區域性的連鎖速食店，專賣漢堡，總部設於德州聖安東尼奧，在德州有超過670個據點。

的某個人嗎？」

「當時已經過了午夜。」雷尼交叉著雙臂。「你們這裡在夜裡的那種時間點會有很多人走在街上嗎？」

「沒有。」伯格回答。「那個街區的所有店家都打烊了，而且也沒有目擊證人前來找過我們。」

凱特琳考量著自己接下來要說的話。「她是為了要和把她攔下的警察說話？」

伯格移動了一下。凱特琳這才注意到空氣中的寒意。

伯格把拇指插進皮帶的扣環裡。「不是我們的任何一名警員幹的。」

他看起來明顯地很惱火。

不過他繼續往下說道：「根據警察局車子裡的GPS顯示，在九一一的電話打進來之前的二十分鐘裡，沒有任何警車出現在平交道的三哩範圍之內，」他說。「當達利．法蘭奇打電話報警的時候，最近的一輛警車正在三十五號州際公路的另一頭。沒錯。我們所有的車都有GPS。你可以下載那些紀錄，然後自己查查看。」

凱特琳點點頭。她相信艾默里奇正在做這件事。

「索勒斯警局有四輛巡邏車，」伯格又說。「加上給警探們使用的一輛沒有標示的小車。當菲比消失的時候，這些車全部都不在鐵路平交道的附近。」

凱特琳和雷尼交換了一個眼神。索勒斯警局有五輛車。附近的城市有多少輛？奧斯汀？聖安東尼奧？更大的郡有多少警車呢？州警和德州騎警呢？

「你太快就跳到結論了，韓吉斯探員。」

「我並沒有下任何結論。也許卡諾瓦女士降下她的車窗是為了和某個她認為是警察的人說話。」

伯格看起來並沒有受到安撫。「你是在說我們什麼都沒有掌握到。」

「那告訴了我們某些訊息。」

「是有價值的訊息嗎？」

「還不知道。」

不過，伯格幾乎說對了。他們沒有目擊者。沒有鑑識證據。失蹤的女人之間沒有明顯的共通性。唯一的相似之處是，她們好像都掉進了一個黑洞裡。凱特琳靜靜地關上了菲比．卡諾瓦的車門。

6

當凱特琳和雷尼回到警察局的時候，艾默里奇正站在警探室的一張新的軟木塞板前面。他已經在板子上釘了一張巨幅的德州地圖。只見他正在往地圖上釘著圖釘。

「有什麼發現？」他說。

「很多。」雷尼雙手插在長褲的口袋裡走向板子。「那個不明嫌疑犯沒有在菲比・卡諾瓦的車上留下指紋。他要不就是戴了手套，要不就是沒有碰到車子。」

「如果他沒有碰的話……」

「他說服了她下車。」

凱特琳走近板子。「他沒有碰車子。」

艾默里奇揚起一邊的眉毛。「這是你的直覺嗎？」

「是推論。車子被發現的時候引擎並沒有熄火。而且排檔是在停車的位置。」

「也許菲比是因為停車等火車經過，所以把車子換到了停車檔。」

「火車花了兩分鐘的時間通過——和一些紅綠燈轉換號誌的時間一樣。在等紅綠燈的時候，如果你的車是自動排檔的話，你是不會換檔的。你只會踩住煞車，」她說。「菲比在決定要打開車門下車的時候，就把排檔換到了停車檔，這樣，車子才不會往前滑動。」

伯格和莫拉里斯局長在這個時候走了進來。牆壁上的地圖讓他們感到很好奇。

艾默里奇朝著地圖點了點頭。「這些是那五名女子最後被看見的地點。」

每個地點被標示出來之後，涉及的範圍就變得很明顯了。紅狗咖啡館。大學的中庭。複合式電影院。鐵路平交道。克伯家。

「它們從北到南跨越了幾乎五十哩。」艾默里奇說道。「不過——」

「不過，它們都在三十五號州際公路的方圓兩哩之內。」莫拉里斯接著他的話說完。

那些紅色的圖釘看起來彷彿襯衫前面的一排鈕釦。

「不只如此。它們距離直接通往高速公路入口匝道的道路都不超過兩百公尺。」艾默里奇拿起一支紅色的麥克筆，把所有綁架的地點用一條紅線串連了起來，劃過地圖的紅線宛如一條粗大的血管。「這是一個覓食場。」

莫拉里斯轉向他。「我們要怎麼做？」

「我們要建構出這個不明嫌疑犯的側寫。然後就可以開始追捕他。」

他們入住到一間位於三十五號州際公路出口的智選假日飯店。凱特琳換上了牛仔褲。對街有一個墨西哥塔可餅的小攤子。她簡訊了其他人，問他們是否要她幫他們帶點什麼回來。

雷尼的回覆是，幫我帶點能量回來。艾默里奇則是，小吃？

凱特琳回覆他們，德州小吃。越大份越好吃。這是鐵律。

她小跑步穿過了馬路，雖然感覺疲憊，不過卻也很興奮。在行為分析組工作肩負著重責大任，而且可能讓她耗盡心力。今天，她在那些索勒斯警官的眼裡看到了。告訴我們，確實有一個不明嫌疑犯在做案。告訴我們，這個混蛋是誰。

而且現在就告訴我們，因為夏娜還在某個地方等待救援。

東邊是往地平線延伸而去的空曠丘陵。車輛行經柏油路面的嗡嗡聲不停地從州際公路上傳來。幾輛皮卡停在墨西哥塔克餅的小攤前面，人們坐在野餐桌上等待著他們的外賣，蜷縮在外套裡，滑著手機。

他們看起來一派輕鬆自在。不過，女性顧客都選擇待在攤販燈光照射得到的距離範圍內。

當凱特琳到某個她從來沒有去過的地方工作時，她總是會在當地找一個便宜、生意好的地方吃飯。這是判斷當地百姓氛圍的一個方式。到當地的廉價餐館吃飯不僅意味著她可以節省出差的零用錢。在一個地方走走逛逛、和人們交談、用你的耳朵和你內心的音叉傾聽，都會讓你更加認識一個地方。

在這裡，她感覺到這家塔可餅店是建築工人、大學生和足球媽媽們[6]喜歡來的地方。墨西哥街頭樂隊的音樂從點餐窗口後面的一個音箱大聲地湧出。她聽到了英文和西班牙文，也許還有印度語。這個地方感覺很友善，而且似乎也很安全。不過，人們還是對周遭的環境保持了警覺。女人們都避免站在陰影底下。索勒斯正處在一種戰戰兢兢的氣氛當中。

櫃檯的那名年輕男子說：「你要什麼？」

她看了看掛在他頭後方的菜單。她數了一下，總共有二十五種不同的塔可餅，從爐烤手撕豬肉到牙買加烤雞，到拉差辣椒醬碎羊肉佐哥蒂哈硬乳酪以及小紅莓辣椒醬都有。

「好，全部都要。」她笑著回答。

她帶著兩袋鼓脹的熱食回到了飯店。雷尼下樓來到大廳旁的休息區。凱特琳把一疊厚厚的紙巾遞給她。

雷尼打開一個塔可餅，咬了一大口。「哇塞。」

凱特琳吃到停不下來。「我也許會申請轉調到本地的辦公室來。」

吃飽之後，她看了看手錶。他們將要在一個小時內集合，分析今天的調查結果。她還有時間。於是，她收拾好桌子，走到飯店外面，打了電話給尚恩・羅林思。

「寶貝。」她說。

「你好啊。」

他的聲音裡帶著笑意。讓她立刻就覺得溫暖了起來，即便傍晚的寒意已經將她呼出來的氣息結成了霜。

「這裡的人說普通英文。你不需要用西部牛仔的方式講話。」她說。

---

❻ 足球媽媽（soccer moms）一詞指北美中產階級家庭賢妻良母型的婦女。她們一般住在郊區，會花很多時間接送小孩去參加足球之類的課外活動。

「你買牛仔靴了嗎？」

「上面有骷髏和紅色玫瑰的黑靴子。」她腳上穿的是一雙馬汀大夫靴。她寧願把辣椒醬倒在眼睛上，也不想去購物。「你在路上？」

「在海灣大橋上龜速行駛中。」

她感到一陣痛苦，深深地想念著海灣、橋上高聳的高塔，以及灑落在金門大橋和惡魔島之間數以千計的白浪上的陽光。她想要呼吸太平洋的味道，渴望見到那些美麗的城市和山巒，還有她的男人。她閉上了雙眼。

當她再度睜開眼睛時，她覺得被包圍在一望無垠大地中的自己是那麼地渺小。天空無限寬廣。既壯麗又懾人。

「告訴我德州的事。」尚恩說。

他的唐突讓她笑了。尚恩聽起來是那麼地強而有力。他的活力是她一年前所期盼的一切。尚恩曾經在凱特琳的父親喪命的那場衝突中，被那個幽靈，也就是那名曾經用釘槍傷害過凱特琳的不明嫌疑犯重傷過。在最痛苦的那些日子裡，尚恩曾經徘徊在死亡邊緣。她從來沒有感到那麼無助過。在他為生命奮戰的時候，她才了解到自己有多麼愛他。在她發現到當下即是一切時，她曾經感到了觸電般的震撼。

「凱特？」他說。

天空已經變成了藍綠色。一輪滿月正在升起。地平線蒙上了一層粉紅色。

「我在。」她說。

「這次的調查會讓事情出現什麼改變嗎？」

「會的。這已經變成了一起很嚴重的案件。」

她把案子告訴了他。一陣微風掃過，不過，她並沒有回到室內。站在飯店外面，她可以感覺到自己和尚恩之間的連結——彷彿她只要眺望西邊的地平線，就可以看到他開著他的那輛Toyota Tundra皮卡，一隻手臂靠在車窗上，另一隻則垂掛在方向盤上，深色的頭髮隨風亂飄。他是ATF[7]的一名探員，一名認證過的爆破專家。然而，他卻遠在一千五百哩之外。

她幾乎毫不遲疑地就接下了這份FBI的工作。是尚恩鼓勵她的。他對她說，如果她錯過這個機會，她一定會懊悔萬分。

她完全沒有後悔。不過現在，當她在維吉尼亞工作時，他卻在三千哩之外的柏克萊。

「莎笛好嗎？」她問。

「再好不過了。前幾天，她在我的卡車裡撒了一瓶金粉。等到我抵達辦公室的時候，我看起來就像一顆迪斯可球一樣。」

凱特琳笑了。莎笛才四歲。

❼ ATF（Bureau of Alcohol, Tobacco, Firearms and Explosives）：美國菸酒槍砲及爆裂物管理局，隸屬於美國司法部，負責對菸酒槍砲徵稅、執法和釋法。

尚恩和他的前妻共同享有對這個女兒的監護權。他們是和平離婚的，不過，一切都取決於「共同養育」的脆弱關係。蜜雪兒是急診室的護士，她並不想辭去這份好工作。她絕對不會同意讓尚恩帶著莎笛搬到東岸。而尚恩也絕對不可能在沒有女兒的情況下，隻身移居到維吉尼亞。

凱特琳和尚恩曾經說過，我們會想出辦法的。兩名聯邦探員。這種事能有多難？

她站在落日底下。「幫我親一下莎笛。我明天再打給你。」

她掛斷了電話。空氣已經變冷了。不過，夕陽依舊掛在天邊。西邊的地平線彷如一片紅色的壓克力，無限地延伸，完全不見盡頭，然後顏色逐漸加深成了紫色。

當她終於走進室內時，前台的工作人員對她露出一絲微笑。

「我猜，你住的地方一定沒有這種夕陽。」他說。

「從來沒見過。」

「奧斯汀原本叫做紫皇冠之都。因為有這樣的夕陽。」

「真迷人。」她一邊說，一邊把冰涼的手指插進外套口袋裡。「原本？他們認為這個名字對老西部來說太浪漫了嗎？」

「在他們建造了巨型的弧光燈塔照亮街道之後，我們的城市之父就把這座城市改名為『永恆的月光之城』。建造那些燈塔是因為一八八〇年代的一個連續殺人犯，」他說。「那個女僕殲滅者[8]。」

「真的啊。」

「他殺了十幾個人。在耶誕夜殺了兩個女人。還用斧頭把她們的頭砍下來。」

她靜靜地站在那裡聽著。

前台人員釘著一些文件。「你和其他幾個人是FBI，對嗎？」

「是的。」

他眼睛發亮地兀自點了點頭。「好酷啊。」

她看著他。

最後，他說：「還有什麼事嗎，女士？」

「沒有。謝謝。」

幾份本地的報紙堆疊在桌上，基甸郡星報上刊登了一則顯著的標題：她們在哪裡？下面則是那些失蹤女子的照片。

凱特琳回到房間打開電視，拿出她的筆電和調查筆記。在電腦開機的同時，電視開始播報本地的新聞。

一名深色頭髮、穿著紅色西裝的新聞播報員帶著一副不妙的表情注視著鏡頭。「索勒斯警方相信，五名女子的失蹤是一名連續綁架犯所為，並且找來了FBI協助。接下來是來自我們的記者

---

❽ 女僕殲滅者（The Servant Annihilator）又名奧斯汀斧頭殺人者或者午夜刺客，是一名在一八八四－一八八五年期間，於德州奧斯汀進行殺戮的不明連續殺人犯。

安德莉雅・安雷德的報導。」

噢。

畫面切換到電視台在索勒斯進行的拍攝。一名有著深色頭髮、穿著另一種紅色西裝的年輕記者沿著鐵軌而行。她談及了索勒斯的恐懼氛圍以及失蹤的年輕母親夏娜・克伯。夏娜的父母隨即出現在畫面上。

「把我們的女兒找回來，」她的母親懇求道。「我們的女兒是我們的寶貝。」

凱特琳的喉頭一緊。她吐出了一口氣。同情，不過要保持你的距離。

她真希望夏娜的父母在上電視之前能先和她的團隊談過。艾默里奇一定會指導他們要提起夏娜的名字。將她人性化，讓她在那個不明嫌疑犯的眼中變成一個真實的人。

新聞轉換到一個本地的射擊場。一名槍枝指導員在十碼外的一張紙靶上射中了五槍。他有一副寬闊的肩膀，還配戴了一個巨大的皮帶扣環。他的槍套用一條繩索繫在了牛仔褲的褲腿上，一副懷特・厄普[9]的風格。

「這個鎮上有邪惡的力量，」他說。「撒旦就在我們之間。如果你不保護自己的話，你可能就會變成撒旦的受害者。」

畫面切換到正在對著紙靶射擊的一般鎮民。凱特琳搖了搖頭。即便在最糟糕的時候，當一名頂級的掠食者在一個鎮上進行殺戮時，大部分的人也不會淪為被害人。然而，恐懼卻讓人無法看清這樣的事實。

畫面又切回到記者的報導。這回，那名記者正站在主街上和達利．法蘭奇說話。

「是啊，FBI來到鎮上了，」法蘭奇說。「兩名女性探員問了我關於那個女孩的事，就是我看到的那個在車裡消失的女孩。」

凱特琳把她的筆電丟到一邊。

「側寫師，」法蘭奇說。「那就表示有一個連續殺人犯。不過，那個殺人犯是誰，她們知道的也沒有比我多。」

報導轉回到攝影棚。「我們正在確認FBI的行為分析組已經來到了索勒斯。我們會在這件令人擔憂的案子上持續為您更新報導。」

凱特琳站起身。如果這個故事在全國性的媒體爆發開來的話，原本的星星之火將會變成一場森林大火。神話和各種編造的故事將會開始四處流傳。讓情況變得很難被糾正回來。同時也會具有潛在的危險性。

她等不到團隊的開會時間了。她拿起電話打給了艾默里奇。「我們上新聞了。」

麥德森．梅斯在最後一絲落日的餘暉轉為灰色之前，把車開進了她公寓大樓的停車場。她把

❾懷特．厄普（Wyatt Earp）1843-1929年，是一名美國西部執法者、槍手和拳擊裁判。由於定位備受爭議，厄普一直是電影、電視和小說作品的主題。他在現代被視為是舊西部最強悍且致命的槍手。

背包吊在肩膀上，用臀部把車門關上。在西基甸大學上完一整天的課之後又到校園附近那座暢貨中心裡的咖啡館輪班，簡直把她累壞了。

公寓裡傳來音樂和人們的對話聲，還有命運之輪[10]的節目聲。而停車場之外的三十五號州際公路也不時傳來車流嗡嗡的聲音。麥德森爬上樓梯，將手伸進口袋裡掏著鑰匙，隨即停下了動作。

「可惡。」

她把鑰匙留在車子的啟動器上面了。她衝下樓梯朝著車子往回走。

她抓住鑰匙，鎖上車門，朝著公寓大樓走回去。當她走到人行道的時候，一輛車慢慢地駛過停車場。車頭燈掃過，照亮了通往公寓大樓另一端的加蓋走廊。

一名男子站在陰影之中看著她。讓她嚇得跳了起來。

男子身形很高，穿著打扮像是一名已經下班而把領帶拆了下來的銀行工作人員。他的正式襯衫白得發亮。手裡拿著一支手機。

她把一隻手壓在胸口上。「老天。」

她無法看清他的臉。只見男子用手機輕輕地敲了敲前額，彷彿一名紳士輕敲著自己的帽子一樣。車子的頭燈掃過之後，他又回到了陰暗之中。

她的胃出現了一陣顫動，彷彿飛蛾拍打著翅膀一樣。她需要經過他才能走到樓梯。她可以感覺到他還在看著她。

「四九二號公寓。」他說。

她幾乎不打算搭理他，然而，他的聲音裡有一種權威感。就像法律上的那種權威感。

她皺了皺眉。「我想這棟公寓裡沒有這個號碼。」

他眨了眨眼。眼睛看起來彷如月光一樣明亮。「你搞錯了。」

他舉起手機，讓她瞄了一下螢幕。那是一則簡訊，沒錯，但是，她無法看清簡訊上的字。她胃裡的飛蛾又在鼓動牠們的翅膀了。

她注視著他的眼睛。他的眼睛裡有著什麼。一種……渴望。

二樓的走道上有一間公寓的門打開了。「麥德森？」

派蒂・梅斯站在門口，擋住了屋裡大部分的燈光。她的聲音聽起來十分強硬。

麥德森說：「媽，他在找——」

「進來。」

男子很快地走開了。

麥德森匆匆爬上樓梯。派蒂等在走道上，起居室的燈光照亮了她身體的一側，她雙腿岔開，站在那裡看著那名男子穿過了停車場。麥德森鑽進了公寓裡。派蒂跟在她身後，關上門。上了

❿ 命運之輪（Wheel of Fortune）是美國CBS電視台於一九七五年一月開播的電視猜字遊戲節目，是美國電視史上壽命最長的聯播遊戲節目之一。

鎖。緊緊地把門鎖了起來。

她瞪著麥德森。「你在想什麼？」

「他迷路了。我以為他是警察。」不過，她的胃還在鼓動著。

「我不在乎你是不是以為他是天堂來的骯髒哈利⑪。魔鬼都是在偽裝之後出現的。」

派蒂把手伸到背後，從她的瑜伽褲腰帶裡取出一把史密斯和威森的點四〇左輪手槍。

麥德森透過窗簾往外看。那名男子從一盞街燈下走過，然後再度消失在了陰影之中。

一直到他的車尾燈消失在路上，她胃裡的飛蛾才停止了鼓動。

也許沒什麼，她心裡想著。

不過，另一部分的她卻在說，要留意那些飛蛾。

⑪《骯髒哈利》（Dirty Harry，台灣譯為《緊急追捕令》）是一九七一年美國犯罪動作驚悚片中，由克林．伊斯威特飾演的舊金山警局重案組督察哈利．卡拉漢，是一個反英雄型的角色，外號「骯髒哈利」。

7

早晨在冰冷和霧氣之中展開。上午八點，當團隊抵達索勒斯警局時，已經有三輛新聞轉播車停在警局前面了。一走進警局大廳，凱特琳第一眼看到的是攝影機的聚光燈，明亮地打在了莫拉里斯局長那張憂心忡忡的臉上。他被記者所包圍。一堆麥克風全都捅在他眼前。

「我們強烈地懷疑，自從八月以來失蹤的那些女子都是被某個單一個人所綁架。」莫拉里斯說道。「我們想要向大眾確保，我們正在盡一切可能地逮捕這名掠食者，查明那些失蹤的女子都在哪裡，並且將她們帶回到她們家人的身邊。」

他並沒有說活著帶回來。

「我們要求婦女要小心防衛自我的安全。不要落單。對你們周遭的環境保持警覺，」他說。「如果有感覺到什麼不對勁，就要小心。如果有一個小聲音告訴你，你正處於危險之中——一定要聆聽。你所拯救的那個生命可能就是你自己。」

莫拉里斯並未建議基甸郡的婦女自我武裝。他不需要這麼說。

一名記者看到了凱特琳和她的同事。是那名穿著紅色西裝、深色頭髮的記者。她立刻拋下局長，走向雷尼。

「你們是FBI？」她問。

雷尼依然一副無動於衷的神情。「我們是FBI的行為分析組，是來這裡協助警察局的。莫拉里斯局長會回答其他的問題。」

不過，那些麥克風和攝影機全都轉向了。

一名男性記者舉起手。「你們掌握到任何嫌疑犯了嗎？」

「FBI對於把那些失蹤女子活著找回來有抱持任何希望嗎？」

那名紅色西裝的記者提高了音量。「這些罪行是一名連續殺人犯所為嗎？」

莫拉里斯局長的表情在那副無框眼鏡下看起來鬆了一口氣，不過卻依然沮喪。他朝著雷尼做了個手勢：換你了。

布蘭妮・里金斯把臉從電視螢幕前轉開，咬著自己的大拇指指甲。這不是她想看到的午間新聞。她廚房裡的燈光既蒼白又銳利。高腳椅上的坦納開始焦躁不安了起來。

「噓，小傢伙。」

布蘭妮抓起一條濕的洗碗布，拭去坦納臉上的小胡蘿蔔。他在椅子上蠕動著，還不斷地踢著腳凳。她在地板上找到了他的奶嘴，不過，上面已經沾上了一些碎屑和絨毛。她考慮著走到六步之外的廚房水龍頭底下沖洗奶嘴，但最終還是把奶嘴放進了自己嘴裡吸乾淨，然後再塞進塔納的嘴唇裡。她把他從高腳椅上抱下來，放到自己的大腿上。

「別這樣，冠軍。睡覺的時間到了。」

布蘭妮認為如果他睡著了的話，自己就可以好好地小睡四十五分鐘——也許就足以讓她從殭屍之地回返到人間。坦納是她心愛的小男人，可是，如果她再不睡覺的話，她就會變成在廚房裡爬行狂吠的一條狗了。

說到狗，亮亮到哪裡去了？

電視還在喋喋不休地播報著那些失蹤女子的新聞。布蘭妮覺得一陣反胃。這個地方很偏遠——就像夏娜．克伯的家一樣。這座大牧場位於索勒斯二十哩之外，是凱文從他祖父母那裡繼承來的。他們的房子矗立在一百英畝的土地上，這片土地照理說應該可以讓她年輕的婚姻在接下來的幾年、甚至好幾十年都衣食無虞。然而現在，這上百畝的土地在她眼中看起來並不值錢。它們看起來只是一片蒼涼之地，而且到處都有綁架者可能藏身的秘密之處。

她掀開窗簾。後院黃色的草地上擺著一具生鏽的鞦韆，那對坦納起不了作用，沒用的。她看著裂開的圍籬和籬笆外的農場，以及一直延伸到地平線的那片樹林。又暗又深，那句他們在高中曾經唸過的羅伯．佛洛斯特⓬的詩。橡樹和荊棘叢，德州紫丁香和那些蓋滿山丘、無邊無際、枝葉糾纏在一起的雪松。

半小時之前，她把狗放出去了。現在完全看不到牠的蹤影。

她打開後門，寒意立刻向她襲來。她在淺藍灰的天空底下吹了一聲口哨。

⓬羅伯．佛洛斯特（Robert Frost, 1974-1963），是二十世紀最受歡迎的美國詩人之一，曾經四度獲得普立茲獎。

「亮亮。」

電視螢幕上，一名記者把一支麥克風捅向一名穿著西裝的黑人女子。老天。FBI已經到了。

「亮亮。」

那條黃金獵犬可以鑽過裂開的圍籬。雖然他們架設了一道通電的籬笆，不過，電流的衝擊並不是每次都能嚇阻得了牠。牠是一條意志堅決的狗，而且似乎並不了解什麼因果關係。

她又吹了一次口哨，只見牠開心地從樹林裡大步地跑出來。

她走到陽台上。「亮亮。過來，你這個逃獄者。」

那條金毛穿過農場，爬過圍籬。牠全身沾滿了泥巴。看來，牠在牠的旅途裡撿到了什麼。金毛獵犬——牠們總是會帶東西回家。不過，那不是一隻小鳥。看起來像是一張浸濕了的報紙。也許是速食紙袋。

「你最好沒有吃下發霉的漢堡。」她搖搖頭。「把它丟掉。」

她的金毛並沒有聽話。亮亮搖著尾巴，小跑步地穿過院子。牠聞起來像是掉進了池塘裡一樣。布蘭妮聽到屋裡的電視聲響，是那個FBI的女子在說話。她感到了一股比冬日的空氣還要寒冷的氣息。

亮亮嘴裡那個白色的東西滲透出明顯的紅色。而且那不是一個速食的紙袋。

那是一塊布。也許是一塊沾了油的破布。一條洗碗布。也許沾到了紅酒。不過，她知道不是。室內的電視依然在大聲作響。那個FBI的女人看起來很嚴肅，彷彿正在警告大家世界末日到了。

「如果你們看到任何不尋常的事情，什麼看似不對勁的事情，我要你們聯繫警方。任何可能和那些失蹤的被害人有關的事情。被丟棄的衣服、鞋子、皮包……」

布蘭妮往後退了一步，折了一下自己的手指頭。「亮亮。把那個東西丟掉。」

那條狗這才把那塊布丟在了陽台上。

布蘭妮吞了吞口水，緊緊地抱住坦納。「亮亮。進來。」

那條狗跑進了廚房。布蘭妮跟在他身後，鎖上門，找到了她的電話。那名FBI探員的聲音充斥在空氣裡。布蘭妮用顫抖的手指撥出了九一一。

「我需要警察。我的狗剛剛叼了半件襯衫回家。那東西上面都是血。」

那輛FBI的Suburban衝進了布蘭妮．里金斯家的車道，彷彿一架準備低空掃射而俯衝下來的戰鬥機。艾默里奇雙眼炯炯有神地坐在方向盤後面。他在兩輛警察局的SUV後面急停下來，隨即下車走入風沙之中。凱特琳和雷尼尾隨在後。伯格警探正在屋外踱步。一支K-9[13]小隊正在逐漸昏暗的午後天光下把他們的獵犬從警車上帶下來。

艾默里奇大步地走向伯格。「你們的狗帶路，我們跟在後面。」

[13] K-9指的是警犬或軍犬，最常用的品種是德國牧羊犬。K是根據犬類（Canine）的英文諧音而來。

屋裡，一名年輕的女子讓一個正在學步的嬰孩靠坐在她的臀側。她緊抿的嘴唇泛白。屋外的樹林裡一片陰暗，看起來彷彿變成了黑色。

一名K-9警官把十五呎長的繩索繫在兩條獵犬的背帶上。「去吧。」

那兩條獵犬無聲地轉過頭，將鼻子貼近地面，開始搜尋氣味。牠們以之字形的方式穿過後院，然後朝向圍籬而去。牠們的訓練員小跑步地跟在後面，制服的外套拉鍊一路拉到了喉嚨，臉上的墨鏡反射著冷冷的天光。

兩條狗低著頭，穿過圍籬，越過農場，直接朝著樹林而去。伯格和FBI團隊緊緊跟在後面。

凱特琳已經換上了棕色的戰鬥長褲和馬汀鞋。在FBI的風衣下，她把那件黑色Nike的慢跑夾克拉鍊拉到了最高點，蓋住了喉嚨。當她跨過農場時，黃色的草地在她的腳下沙沙作響。

從她看到的照片上判斷，里金斯家的狗叼回來的那塊沾血的白布有十八吋長、九吋寬。實驗室還沒來得及對上面的血跡進行分析，以判斷那是否是人血，不過，從設計和縫線來看，那塊布毫無疑問是從一件衣服上被撕扯下來的。

一件睡衣。

當他們走進樹林時，溫度驟然下降。凱特琳和其他人排成一排地跟在K-9警官後面。地面崎嶇難行，到處都是荊棘叢和樹木。艾默里奇毫不遲疑地撥開樹枝。他一度回頭看了一下。那個神情像是在對他們說跟緊了，以及後面的人都還好嗎？

當那兩條獵犬爬到山坡頂端，然後往另一頭俯衝而下時，他們已經深入樹林一哩了。凱特琳讓靴子緊緊地踩進乾燥的土壤裡，側跨步地跟在K-9警官後面走下陡坡。有一會兒的時間，她並沒有看到獵犬的蹤影。然後，樹林裡就響起了一陣悲淒的狗吠聲。

凱特琳穿越樹林，朝著滾滾的水聲走近。只見兩條獵犬伸長了舌頭，停在一條小溪的溪畔。K-9警官命令牠們坐下來。其中一名警官拍了拍獵犬的頭說道：「乖孩子。」

凱特琳也停下腳步。所有人都停了下來。

伯格的肩膀整個垮了。

艾默里奇吐出一口氣。「我知道你們都希望這不是這次搜索的終點。我們也一樣。」

他們站在小溪的沙岸邊緣。夏娜・克伯就在他們眼前。

她仰躺在柔軟的地上，身體和溪水平行。她的雙眼在灰白色的眼皮下緊閉。手臂交叉在胸前。她看起來彷彿正在等待王子親吻的白雪公主。

她身上穿著一件沾血的白色吊帶短睡衣。身邊圍繞著一圈紅黑色的土壤。她的頸靜脈被割開了。

8

K-9警官把獵犬拉回身邊。伯格警探粗魯地交代一名穿制度的警員拉起警戒線，並且控制通往山坡的路徑。太陽已經沉入了西邊的樹叢之中，大片的陰影籠罩在大地之上。為了避免弄髒現場或者踩踏到任何可能的證據，凱特琳和她的團隊暫時往後退開，審視著溪邊的環境。

「他看起來是很小心地把她擺放在這裡，」雷尼說道。她的聲音很冷靜，不過，當她伸出手抹去臉上的灰塵時，她的手已經握成了拳頭。「而不是把她丟棄在這裡。」

艾默里奇的雙臂垂在兩側。「把一具屍體擺放得看起來像在休息一樣，通常都暗示著反做。不過，我認為我們在這裡看到的並非如此。」

反做意味著試圖象徵性地逆轉一件罪行。一名兇手可能會覆蓋住被害人的臉。清洗屍體。用毯子蓋住被害人。這通常都代表著懺悔。

凱特琳開口說道：「這不是後悔。」

「這是在展示。展示愛意。」艾默里奇說。

伯格戴上一副乳膠手套，往下走到溪畔，蹲在夏娜・克伯旁邊檢視著她的屍體。他把她的右手從胸口上抬起來。

「已經發生屍僵了。」他輕輕地把她的手放回去。「她已經死了超過二十四小時。我會說至少兩天了。也許更久，如果她一直都暴露在這麼寒冷的天氣底下的話。」

凱特琳感到很氣餒。夏娜在FBI抵達德州之前就被殺害了。

艾默里奇加入伯格的行列，走到屍體旁邊。「脖子上的傷口嚴重地傷害到她的頸動脈和氣管。她在幾秒鐘之內就失去意識了。」

溪水在寒風中嗚咽地流過。伯格小心翼翼地撥開女子沾血的頭髮。

「我不是法醫病理學家，不過，在我看來，她也有凹陷性的顱骨骨折。」他說。

雷尼掃視著溪邊。她瞇起了眼睛。「艾默里奇。警探。」

在被害人屍體上游六呎之處，有一張照片直挺挺地插在了溪畔的軟泥裡。

那是一張拍立得。為了看清楚照片，雷尼和凱特琳走下了山坡。

那是被害人的照片——她死了之後的臉部特寫。是在她所躺著的溪畔上拍攝的。那張照片和她的屍體並排成了一直線，彷彿一張恐怖聖人的禱告卡正在照看著她。

他們上方的山坡傳來一陣噪音。一名警員在遠處大聲喊道：「停下來。」

一名年輕人衝下山坡。他的雙眼凸出，嘴巴大開。

「夏娜。」

伯格立刻站起身。「布蘭登，不要過來。」

他跑向那名年輕人，雙臂展開，彷彿要攔住一匹馬一樣。

布蘭登．克伯往前衝。「夏娜——」

艾默里奇跟在伯格後面跑向那名年輕男子。艾默里奇的削瘦只是一種假象——他其實就像一名摔角手，有著一身宛如電線般攪串在一起的肌肉。他和伯格一起攔下了布蘭登。

那名年輕的男子對抗著他們的阻攔。他看著溪邊，頑固地喊著：「不。不，不。」

伯格將他轉過身，避免讓他們看到夏娜的屍體。「我很遺憾，孩子。」

他輕輕地將布蘭登推回陡坡，將他帶進樹林裡，從這裡，他無法看到他妻子的屍體。凱特琳見狀繃緊了下巴。

伯格把一隻手放在布蘭登的肩膀上，壓低聲音地說：「你怎麼會知道要到哪裡找我們？」

「布蘭妮．里金斯打電話給我。我不相信那是真的。」

他的肩膀在顫抖，同時不停地在喘氣。凱特琳不由得喉頭一緊。

站在他一步之外的艾默里奇面無表情地觀察著他。不過，凱特琳知道，艾默里奇對布蘭登的痛苦關上了情感的百葉窗。他的冷靜並非全然只是一副面具。那是一種保護和距離，這樣，他才能在他的工作上保持頭腦的清晰。那是她依然在學習的一種技巧。

布蘭登搖搖頭。「那不是她。」

伯格把一隻手貼放在這名年輕人的胸口。「孩子，我很遺憾。是她。我認得她。」

「不。」布蘭登企圖用假動作繞過伯格。

艾默里奇擋住了他的去路。「在極端的壓力之下，我們的認知可能會出現錯誤。為了保護我們，我們的大腦會否認我們所看到的事實。克伯先生。我很遺憾。」

布蘭登的臉和脖子漲紅得彷彿火焰一般。「那不是我妻子。我可以看到在那裡的那個東西。它穿了白色的睡衣。」

伯格安撫地舉起一隻手。「布蘭登……」

「她穿的是粉紅色的絨布睡衣，」布蘭登說。「她沒有白色的睡衣。」他指著那具屍體。「那不是她。」

9

布蘭登・克伯帶著哀求和絕望地指著那具屍體。「那不是夏娜。」

「你確定?」伯格問。

「百分之一千。」

伯格驚恐地轉向小溪。凱特琳蹲下來,重新看著屍體。

她不習慣看到暴力死亡。如同大部分的美國人一樣,她在成長的過程中從來沒有看過屍體。不過,她在阿拉米達警局上任的第一週,就趕到了一個車禍事故現場協助受傷的駕駛人,只不過當她抵達時,那名駕駛人已經半衝出了擋風玻璃。

那就是死亡看起來的樣子,一個鬼魅般的聲音小聲地告訴她。她打電話通知了救護車,打開了照明燈,處理了現場,然後回家,在淋浴時大聲痛哭。在那之後,她學會要將自己和死者區隔開來。她從此沒有再哭過。

不過,她並沒有因此而變得鐵石心腸。看到一具年輕生命的軀殼總是讓她感到心裡被刺了一刀。面對這樣的一份工作,悲傷並非悄然而至——而是蜂擁而上。此刻的她試著要躲開那份匍匐而出的痛苦,並且以全新的角度來分析現場。

在小溪的溪畔,那名死去的女子面朝天空。她的眼睛緊閉。嘴唇呈現著藍色。然而,她的金髮、她的五官和她的骨架——以及搜尋犬跟著夏娜的氣味直接來到溪畔的事實——在在都告訴著凱特琳，布蘭登錯了。

他已經不再企圖強行越過伯格和艾默里奇。他在等著他們認同他的看法。他的目光盯在溪畔。在那件睡衣上。他開始眨眼。也許是對著那名女子手上戴著的婚戒在眨眼，也或許是對著她深藍色的腳趾甲在眨眼。

他的聲音提高了半個八度。「不。那看起來不像她。而且……也沒有她的刺青。」他輕拍著自己的胸口。

艾默里奇回到屍體旁邊。他彎下身，小心地拉下睡衣肩膀的部分。她的皮膚呈現灰色。天色下的陰影也是灰的。貼在她胸口上那道骯髒的四吋布膠帶也是灰色的。膠帶暴露在這樣的環境之下已經鬆脫了。那個刺青就在那裡。黑色的墨水在女子心臟上方的位置以凱爾特文寫著，布蘭登。

布蘭登短暫的勝利、他牽強的希望徹底消失了。他發出一聲嚎叫，仰頭跪了下來。伯格和一名警員試著把他扶起來，帶他走上山坡。艾默里奇則繼續留在夏娜旁邊。

雷尼開口說道：「膠帶貼過的皮膚並沒有變紅？」

艾默里奇搖搖頭。「那是死後才貼上去的。」

他的面色凝重。他正在思索著這麼做的含義。「她是他的。這個不明嫌疑犯想要清楚地彰顯這點。他——」

他停了下來。碰了一下睡衣的布料。「等等。」

凱特琳和雷尼雙雙靠近，想要看清楚。

凱特琳花了幾秒鐘就發現了。透明、輕薄，那件睡衣從夏娜的肩膀蓋到大腿中段。睡衣是米白色的，布料是超細纖維。該死。

她挺起身。「這和布蘭妮・里金斯的狗叼回家的那塊布料不一樣。」

「兩件睡衣。」艾默里奇說。

「可是，搜尋犬把我們直接帶到了這裡。」

艾默里奇看似陷入了沉思，然後突然開口。「K-9警官使用的那個氣味來源。我們忽略掉那個東西了。」

「他們沒有用那隻金毛叼回家的那塊布嗎？」

「那塊布被直接送到了犯罪實驗室。那是證據。他們夠機警，不想讓那塊布受到進一步的污染。」

「我們是在他們給獵犬嗅過氣味之後才抵達里金斯家的。」

艾默里奇朝著山坡大喊。「伯格。」

伯格警探沒有聽到。艾默里奇只好拿出手機。

幾分鐘之後，他把手機貼在耳朵上看著凱特琳和雷尼。「他們在找夏娜・克伯，因此，他們用了一件屬於她的運動衫。那是他們今天下午從她家拿來的。」

凱特琳聞言說道：「可是，如果第一塊布料是來自於一件不同的衣服……」

艾默里奇對著電話說：「把K-9小隊召回里金斯家。」他的聲音裡帶著急迫性。「還有另外一個女人在某處。」

10

他們在落日最後一抹紫色轉化為靛青色之前回到了里金斯家。木星掛在西邊的地平線上。這回，K-9小隊等著伯格警探從他的車裡取來一只封起來的棕色證物紙袋。兩隻獵犬在原地繞著圈子，焦躁地等著開始工作。伯格劃開封口，用戴著手套的手拿出了亮亮帶回家的那塊沾血的白布。一名訓練員將它拿到獵犬面前。獵犬嗅了嗅，警覺地繃緊了肌肉。

那名K-9警官說道：「去吧，孩子們。」

獵犬將牠們的鼻子湊近地面。幾秒鐘之後，牠們就捕捉到了氣味。牠們穿過院子，鑽過裂開的圍籬，奔往樹林。

伯格把那塊破碎的布料放回證物袋，重新封好紙袋，把它鎖進了車裡。然後沉默地走向FBI團隊。

他們打開手電筒，跟在獵犬後面，越過農場，走進了樹林裡。兩隻獵犬在嗅到強烈的氣味之後，一前一後地迅速移動著，牠們繩索上的扣環摩擦在背套上，發出了喀噠喀噠的聲音。林中的橡樹逐漸被雪松所取代——粗糙而陰暗，眼前是一片黑漆漆的灌木叢。樹枝不停地勾住凱特琳的頭髮和衣袖。透過一片黑壓壓的綠色植物，他們頭頂上的天空已經轉化為一片灰色的薄紗。她的手電筒燈光橫掃過地面。寒意已經穿透了她的衣服。

當獵犬減緩速度，消失在一座山脊上時，他們已經遠遠越過了夏娜躺著的地點，進入了雪松林的深處。

在一行人爬過一具枯木糾纏的樹根，來到林中的一處空地時，凱特琳停下了腳步。只見兩條獵犬安靜地圍繞著某個東西轉圈，不過卻和那個東西保持了一段距離。

就在獵犬的另一邊，她看到了。他們都看到了。地上有一個東西，就在鬆軟的泥土凹陷處。她穿著一身的白。

她掙扎著在地上爬動。

凱特琳的心跳加速。「老天。」

她衝過伯格和獵犬訓練員的身邊，喉嚨發緊。在她手電筒搖晃的燈光下，那個女孩正在無助地劇烈震動。

「快點。她需要——」

一股濃濃的味道撲鼻而來，一股腥羶和腐爛的味道。黑暗中響起了一道低沉的呼嚕聲。凱特琳驚恐地停下了腳步。

那個女孩死了。在陰影之中，一頭野豬正在用獠牙撕扯著她。

凱特琳口乾舌燥地跑向野豬，一邊喊叫，一邊揮舞著雙臂。那隻野豬用一雙細小的黑眼睛看著她，隨即轉身鑽進了灌木叢裡。她用手背壓住了自己的嘴。

兩名獵犬訓練員和伯格看著她，彷彿她瘋了一樣。

一名K-9警官搖了搖頭。「那些動物很兇暴的。」

她大口地喘著氣。「牠正在破壞現場。」

還在咬爛屍體。一股噁心的顫慄感竄過她的全身。

空地裡突然一陣靜默，彷彿森林中所有的生命都淨空了。凱特琳低頭看著眼前被破壞的地面。

那具屍體穿了一件白色的睡衣。當他們將手電筒的燈光重新投射在上面時，凱特琳立刻就看出那條金毛叼走的那塊碎布，就是從這件睡衣上來的。她站在原地，試著要看清整個現場。她那原本被腎上腺素所侷限的視野緩緩地打開了。

那名年輕女子的手腕被嚴重地割傷了。傷口以對角線的方式，沿著橈動脈往上延伸到她的前臂內側。也許有十公分長——四吋。動脈、靜脈、肌肉和肌腱全都被切斷，暴露出她的手臂內部，彷彿被切開的生牛排一樣。這對被害人來說必然痛苦萬分。不過，她應該在一分鐘之內就失去了意識。

凱特琳的手撫過自己前臂上的疤痕。她的傷痕沒有這麼深，但是數量卻很多。就和這個被害人一樣，她的傷口也是一把剃刀造成的。然而，不同於這個被害人的是，那是她自己下的手。在很久很久以前。

手電筒的燈光捕捉到被害人手腕上那圈紅色的痕跡，看起來大約有三吋寬。她的皮膚蒙上了一層灰塵，破裂的紅血球沾染在血管壁上，看起來宛如一片大理石的花紋。不過，痕跡很明顯。

「勒痕，」她說。「皮膚過敏。布膠帶。」

伯格警探在屍體旁邊蹲了下來。「是菲比．卡諾瓦。」

凱特琳在心理上往後退開一步，看著屍體的全貌。她的視野持續地在擴展。

然後，她起了一陣雞皮疙瘩。就在菲比的屍體附近，大約六呎之處，一堆照片就插在地上，彷彿墓碑一樣。是拍立得的照片。

凱特琳向後站了一步。那些照片裡都是穿著白色睡衣的女子。都是金髮。有些還活著，臉上寫滿了驚恐。大部分都已經死了。

雷尼低聲地說道：「我的老天。這傢伙從什麼時候開始殺人的？」

凱特琳數著照片。總共是十二張。

11

當凱特琳和艾默里奇回到索勒斯警察局時，警察局裡的日光燈管正在刺眼的白光下嗡嗡作響。雷尼和伯格警探留在了犯罪現場。下班之後的警察局幾近空蕩。艾默里奇把新的犯罪現場照片釘在了軟木塞板上。

他一邊拉鬆領帶一邊說：「我們來進行側寫吧。」

那些照片裡的影像很清楚、犀利，同時讓人感到不舒服。菲比・卡諾瓦被野豬折騰過的屍體凋萎地攤在地上。在攝影機的閃光燈下，那件吊帶睡衣的白色散發著一種懾人又超乎現實的感覺。那件睡衣、還有菲比的皮膚和頭髮，都沾上了泥土和血跡。不過，在那些污垢底下，菲比那頭廉價漂染的金髮卻被清洗和梳理過了。那張灰綠色的臉也塗上了化妝品。包括鮮紅色的唇膏。

這都是那個不明嫌疑犯──一個工於心計、無情的掠食者──所為。然後，他把菲比留在了森林裡，讓動物去撕咬。

那頭野豬的影像似乎一直盤旋在凱特琳的腦海裡。她又看到了牠那對細小、發亮的眼睛，看到了牠的獠牙在撕扯著菲比的屍體。聖經裡那個關於耶穌把魔鬼趕到豬群裡的故事是怎麼說的？

一股冷到骨子裡的感覺在她體內升起。一個毀滅性的連續殺人犯正在到處做案。什麼樣的人會做出這種事情？

「韓吉斯？」

她看向艾默里奇。「是的，長官？」

「把百葉窗闔上。」

剎那之間，她以為他說的是窗戶。

「這些犯罪現場給了我們很多的訊息。我們需要從中挖掘。」他說。

「我正在消化這些訊息。」

艾默里奇沒再多說，直到她把注意力完全集中在他身上。

「你現在和證據之間保持了太遠的距離。」

凱特琳總是很努力地在保持自己和她所參與的案子之間的情感距離。而艾默里奇明白箇中原因是什麼。她的父親梅克曾經是一名重案組警探——是最早調查先知者所犯下的連續殺人案件的警探。這個案子滲入了他下班的時間、他的家庭生活，以及他飽受折磨的精神。這個案子擊垮了他，也讓他的家庭支離破碎。

當時還是青少年的凱特琳也因此而絕望、自殘。

她在皮夾裡隨身帶著一張紙條，上面寫著在她別上警長的星形徽章之前所要追求的目標。奉獻。堅持。把工作留在警察局裡。

每一天，她都把那些字烙印在心上。因為，只要她一忽略，她就會從不懈的追求淪為危險的走火入魔。

她僵硬地站在原地。

「找出那條界線唯一的方法就是去靠近它。」艾默里奇說。「而我們現在需要深入地探討和分析。」

要追蹤這個不明嫌疑犯，她必須要進入他的腦子裡，了解他的方法。他是如何選擇並且獵捕這些女人的？是什麼驅使他殺人？

艾默里奇希望她能打開內心。讓那個不明嫌疑犯進入她的心裡。

她幾乎就要歇斯底里地笑出來了。她知道，當她打開內心時，她會浴血。

他的表情既冷靜又有耐性，不過卻也帶著期待。

她對於艾默里奇的私生活所知甚少。他離婚了，兩個青春期女兒的照片擺滿他的辦公室。他喜歡飛釣。是一名鷹級的童軍。在他二十多歲的時候，他曾經走過阿帕拉契山徑。他在FBI已經十八年了，對於全國最暴力、最令人不安的案子總是全心投入。

他挺直背脊，雙肩保持著同樣的水平。不同的光源投射在他的身上，讓地板上出現了多重的影子。

有時候，凱特琳很好奇她父親是否會變成艾默里奇這樣的人。無論是在表面上還是情感上，調查先知者犯下的殺人案都讓梅克．韓吉斯中了毒，重創了他們的家庭。如果沒有……

「這些犯罪現場展現了兇手的特色，並且顯示出他的性癖好，」艾默里奇說道。「我們就從這裡開始，然後往外擴展，進而將這些與他的身分連結上。」

一如往常地，他的雙手垂在兩側，彷彿是個隨時準備要拔槍的神槍手一樣。他嚴厲的面容底下隱藏著惻隱之心。他具有很真誠的同理心，這讓她感到溫暖。而她知道，他希望她能擴展她的同理心——這樣，她才能了解並且感受那個不明嫌疑犯的內心。

她走近軟木塞板。「你的意思是，我們需要找出同源性。」

在生物學上，所謂的同源是指不同的生物由於擁有共同的祖先，因此具有相似的結構。在考古學上，同源指的是基於歷史或者祖先的連結而具有相似性的信仰或習俗。

至於在罪犯側寫上，同源則是性格和行為難以捉摸的結合之處。

在這個犯罪者身上，性格和行為至少結合了十二次。而那些結果就被展示在了雪松林裡。凱特琳注視著夏娜．克伯和菲比．卡諾瓦的犯罪現場照片，兩人都穿著白色的睡衣，都被拍立得照片圍繞。

「性癖好幾乎不足以形容他的行為，」她說。「他企圖要把他極致的幻想完美化。」

她沿著軟木塞板緩緩地走動，思索著所有的訊息。那些失蹤女子的照片。三十五號州際公路被標示成紅線的德州地圖。綁架的地點。

「森林裡的展示是兇手性心理劇的高潮。」不明嫌疑犯聖代上的櫻桃。「在他看到一名潛在的被害人之前，他就已經把劇本都規劃好了。」

「他很嚴謹，」艾默里奇說。「而且很自信。」

「他掌控了整個犯罪過程。」電影院。主街。農舍。「每一個綁架地點都沒有掙扎的痕跡。

他讓被害人降低了防衛，或者讓她們自願跟他走。」

他開始在她的腦子裡成形。「他具有精心建立的真誠外表和操控女人的能力。」她輕輕點了一下菲比．卡諾瓦的車子停在鐵路平交道的照片。「打開的駕駛座窗戶暗示著他用哄騙的方式得到了被害人的信任，然後征服她們，並且在眾目睽睽之下把她們帶走。」

艾默里奇交叉起手臂。「同意。當他沒有犯罪殺人的時候，他在做什麼？」

「遠離麻煩。他很懂得怎麼樣才不會被抓到。」她想了一下。「他不會有犯罪紀錄。」

「那對我們來說很不幸。」

「殺人案發生在週末的事實暗示著他有一份朝九晚五的工作。」她認真地思考著。無人的空車。電影院。一個沒有被弄亂的家。「他很有說服力，而且很愛與人交際。他的職業可能和銷售有關。」

「他會區隔公私。」

「對。他過著看似正常的生活。他可能有老婆或者女朋友。」

走廊上傳來警局後門被打開的蜂鳴聲。雷尼走了進來。

艾默里奇說：「有什麼發展？」

「鑑識小組到了。他們會在那些現場工作至少二十四個小時。」她留意到新的犯罪現場照片。「很明顯的個人特色。精心計畫，而且很特定。」

凱特琳繼續往下說：「是一個看似普通人的人所佈置出來的。某個把怪物關在精神牢籠裡的人。」

「而當他打開牢籠的時候，他就展開了殺戮。」艾默里奇說。「兇殘地。他是一個誇張的自戀者。他的憤怒和自以為可以得到特殊待遇的特權感驅使他摧毀別人的幸福。」

凱特琳把雙手插進背後的口袋裡。「他一定有什麼被人拒絕的不愉快記憶，而這段無法抹滅的記憶煽動著他。讓他相信他的行為是合理的。女人傷害了他，所以他也傷害女人。」

雷尼搖了搖頭。「你是說他是一個憤怒報復型的強暴犯，他的動機是想要羞辱被害人。然而，這些攻擊行為都超出了報復。」她冷靜的面容閃動了一下，一絲厭惡的感覺一閃即逝。「他是一個憤怒興奮型的強暴犯和殺人犯。」

凱特琳思索著她的話。「性虐待狂。權力的主張和對人灌輸恐懼會讓他感到興奮。」

艾默里奇開始踱步。「憤怒興奮型的強暴犯會開車跟蹤被害人，並且會在他們自己的社區範圍外活動。他的車上會有綁架的工具。布膠帶、束線帶、美工刀、滑雪面罩或者褲襪。」

凱特琳檢視著犯罪現場的照片。劃傷的手腕。彷如歌舞伎的濃妝。純潔的睡衣。

「他所有的被害人都大量失血，不過，她們身上的睡衣有一半的面積都沒有沾到血跡。化妝品塗得很厚。他在她們死後幫她們換了衣服和化妝。」她轉過身。「他把她們當作一種扭曲幻想中的物品，而不是人。只是把她們當作被他擁有、控制，最終毀滅的洋娃娃而已。」

雷尼往前湊近軟木塞板，仔細看著影印的拍立得照片。「我估計他拍了很多照片，而且把其中一部分當作了獎品。在現場的這些則被當成了名片。他藉由把這些照片插在地上——來宣布他是這些東西的創造者。來表達他身為一名幻想創造者的所有權。」

凱特琳對著照片皺著眉頭。

「怎麼了？」

「菲比手腕上的割痕讓我很不安。」

「那讓我們所有人都很不安。」

「兇手把這些女子弄得像是犧牲品。這是自殺的概念，強行加在非自願者身上。」她停了一下。「菲比・卡諾瓦已經失蹤了一個月。」

艾默里奇依然在踱步。「但是，法醫估計她已經死了兩個星期。」

「他讓她活了一段時間。他在身體上和精神上都虐待他的被害人。」

「他想要從她們身上得到什麼反應？」

「恐懼。投降。絕望。服從。」凱特琳搖搖頭。「在情感上毀滅她們，他不僅取得了她們的身體，也取得了她們的靈魂。」

「他為什麼在週六晚上出擊？」

「因為週間的時候很忙？」凱特琳說。

「也許。」艾默里奇交叉起雙臂。「這個案子始於八月。是什麼引起的？」

雷尼搖搖頭。「還無從得知。」

「他又為什麼加速他的殺戮行為？」

雷尼看起來若有所思。凱特琳也陷入沉默。

「他上癮了。」

艾默里奇揚起一道眉毛。「從他放在菲比・卡諾瓦屍體附近的拍立得照片來看，他已經上癮一段時間了。」

雷尼說：「我明白凱特琳的意思。他越來越明目張膽了。」

「他成功地綁架並且殺害了這些女人卻沒有被抓到，」凱特琳說。「成功助長了他的信心。」

艾默里奇點點頭。「他有一種衝動。一旦他屈服於這種衝動之下，他就停不下來了。殺人變得不再是一種需要或者樂趣。而是一種習慣。」

「而且，每一次殺人都讓他變得更熟練、更自信。更相信他是……隱形的。」

原本已經很嚴肅的艾默里奇似乎更深沉了。「那些屍體在今晚被發現的事實卻徹底擊垮了他的自信。」

「不。」凱特琳說。

在意識到自己居然反駁了老闆之後，她立刻就臉紅了。不過，艾默里奇只是好奇地看著她——也許還帶著一點饒有興趣的樣子。

「找到那些屍體破壞了兇手的娃娃屋遊戲，用這些被害人所進行的遊戲，」她說。「不過，那並沒有對他造成打擊。還沒有。鑑於他的自負，他依然認為只要他想抓走被害人，他還是無敵的。」

「你不認為他會因此而停手？」

「光靠發現那些屍體是不會讓他罷手的。而且週六晚上就快到了。我們應該假設我們只剩下幾天可以阻止他了。」

艾默里奇考量著她的說法。「把你的想法詳細地寫下來做成報告。」

「是的，長官。」她停了一下。「他的自戀讓他相信他優於全世界。如果我們告訴他，我們正在追蹤他的話，他那股所向披靡的信心可能會因此受挫。那可能會讓他受到驚嚇而停手。」

艾默里奇點點頭。「而且，我們可能會因此得到一些線索。是主動出擊的時候了。」

12

上午八點，警探室裡擠滿了穿著制服的員警和身著牛仔褲以及馬球衫的警探。微弱的陽光穿過了活動百葉窗。軟木塞板上，那些穿著白色睡衣的女子拍立得照片看起來彷彿死亡代表大會一樣。

莫拉里斯局長快速地走進房間。「聽著。關於我們面對的是什麼人，這些FBI探員有一些訊息。」

艾默里奇向他致謝。他的白襯衫漿得很硬挺，雙頰因為剛刮過鬍子而呈現粉紅色。他看起來很專注，彷彿完全不打算浪費一言半語。

「一名掠食者綁架了這些失蹤的女子，遭到他殺害的兩名被害人已經在昨天被發現了。」他說。

一名警官脫口而出。「連續殺人犯。」

「對的。」

房間裡的人同時倒吸了一口氣，讓室內的空氣頓時減少。艾默里奇朝著凱特琳點點頭。她立刻把連夜寫成的那兩頁不明嫌疑犯的側寫發了下去。

白人男性，三十多歲。大學程度。有一份白領階級的工作，可能是銷售工作。可能有妻子或者女友。

她走到房間前面。這是她的簡報。她吸了一口氣。

「他住在索勒斯五十哩之內的一棟獨棟房屋，」她說。「房屋四周有大片的土地或者樹林讓他保有隱私。他開的是一輛大車，不過並不醒目。他需要用那輛車來載送他的被害人，但是卻不希望他的車給人留下任何印象。也許是美國製的車，車色並不耀眼，車窗玻璃也許貼了有色的隔熱紙。」

她告訴他們關於他可能會放置在車上的綁架工具。警員們紛紛翻閱著那份檔案。有些人正在做筆記。凱特琳感覺到咖啡因和緊張開始發揮作用了。

「這個不明嫌疑犯在晚上十點到凌晨一點之間獵食。黑夜讓他在幾乎不引人注意的情況下溜進到社區裡，並且讓他可以處在有利的位置，觀察和選擇他的被害人。沒有燈光的小路、被樹覆蓋的廣場、走廊，甚至是一些和被害人的位置恰恰相反的黑暗空間。」

一張張緊繃的臉看著她。

「他在冒險。在公共場所綁架婦女。黑暗可以降低他可能面臨到的一些危險性，不過並非全部。」她轉向釘在板子上的德州地圖，然後輕輕敲了敲三十五號州際公路的入口匝道，那是不明嫌疑犯帶著他的受害人逃逸的路線。「他在絲毫不引起別人注意的情況下控制住被害人的能力，以及迅速逃離犯罪現場的方式，這都顯示出他是有計畫的，而且十分沉著。」

房間後面的一名警探開口說道：「那意味著他是一個有組織的殺人犯嗎？」

「這透露出一種方法論。」她停了一下，思考著她的用詞。「FBI已經不再把犯罪者分類為『有組織』或者『無組織』。那些用詞旨在描述一個不明嫌疑犯的心理狀態和他們犯案的方式。『有組織』暗示著犯罪者善於社交，通常都擁有高於一般人的智商，並且暗指他們在犯罪前、犯罪時和犯罪後都展示出有條不紊的跡象。他們通常都會藏匿被害人的屍體。他們在犯罪後既冷靜又放鬆。而他們的被害人大部分都是陌生人——被害人之所以被鎖定，是因為他們剛好在某個特定的地方或者具有某些特性。」

她瞄了一眼板子上那些金髮女子的照片。每個人也都朝著照片看去。

「『無組織』暗示著犯罪者不善於社交，而且是性無能。他們在感到焦慮或者疑惑時殺人——那種行為是突發的，事先並沒有計畫要避開別人的注意。他們會把被害人留在被殺的地方。無意隱藏屍體，」她說。「但是，這些分類並不是互相排斥的。它不是一種二分法——兩者之間的關係更像是逐漸演變而成的。所以，我們並沒有把這個不明嫌疑犯歸類為有組織的罪犯。」她停了一下。「不過，他確實顯示出具有條理和控制的跡象。」

「所以說，這個傢伙是冷靜先生嗎？」伯格警探說道。

「他出於憤怒殺人，把他對某個在情感上傷害他的人的憤怒，轉移到替代物身上。殺人給了他情感上和性上面的滿足感。」她說。「他佔有他的被害人。這些女人對他而言是物品。不完全是人類。事實上，在他的腦子裡，他是這個地球上唯一的人類。」

「滿足。」一名警員說道。

她點點頭。他們已經收到了夏娜和菲比的驗屍報告。

「他性侵他的被害人，然後殺了她們。而他展示屍體的方式暗示了他在她們死後又重新審視過她們。」她看著自己的筆記，而非那群警員。「我並不是說他是一個戀屍癖。不過，幫屍體穿好衣服和打扮給了他滿足感。他想要延長殺人的興奮感。他沒有丟棄她們。他保存了她們。把她們當作了他的。」

空氣裡瀰漫著一股讓人不舒服的沉默。

「為什麼是睡衣？」莫拉里斯局長終於打破沉默地問。

「一種戀物癖，一個回憶——某個東西讓他把女性睡衣和性慾產生連結。」她看著菲比．卡諾瓦屍體的照片。「至於化妝——他也許是試圖要恢復被害人還活著的假象，並且遮掩腐敗的跡象。也就是試著盡可能地延長這個錯覺。也或許，化妝可以讓她們看起來像是某個特定的女人。」

莫拉里斯開始在房間後面踱步。

那名警員搖搖頭。「變態。」

凱特琳轉向板子上的那些照片。「兇手越來越自信了。第一個被害人，凱莉．法洛斯，她離開了紅狗咖啡館，走進一條漆黑的街道。這個不明嫌疑犯在充分的遮蔽下觀察著，並且在無須擔心會被人看見的情形下攻擊了她。」

她指著後面的照片。「希瑟・古登是在她從大學宿舍走到咖啡廳的五十碼途中失蹤的。他成功的機會很小，但是他的行為卻更加大膽。然後，他在電影院抓走了薇洛妮卡・里斯。更加地有信心，也更加地老練——有很多的顧客和員工都有可能看到他，並且記得他。還有監視攝影機。他沒有多少時間可以獲取被害人的信任，並且控制她。」

「而且全都在眾目睽睽之下。」伯格說。「他是在炫耀嗎？」

「不是。不過，他之前的成功讓他相信他會再成功。讓他相信他可以逍遙法外。」

「我想，他應該被電影院的監視器拍到了。」伯格說。

「他極有可能被拍到——如果他是從前面的入口走進那座複合電影院的話。假設所有的緊急出口都是關閉的、沒有被打開，或者警報器都沒有故障。」她說。「我們正在調查。」

伯格點點頭，然後指著菲比・卡諾瓦的照片。「這次的綁架風險更高。主街，在一覽無遺的環境之下，一輛皮卡就停在四十呎之外。這回，他真的在炫耀了。」

「同意。」

凱特琳走到夏娜・克伯前面。她輕輕地點了點這名年輕母親的照片。「這是至今為止最大膽的一次綁架。進入被害人家裡，那樣的地方通常都不利於他，而且更容易留下鑑識證據。但是，他還是逃走了。」

一名坐在後面的警員表示：「那麼，他長什麼樣？」

「很普通。穿著得體，衣服乾淨整齊。也許還夠迷人。他融入在人群裡。」

「臉上沒有刺青？」

「沒有。這個不明嫌疑犯在外貌上完全不具威脅。」她挺直背脊。「不過，他對於弱小的人具有一種掠食者的本能。他在女人分神或者匆忙、或者半睡半醒之間的時候抓走了她們。他很擅長於掌握時機利用她們。」她停了一秒鐘。「想想你們認識的人當中誰具有這樣的能耐。」

「你認為我們認識這個傢伙？」一名警員問。

「很多人都認識他。」

警員們紛紛在座位上不安地挪動著姿勢。

艾默里奇在這個時候開了口。「這個不明嫌疑犯是到處走動的，他很自信，而且，從這些拍立得照片看起來，我們知道在索勒斯的謀殺案並非他第一次殺人。你們應該要調查其他發生在三十五號州際公路沿線的失蹤案。那是他的覓食場。」

伯格朝著地圖點了點頭。「三十五號州際公路幾乎穿越了德州五百哩。」

「還有另外一千哩北上延伸到了明尼蘇達州的杜魯斯。不過，德州是一個開始著手之處。」

凱特琳掃視著房間。「這個人不僅危險，而且不輕易罷手，除非我們阻止他，否則，他會再繼續殺人的。」

伯格帶著挑戰性地皺起眉頭。「你們打算怎麼做？」

艾默里奇說：「我們打算和局長召開一場記者會。看看是否有人有什麼資訊。」

莫拉里斯揚起下巴。「有人認識這個混蛋。我們會找到他的。」

13

電視台的新聞團隊擠滿了警察局前面的人行道。除了來自奧斯汀和聖安東尼奧的電視台，還有平面媒體的記者和攝影師，以及一名美聯社的特約記者，加上本地的部落格主和二十幾個索勒斯的民眾。莫拉里斯局長嚴峻而堅決地對著一片麥克風在說話。他確認了夏娜．克伯和菲比．卡諾瓦的死亡，並且強調警察局正在緊急搜尋嫌犯，嫌犯可能是一名三十多歲的白人男性。凱特林和成群的警員、警探以及FBI團隊就站在他身後。

莫拉里斯在發言結束前表示：「我要把麥克風交給FBI的特別探員布麗安．雷尼，她有更多的訊息要發布。」

雷尼走向前。她身上的黑色外套十分平整，髮辮在腦後紮成了一個髮髻。她看起來就像一支箭一般地銳利。「我們相信，犯下這些謀殺案的人住在奧斯汀和聖安東尼奧之間的三十五號州際公路走廊帶上。他是社區的一分子。人們認識他、和他一起工作。」她掃視了一下媒體。「他的犯罪行為是有跡象的。他可能會在週六晚上突然外出。他可能會在毫無解釋之下出門又回家，或者對自己的行蹤提出難以置信的理由。如果你認識符合這些描述的人，請和警察局聯繫。」

她和每一名記者的眼神交會，然後看向攝影機。「這個犯罪者會事先尋找潛在的被害人。在選擇適當的時機點攻擊之前，他會先觀察在家和在工作場域裡的女人。如果你在你的住家附近或者大街上看到有人的行為似乎有些異常——正在監視一棟房子或者一個商業場所，某個不屬於那個地方的人——請和執法單位聯絡。」

記者們紛紛寫下她的發言。電視媒體則持續捅著麥克風。

「如果你感到你已經被監視了，或者如果你曾經被一名男子上前來要求你的協助、或者要求你陪他到某個地方，請打電話到警察局。你的警覺會有助於逮捕這個兇手。」

莫拉斯里把幾張8×10的照片遞給雷尼。那是在菲比・卡諾瓦屍體附近的森林裡發現的拍立得照片影印本。雷尼把照片拿起來。

「我們懇請大家幫忙找出這三名女子。」

一名警員把影印的照片傳了出去。他身後的凱特琳和艾默里奇沉默地站著，像記者會的道具一樣。

「各位有什麼問題嗎？」莫拉里斯問道。

凱特琳沒有開口地低聲說道：「好戲上場了。」

奧斯汀電視台那名深色頭髮的記者開口：「這個週六夜殺手。他抓走女人，並且讓她們穿上白色的睡衣嗎？」

「是的。」莫拉里斯回答。

週六夜殺手。凱特琳繃著臉。行為分析組從來不會給不明嫌疑犯取綽號。他們向來都避免將連續殺人犯神化。她只怕這些照片會讓那些小報興奮地幫這個殺人犯封上更多辛辣的稱號。她立

刻就想到白色睡衣殺手這幾個字。

「你們會發起週六宵禁嗎？」

「你們會關閉學校嗎？」

「為什麼這麼久才去找FBI？」

凱特琳站在陰影後面。她和艾默里奇掃視著群眾，記下這些臉孔，分析著他們的身體語言。有些犯罪者會出現在他們自己犯罪事件的調查現場，儘管他們知道警察正在現場觀察。警察局的監視器錄下了在場的每一個人。

莫拉里斯說：「以上就是我們的記者會。謝謝各位。」

語畢，他走進警察局，把大聲提問的記者留在了身後。雷尼也跟在他後面。

當她經過凱特琳身邊時，凱特琳說道：「希望這場記者會有用。」

雷尼打開門。「希望是給週日的教堂用的。讓我們把這條蛇從牠的巢穴裡引出來吧。」

14

週六晚上的達拉斯市中心熱鬧非凡。摩天大樓的燈光璀璨耀眼。市中心寬闊的道路宛如一條車頭燈串連起來的燈河。儘管天氣嚴寒，上城的北角購物廣場依舊人潮洶湧，北角廣場就位於貫穿市中心那些錯綜複雜的快速道路附近。這座高級購物中心的停車場距離三十五號州際公路的一個入口匝道——史特蒙斯高速公路，只有一百五十碼。

泰莉．德林科走出停車場五樓的升降電梯，手裡拿著一只尼曼．馬庫斯[14]的購物袋，還有一個獨立書店的袋子，外加裝著她那鮮蝦香蒜披薩的加州披薩廚房外賣袋。她的靴子踩在混凝土地面上，發出了喀噠喀噠的回音。她在三個小時前到達停車場時，這裡停滿了車子，不過現在幾乎已經空了。她的福特Escape就停在這層樓的末端。一陣風吹過，將她的金髮從肩膀上掀了起來。

她轉過防火梯附近的一根柱子，一名男子的聲音突然響起。

「不好意思。」

她跳起來轉身，手中的購物袋跟著甩了起來。她右手裡的鑰匙插在指縫之中，彷彿爪子一樣。

[14] 尼曼．馬庫斯（Neiman Marcus）是美國一家專售奢侈品的連鎖百貨公司，也是目前全球最高檔、最獨特的時尚商品零售商，具有一百多年的發展歷史，總部位於德州達拉斯。

那名男子站在靠近樓梯的地方，半個人都被陰影遮住了。「抱歉，我無意嚇到你。」他的穿著很時尚，聲音很溫暖。他看起來有些尷尬。只見他的一隻手撐在牆壁上，顯然是在保持身體的平衡。

「我很不想打擾你。不過，我需要有人扶我走到我的車子。」

他面前的混凝土地上擺著幾個玩具店的購物袋。一隻派丁頓熊從其中一個袋子裡探出了頭。

泰莉露出了一絲微笑。

男子也回報了一個笑容。

週日下午的光線穿過臥室窗戶的薄紗，後院裡的橡樹也在窗戶上留下了斑駁的影子。男子站在床邊，熱切地檢視著新的拍立得照片。照片還那麼新。上面的細節如此鮮明。光線捕捉到了細節，捕捉到了她身體的每一道弧線，也捕捉到了她眼睛裡的微光。

達拉斯的女人有一種額外的精緻。一種小牛仔的刺激感。

她值得他跑這一趟。

當基甸郡的警察和FBI在雪松林裡發現那些女人時，他曾經憤怒難抑。他們毀了他的作品。他們帶了狗來。取走了他的獎品。他曾經大為憤怒。然後，當他們召開記者會時，他開始警覺了起來。

他考慮過要停手。他腦子裡的那個女孩，那個名叫麥德森的咖啡館店員曾經看到他在她的公寓大樓附近出現。她是個金髮的小女孩，無禮，而且虛偽，有著那種*需要點些什麼嗎*的笑容。年輕又木然的眼神。不過，她看到他了，即便只是幾秒鐘。在該死的FBI大聲喊著*小心*之下，他如果還要在這個週六去抓她的話，那就太冒險了。

然而，那股陳年的憤怒——那份想要展示給她們看、想要讓這些女人看見、想要在他爆發之前滿足他慾望的強烈而正當的渴望——已經在他的內心裡升起，流過了他的體內。那股渴望在他的脈搏下大聲作響，告訴著他：*沒有人可以把它從我手中拿走。那是我的。*

而達拉斯就在州際公路兩百哩之外。

他對著這張照片又欣賞了一會兒，才把它加入展示的行列。他的展示物是秘密的——他把這些展示品藏在他櫥櫃的一道假牆後面。他把黛比・杜斯・達拉斯釘在板子上。她讓這些展示的照片增添了一份光芒。他用手指撫過那些收藏品。*這麼多的白色睡衣，每一個都是他小心翼翼的選擇……*

他拿下一張少女的照片，照片裡的女孩有一頭淡金色的頭髮。那張照片很舊了。他很認真地保存這張照片，不讓它被燈光照到，以免褪色，並且在每次重新把它釘在板子上時，都釘在同樣的那個圖釘孔上，不過，過了這麼長一段時間之後，照片白色的邊緣已經出現了灰色的油垢。他喜歡愛撫這張照片，不過，現在卻試著讓手指停留在照片表面的上方。

今天，他不打算撫摸它。是她開始了這一切。

他曾經試著忘記、原諒、忽視，假裝那沒有關係，然而，無論他走到哪裡，這個世界到處都有和她一樣的人。那種不屑一顧的人。那種自私的人。那些把他像口香糖包裝紙一樣丟棄的人。那些漂亮的、膚淺的、情緒化的少女。那些不在乎別人的人。那些不了解自己一旦踐踏了一個男人的心靈，就再也無法讓事情重來的人。那些打從骨子裡盲目的人。

他把照片壓在嘴唇上，露出了牙齒，彷彿就要咬下去一樣。

門鈴響了。

他心跳加速地把照片釘回原來的位置。萬般不願地把他的收藏品鎖上，然後在鏡子裡檢視著自己。他的臉色泛紅，雙眼發亮。他看起來就像正在健身一樣。

他確實是。

當他沿著走廊走去時，剛才那些展示板上的影像為他的皮膚帶來了一陣刺癢。他讓自己露出一抹笑意，燦爛而飢渴的笑意，然後收起表情，打開了前門。

「中央市場的墨西哥辣椒賣完了。我會用塞拉諾辣椒來替代。」艾瑪雙臂上揹著兩個購物袋走了進來，一如往常地熱情奔放。「玉米麵包馬芬會很嗆辣，不過，嘿，我們可以大肆狂歡。我來煮湯吧。」

「你會施展你的魔法的。沒問題。」他說。

她給了他一個飛吻，隨即走向廚房，那頭小鹿斑比的棕色頭髮在光線下顯得如此柔軟，她身上那股香水的花香味讓他想起了學校的老師和未婚的老姑媽。

「還有，你最棒了。」他在她身後大聲地說。

她回過頭，給了他一個害羞的微笑。

他轉過身面對門口。「哈囉。」

那個六歲大的女孩站在門廊上，手上拿著一張冰雪奇緣的DVD。

「那是我們今天要看的嗎，艾希莉小姐？」他問。

她發出咯咯的笑聲，不停地跳上跳下。「你這個傻瓜。你明知道是的。」

「進來吧。你媽媽已經在準備午餐了。」

她從他身邊跳進了屋裡。今天是迪士尼電影日。他笑著把門關上。

15

週一早晨，凱特琳拉著她的帶輪手提行李箱走向飯店的退房櫃檯。索勒斯毫髮無傷地逃過了週末。行為分析組準備搭乘上午十一點鐘的飛機返回華盛頓特區。

雷尼已經在櫃檯了。櫃檯的工作人員稍早走進了後面的辦公室。凱特琳道了聲早安，然後把她的鑰匙放在櫃檯上。

艾默里奇的聲音在她身後的大廳迴盪。「等一下。」

她和雷尼雙雙轉身。

「週六晚上有人失蹤了。在達拉斯。」艾默里奇說。

雷尼瞪大了眼睛。「那完全超出了行為分析組之前鎖定的區域。」

「達拉斯警方認為這和索勒斯的謀殺案有關。他們正在把資料發到警察局。」他的頭髮因為淋浴而濕答答的，白色襯衫在上午的光線下讓人無法直視。「有錄影帶。」

一陣尖銳的嗡嗡聲竄過凱特琳的脊椎。

在警察局裡，伯格警探把一張放大成8×10的駕照照片遞給艾默里奇。那是一名髮色柔和的年輕金髮女子。

「泰莉・德林科。二十五歲。達拉斯市中心一家法律事務所的律師助理。她在週六外出購物之後就沒有回家。她的男友和室友都有不在場證明。」

凱特琳和其他人一起圍繞在伯格的桌子旁邊。伯格警探把停車場監視器拍到的錄影帶快轉到要播放的點。他的面色十分陰鬱。

「這沒有幫助。你們看了就知道。」語畢，他按下播放。

錄影帶是黑白無聲的影像。攝影機架在一座多層停車場裡，靠近一排升降電梯的天花板上。有三秒鐘的時間，螢幕上沒有人出現。然後，那個失蹤的女人從攝影機前面走了過去。

泰莉．德林科個子嬌小，走路的步伐充滿活力。她的左手拿著兩個購物袋，第三個則吊在她右手的前臂上。她的皮包吊掛在肩膀上，鑰匙抓在右手裡。她看起來彷彿正在直接走向她的車。她經過攝影機底下，走向停車場的遠端，螢幕上出現了她的背影。

她嚇了一跳地跳起來。

她猛然轉過頭，她的注意力被什麼出乎意料的東西所吸引。某個在螢幕之外的東西。

凱特琳動了一下姿勢，想要看到更多。她身旁的艾默里奇雙手交叉地站著，手指輕輕地敲打在手臂上。

螢幕上的泰莉轉向她的右方。她的背依然對著鏡頭。她歪著頭，開始說話。

凱特琳絕望地想要知道她在說什麼，但是，他們能看到的有限，甚至連想要讀她的唇語都沒有辦法。

泰莉點點頭，走出了畫面。她的影子跟在她身後，也隨著消失了。

伯格停下了錄影帶。「這就是全部了。」

艾默里奇說：「再播一次。」

他們又專注地看了兩次。伯格看起來很氣餒。艾默里奇拿出他的筆電，放在會議桌上。

「把影片發給我。」他說。

「你覺得你可以從裡面得到什麼嗎？」

「我們在匡提科的技術分析師也許可以。」

伯格把影片轉發給他。「他們能發現什麼？」

艾默里奇往前靠近電腦，一邊打字一邊說：「影子、偽影、反射——任何可能就被害人說話的那個對象提供資訊的東西。」

凱特琳碰了一下伯格的手臂。「你可以再播一次嗎，麻煩你？」

他重新再播放了一次。她仔細地看著。

對她而言，泰莉之所以跳起來，顯然是因為有人和她說話。否則，她不會轉過身開口回應。泰莉在說話的時候，頭保持著水平。那表示她說話的對象大約和她一般高——一個成人。凱特琳專注地看著螢幕。這次，當她看著影片的時候，她試著要讀出這名失蹤女子的身體語言。

泰莉自願地走向那個在螢幕上看不到的說話者。她為什麼點頭並且同意這個不明嫌疑犯的要求？兇手用了什麼詭計把她引開？

當泰莉走出畫面的時候，她的姿勢顯示出她完全沒有防備。在她最初走進畫面裡的時候，她看起來完全不一樣。當時，她把她的車鑰匙拿在手裡舉起——如果有什麼看起來讓人不安心的事，她隨時準備好要按下車子的警報器。她已經準備好要對突然出現的威脅做出反應——就像任何大都市裡具有自我意識的女性一樣。

當她剛轉身的時候，她依然舉著鑰匙，而且依然把鑰匙夾在她的手指之間，就像爪子一樣。然後，她把手放低了。她露出了……關切。還有……情感上的不安？

凱特琳又看了一遍。在泰莉一開始被驚嚇到，一直到她把鑰匙放低之間的這段時間，她的肩膀垂了下來。她的頭傾斜到一側，那是人們在和小孩或者嗚咽的動物說話時通常會採取的一種態度。那不僅僅是關切。那是……同情？

「他所用的誘餌讓她相信他不只不具傷害性。更讓她相信他受傷了，」凱特琳說。「在某種程度上。她想要幫助他。他在情感上完全改變了她，在不到四秒鐘的時間內。」

伯格說：「他假裝受傷？」

「有可能。我會把這點加註在側寫裡。」

「這是我們要找的人？」

「也許。」凱特琳感到一陣反胃。

艾默里奇把影片傳送到匡提科。他並沒有抬起頭，只是說道：「如果是的話，公布那些拍立得照片並沒有把他嚇到收手。」

伯格看著凱特琳。「而是把他送上了州際公路。」

克蘭德爾．麥吉爾的股票經紀人在中午的鳳凰城陽光底下忙碌著。電話鈴聲四起。電視被無聲地轉到了財經和新聞頻道，滾動的資訊不停地在一座座螢幕畫面底下爬過。

在大廳前台的接待處，莉亞．法克斯轉了一通電話，又簽收了一疊聯邦快遞的信封。快遞員給了她一個友好讚美的神色。三十六歲的她打扮時髦、身材嬌小，她知道鉛筆裙和細高跟鞋會讓自己顯得很好看。她的深色頭髮因為炎熱的天氣而剪短。那讓她的臉看起來很嚴肅，不過，她決定自己喜歡這樣。讓自己看起來兇一點是她想要嘗試的方向。

她對快遞員揮揮手道別，咕嚕咕嚕地喝掉一杯冷咖啡的殘渣，然後坐在她的辦公椅上來回轉動，滑著手機裡的簡訊。*提茲又生病了*，她母親寫道，提茲是她的狗。*觸地得分！*她妹妹在簡訊裡尖叫，可能是運動，或者考試，或者性方面的事。莉亞給她們兩人都回了一個豎起的大拇指。她抱起那些聯邦快遞的信封，走回辦公室去分送。

當她走過交易員的桌子時，一座掛在牆上的電視吸引了她的注意力。螢幕裡的影像觸動了她後腦的某個部分，不過，她繼續往前走。另一座角落裡的電視也被轉到了同一個頻道。新聞跑馬燈顯示著，*德州警察和 FBI 正在尋找兇手*。

她看到了那些拍立得照片，隨即停下了腳步。

一名股票交易員從她的辦公室走了出來。「莉亞？」

莉亞的目光依然盯在電視上。

「莉亞。那是給我的嗎？」

那名交易員伸出手。莉亞把一只信封遞給她，但腦袋裡卻在乒乓作響。

「怎麼了？」那名女交易員問。

莉亞搖搖頭，依然看著電視螢幕。「沒什麼。」

那名交易員抬頭看著螢幕。「天啊。真可怕。」

莉亞試著呼吸，然而，她的胸口似乎鎖住了。那名交易員正在和她說話，不過，她只聽得見自己腦子裡那些乒乓的聲音。

那名交易員在她臉前揮了揮手。「你看起來嚇壞了。怎麼了嗎？」

莉亞轉向她。「沒什麼。」

她踩著她的細高跟鞋轉身，沿著蓋滿地毯的走廊快速往回走。在她回到前台之前，她轉進了女士的洗手間。她把自己鎖在一間廁所裡，背抵在牆上，渾身顫抖。

她低聲地說：「不可能。」

當她回到前台時，她試著要忽視大廳等候區裡的那面電漿電視螢幕。然而，她心中的那股刺癢最終還是像毒藤蔓一樣地壓得她透不過氣來。在整點的時候，她走向電視，關掉聲音，尋找著新聞頻道，直到她找到新聞快報為止。

「第六名德州女子失蹤，這次發生在達拉斯。」

莉亞的手垂到兩側。就像其他失蹤的女子一樣，泰莉·德林科也是金髮，年輕、苗條，而且也失蹤了。失蹤，失蹤，失蹤。她們的照片出現在螢幕上。一張接著一張，就像玩具店架子上的芭比娃娃一樣。

那些拍立得照片。那麼多金髮女子，那麼恐怖。吊帶睡衣。

「達拉斯警方並未發現這起失蹤案的嫌犯，」那名主播說。「不過正在和基甸郡當局聯繫，基甸是另外五名女子失蹤的地方。其中兩名女子上週已經被發現遭到了殺害。FBI正在協助調查，但並沒有對本案發表任何進一步的看法。」

那名主播看起來嚴肅中帶著憂慮。一列電話號碼在螢幕上閃過——舉報電話。

莉亞將電視按到暫停。她站在那裡整整一分鐘，然後是兩分鐘，透過前門看著外面亞利桑那刺眼的陽光，直到淚水湧上她的眼睛。

她顫抖地拿起她的電話。看著電視螢幕，她按下了上面的電話號碼。

當電話接通的時候，她閉上雙眼。「我需要和負責德州謀殺案的探員說話。我知道兇手是誰。」

16

索勒斯警察局的電話不停地在響，一直沒有停過。每一條線路上的燈都在閃爍，全都是憂心忡忡的民眾或者一些瘋狂的舉報電話。

那個週六夜殺手是我的鄰居。

兇手是那個在加油站打趣地看著我的傢伙。

那是我岳母。

兇手翻過我的垃圾。是收垃圾的人。

我是兇手。

我用乾洗袋把她們弄到窒息。

我用割草機輾過她們。

一名穿著咖啡店店員黑色制服的金髮少女正在前台，以極快的語速描述著她曾經看到過的那名男子，她舉起手，示意著他的身高。莫拉里斯局長看起來似乎血壓已經飆高到足以噴洗一輛巴士了。伯格警探的領帶也快要把他自己給勒死了。警察局外面，白色的陽光照耀在幾乎空無一人的主街上。空氣裡似乎充斥著一股恐慌。

凱特琳坐在警探室的會議桌上，戴著耳塞，往前湊在她的筆記型電腦前面。她正在和匡提科的行為分析組技術分析師尼可拉斯・凱斯開視訊會議。

「我知道你正在對達拉斯停車場的監視器錄影帶素材進行資料探勘，」凱特琳說。「不過，還有另外一段關於第三名被害人的錄影帶。我敢賭一把，那個不明嫌疑犯就在那段影片裡。」

她在她電腦螢幕的一個視窗上播放著薇洛妮卡・里斯在複合電影院失蹤的影片。

「我需要的是動作分析，」凱特琳說。「把被害人和電影院大廳裡的其他人逐一進行配對，然後決定其中是否有某一個人在監視她、碰過她，或者跟蹤她。」

「我數了一下，那個大廳裡有一百二十五個人。這是大約的數字。」凱斯說。

他正盯著他自己的螢幕，而非凱特琳。電腦螢幕的光從他的角質眼鏡框上反射出來。二十八歲的他思考敏捷，而且博學多聞，彷彿累積了從遠古以來的知識一樣。

「我知道那很費工夫。」凱特琳說。

「如果我用對模式的話就不會。」凱斯的手指行雲流水般地在鍵盤上敲打著。他的耳朵後面夾了一支鉛筆。「我有好幾種方法可以執行。」

艾默里奇大步走進房間，靠近會議桌。

「凱斯，等一下。」凱特琳拔出一個耳塞。

「有人打電話來說她知道兇手是誰。」艾默里奇遞給凱特琳一張留言紙。「初步的篩選顯示她的說詞可能具有可信度。這名女子會和我們視訊通話。看看她的臉，聽她怎麼說，然後決定可信度這個詞是否用對了。」

「馬上來。」

艾默里奇乾脆地點點頭，隨即離去。

凱特琳回到和凱斯的會議。「我得——」

「我聽到了。去吧。」他的眼睛在他的螢幕上掃來掃去。「我有一個想法。」

「怎麼做？」

「傾斜路線和攔截。」

在凱特琳來得及問更多以前，他就掛斷了。她把那張留言紙放在桌上，撥通了視訊通話。電話立刻就被接了起來。

「法克斯小姐。」

莉亞．法克斯彎身在螢幕前面，緊張地舔著嘴唇。她有一頭剪得很短的黑髮和看似固執的下巴，不過，她看起來就像一頭小鹿一樣地害怕。

「韓吉斯探員？」法克斯說。「你在德州？你在調查這些謀殺案？」

「是的。你有什麼訊息要提供給我們？」

「你得要保證。」法克斯把雙手指尖頂在自己的嘴唇前面，彷彿一座尖塔一樣，然後在短暫地閉上雙眼之後，緊緊地注視著凱特琳。「不能公開我的名字。我是匿名的。」

「我會幫你保密，」凱特琳說。「你相信你可以指認這個兇手嗎？」

莉亞的眼睛抽搐了一下。「我的前男友。他叫做艾倫．葛吉。」

她吐出了一口氣，彷彿說出那幾個字讓她的每一分精力都消耗殆盡。

凱特琳寫下那個名字。「告訴我關於葛吉的事。你為什麼認為他是我們正在尋找的那個人？」

「他跟蹤我。他……」莉亞把一隻手壓在了自己的嘴上。

「慢慢來。告訴我發生了什麼事。」

莉亞花了幾秒鐘，似乎在努力地鼓起勇氣。她繃緊了下巴。這讓她看起來一副很疲憊的模樣。

「當時我在休士頓外圍的藍帕特大學念大一。我十八歲……」她聳聳肩。「艾倫很搶手。粗獷，具有一種克林．伊斯威特騎在馬背上的氣質。」

凱特琳點點頭鼓勵她。

「但是，他喜歡參加派對，」莉亞說。「他喝酒。事情就走下坡了。」

「你為什麼認為他就是這些謀殺案的嫌犯，法克斯小姐？」

「我當時的狀態很糟糕，」莉亞說。「所有的課都蹺課。只是在閒晃，你知道嗎？我和他待在一起的時間，比我應該要和他相處的時間還要長。他是我的第一個男朋友，而且……」

她的臉頰發燙。她看起來似乎從大一開始就一直把這件事隱藏在心裡。

凱特琳把聲音放軟。「沒事的。我在聽。繼續說。」

莉亞使勁地點點頭。「有一天晚上，在他的公寓，他——我們——喝醉了。所以我們彼此就開始提高了嗓門。我衝進臥室，把房門鎖上。還用一把椅子頂著門把。艾倫不停地拍打著門，辱罵我，大聲說我沒有用……」

凱特琳繼續點著頭。

「我哭到睡著了。艾倫則繼續喝酒，還把公寓燒了。」

這讓凱特琳做出了反應。「他故意縱火的嗎？」

莉亞畏縮了一下。「我不知道。也許他暈倒了。消防隊把起火的原因列為『不明』。」

凱特琳問了她公寓的地址和火災發生的日期。

「當我醒來的時候，臥室裡都是煙，艾倫的室友不停地在拍門，求我從臥室裡出來。」莉亞的眼睛亮了起來。「我打開房門，只見火焰已經燒到了起居室的天花板。前門大開，鄰居都在走廊上，大聲叫我趕快跑。」

「聽起來很可怕。」

「這件事依然讓我感到很不舒服。」莉亞的聲音在顫抖。「我知道你在想什麼，『那又怎麼樣？』」

凱特琳在這個女子的臉上看到了真正的害怕，不過，莉亞說得沒錯：到目前為止，她沒有聽到什麼足以把葛吉和不明嫌疑犯連結起來的事情。

「我在聽。」

「我再也沒有和艾倫說過話。我和他絕交了。就那樣，結束了。」莉亞往前向螢幕靠近。

「然後，一切就開始變得令人毛骨悚然。」

「形容一下『令人毛骨悚然』是什麼意思。」

「我開始在郵箱裡收到卡片。上面從來都沒有署名。『不要無視於我』、『你正在犯下錯誤』、『你有什麼毛病？』然後我的門廊上開始出現禮物，」莉亞說。「一開始是一些甜美的東西。一條很迷人的手鍊。一個音樂盒。可是，當我沒有回應時，他開始放一些芭比娃娃。它們……都被損壞了。」

一股微微的寒意蒙上凱特琳的肩膀。

「手臂從身體的連接處被拔掉了。脖子斷了。臉被打火機燒過。腿……」她挪開目光，然後又猛然盯向螢幕。「雙腿大開。其中一個放在一隻死老鼠上面，就像——那個洋娃娃正在和老鼠做那檔事。我差點被嚇死了。」

「你有告訴過任何人嗎？」凱特琳問。

「我的室友。我不能告訴我父母——他們會知道我曾經……我曾經和一個男孩發生過關係，然後會震怒的。」

「你有告訴學校裡的任何人嗎？警察？」

莉亞嗤之以鼻。「校園公共安全？他們只會逮捕違反宵禁和把嘻哈音樂播放得『太大聲』的孩子。」她用手指在空中做了一個引號的手勢。「藍帕特是一所很小的基督教學校。學校的行政人員並不想知道關於學生們發生——性行為的事情。」

莉亞低下頭，降低了音量。「他們會對我提出紀律指控。要求我懺悔，也許還會把我趕出學校。」

凱特琳心想，還好我沒有去念藍帕特大學。不過，那所學校對於學生遭到跟蹤會做出的反應，並沒有讓她感到驚訝。

「還有呢？」凱特琳問。

莉亞加強了自己的聲音。現在，她已經開了頭，每一個字也說得更加堅決。

「夜裡很晚的時候，他會站在對街的黑暗處，看著我住的地方。」

「你確定那是艾倫．葛吉嗎？」

「他待在燈光照不到的地方，但是，身材和身高都是一樣的。我的室友也看到他了，並且嚇壞了。」她的眼裡有淚光。「然後，他殺了我的貓。」

那股寒意吹過凱特琳的肩膀。

「割開牠的喉嚨，再把牠丟在後院，然後用我的照片把牠圍繞起來。」莉亞說。「那些照片是在艾倫的公寓裡拍的，是在我睡覺的時候拍的。我身上還穿著該死的白色睡衣。」

淚水湧到了眼眶邊緣。莉亞憤怒地拭去眼淚。

凱特琳動也沒有動地問：「你有告訴有關當局關於那隻貓的事嗎？」

莉亞搖搖頭。「不過我拍了一張照片。如果情況變得更糟的話，我想這可以當作證據。」

凱特琳忍住沒有說什麼。縱火和虐待動物已經夠糟了。即便是一名禁慾的大學行政人員也會對這種跟蹤的證據認真以對。警方會立刻認為莉亞的生命遭到了威脅。

「我必須問一下——在那個時候，你為什麼沒有報警？」凱特琳問。

莉亞的臉漲得和火焰一樣紅。她開始眨眼，開始舔嘴唇。「我只是……那是很糟糕的一段日子。我們可以不要討論這個問題嗎？反正就是那樣。」

她拿起一張照片。讓凱特琳的胃為之緊縮。

那隻貓失去生命力地蜷縮成一團，鮮血覆蓋在牠喉嚨四周的皮毛上。那些照片就插在牠身邊的濕草地上。在所有的照片裡，身穿簡單透明睡衣的莉亞都毫無知覺地躺著。這是一種對死亡的重複見證。

「是艾倫幹的，」莉亞說。「這才是最重要的。你得要相信我。」

「請把那些照片掃描發給我。」凱特琳的心跳得像在打鼓一樣。「我也需要檢查原始的照片。我會讓鳳凰城FBI辦公室的一名探員聯繫你。」

「好，我知道了。」

凱特琳按下手中的筆。「我需要你所知道的所有關於艾倫．葛吉的訊息。全名、生日、出生地。任何你可以發給我的照片。」

莉亞不假思索地說出了相關的訊息，不過又說：「我把我所有的照片都撕掉了，而且沖進了馬桶裡。我希望所有關於他的記憶都消失。」

「你知道葛吉在哪裡嗎？」

「不知道。也不想知道。我希望我不要知道。我離開了藍帕特。我轉學了，而你最好要相信我這麼做主要是因為這個詭異的白痴艾倫．葛吉。」

「有誰可能會知道？」凱特琳問。

「我和藍帕特大部分的人都斷絕了聯繫。我無法告訴你。」說著，她把目光轉向旁邊。

凱特琳並不懷疑莉亞相信葛吉有罪。也不懷疑莉亞嚇壞了。同時，她也不懷疑莉亞隱瞞了什麼沒說。

「你覺得我應該要從哪裡開始找？」凱特琳問。

「我最後聽到的是，他加入了軍隊。」莉亞轉回螢幕。「是他。他已經不只是一個喝醉的跟蹤狂了。他是一個狂熱的殺人者。」她往前靠近。「你們要找到他。因為我已經放手一搏了，我已經遠遠地越線了。」

語畢，莉亞終止了通話。螢幕出現了一片空白。

凱特琳沿著走廊在警察局裡尋找，直到她找到艾默里奇。她火速地把剛才的事情告訴了他。

「我們需要找到葛吉。他有控制慾，而且充滿憤怒。加上縱火、殺貓——那很顯然是變態的性虐待狂會有的一連串行為指標。」

艾默里奇說：「法克斯在提起這些之前，並沒有從你那裡得到任何的提示。」

凱特琳有一種被冒犯的感覺。「完全沒有。」

她太了解要如何引導一名證人，或者以問題的形式影響證人提供的訊息。

「局長並沒有提到夏娜．克伯的喉嚨被割開，也沒有說那些在森林裡發現的拍立得照片是被插在屍體附近的地上，」凱特琳說。「那是兇手的獨特手法。我不認為那是巧合。」

艾默里奇的眼神銳利了起來。「我也不認為如此。」

17

週二早晨，凱特琳和匡提科的尼可拉斯．凱斯一起追蹤艾倫．葛吉的下落。他還活著。他的地址登記在奧克拉荷馬州林康的紅河對面。

「奧克拉荷馬，」她說。「遠遠地超過了目前的殺戮範圍。這點符合一名憤怒興奮型的兇手會在他自己的住家範圍之外進行捕獵的習慣。」

「三十五號州際公路穿越了林康，」凱斯的聲音從電腦的喇叭上傳出來。「基甸郡就在它的正南方。」

雷尼走了進來。聽到他們的對話，讓她把目光投向牆壁上的德州地圖。

凱斯說：「還有，我可以確認莉亞．法克斯的故事。葛吉在軍中服役過。我現在就把他的軍中紀錄發給你。」

「謝謝你。」凱特琳說。

雷尼用關節輕輕地敲了敲會議桌。「抄送給我。」

凱特琳感到了一股興奮。不過，五分鐘之後，雷尼在看完紀錄時搖了搖頭。

「服役八年，多次調動，紫心勳章，光榮退役——他不是那個不明嫌疑犯。」

「為什麼不是？」凱特琳說。「那個不明嫌疑犯喜歡暴力。多次調動到現役的戰場能讓他名正言順地犯下暴行。」

「我們的不明嫌疑犯喜歡他所能控制的暴力。而戰爭從來都是不可控的。」雷尼的聲音裡有一份嚴厲。「他喜歡那種他可以施加的暴力，而且是加諸在無法反抗的人身上。美國有一支志願軍——加入志願軍的人都知道他們可能會置身於危險之中。這個不明嫌疑犯是絕對不會讓自己陷入危險的。」

凱特琳感到一絲懷疑和不滿，不過，她立刻就試著遏制住自己的情緒。聽從資深探員的看法。

「了解，」她說。「不過，這個故事裡還是有某些事情需要調查。在我們和葛吉談過之前，我們不會知道那是什麼。」

房間的另一頭，艾默里奇和伯格警探俯瞰著一張清單——都是舉報熱線提供的名字。艾默里奇一邊聽著伯格說話，一邊在幾個名字底下劃線，然後抬起頭來。他的目光和凱特琳相遇。他的問題盡顯在他的眼裡。

「我們知道他在哪裡了。我們現在就出發。」她說。

說著，凱特琳把手伸向雷尼索取車鑰匙。

「開車到奧克拉荷馬得花上我們好幾個小時的時間。」她說。

雷尼把鑰匙遞給她。凱特琳雖然知道同意這趟行動的人是艾默里奇，然而，她並不知道雷尼作何感想。她明白自己在這個小組裡的身分並不尋常。她是直接從阿拉米達郡警局的兇殺組被招募進來的。大部分的FBI探員在加入行為分析組之前都累積了多年的調查經驗，但是她並沒有。

有時候，她感覺自己就像老師的寵物一樣。她知道她必須為自己贏得應有的地位。前往奧克拉荷馬將會花掉接下來一整天的時間。她承受不起讓這趟旅程淪為白跑一趟。

「現在有一條真正的線索。這很重要。」她說。

雷尼點點頭。「那我們就應該立刻動身。」

語畢，雷尼立刻向門口走去。她一邊走，一邊滑著手機，尋找著國防部發送給她們的軍方紀錄。她在警局外面跳上那輛SUV，隨即撥出電話，試著要接通艾倫．葛吉的前任指揮官。凱特琳則坐上駕駛座。

「麻煩告訴馬丁森上校盡快回電給我。」雷尼說著，繫上了安全帶。

凱特琳啟動引擎。兩分鐘之後，她已經開上了三十五號州際公路的入口匝道了。

奧克拉荷馬南方的山丘緩緩地延伸過因為冬天而變成金黃色的草原，然後往下蔓延過河流和小溪。山丘上覆蓋著光禿禿的樹林。州際公路蜿蜒地穿過農田，經過一間契卡索人[15]的度假中心和賭場。戴著墨鏡的凱特琳一路沉默地開車。雷尼則不停地在使用她的筆記型電腦，直到她們在林康下了州際公路，轉往鄉間，她才關上電腦，從她的手機裡找出一張地圖。

「從衛星圖像來看，葛吉的小屋剛好座落在樹林正中間。」她的神情肅穆，不過語調裡卻帶

[15] 契卡索人（Chickasaw）是生活於美國境內的美洲原住民。

著諷刺。

「就像血腥的青少年電影中那種樹林？」

「就像黑人女孩和宅男都會先死的那種電影。」她聲音裡的尖銳消失了。「這確實符合兇手的側寫。」

她們駛離蜿蜒的鄉間道路，開上一條崎嶇不平的石礫車道。岬角擋住了她們的視線，直到她們開到坡路上方，才看到一片半畝大的土地上矗立著一幢小木屋，屋子朝南，面對著橫越地平線的紅土河流。凱特琳在小屋前面停下車子。

「到了。」

有著一道大門廊和寬闊窗戶的小木屋充滿了濃濃的鄉村味。車道對面還有一棟老舊的紅色穀倉。穀倉已經被陽光曬到褪色了。

透過打開的穀倉門，她們可以看到銳利的農具從屋頂的橫樑上懸掛下來，穿過百葉窗的陽光在農具上留下了一條條的光影，微風把農具吹得叮噹作響，彷彿邪惡的鐘聲一樣。凱特琳和雷尼不禁彼此對看了一眼。

她們從Suburban上跳下來。掃視著穀倉、車道、樹叢和陰影，然後走向小木屋。

凱特琳的外套敞開，右手低垂，雖然沒有碰到她的手槍，不過卻保持著隨時都可以伸手拿到的自信。車道上或者穀倉裡都沒有車子。沒有動物。也沒有聲音。

她爬上門廊，掃視著身旁的環境，然後敲了敲門。當她敲門的時候，雷尼的手機突然響了。

凱特琳從前面的窗戶裡看進去。屋裡沒有任何動靜。也沒有開燈。

雷尼接起電話。「馬丁森上校。謝謝你這麼及時回電給我。」

她專心地聽著電話那頭的人在說話。凱特琳可以從手機裡聽到一名男子的男中音。

她再次敲了敲門。

雷尼說：「我明白了，上校。是的。他最後的調動……」

小木屋後面傳來了一名男子的聲音。「來了。」

凱特琳往後退開，轉身側對著門。

「謝謝你，上校。」雷尼說著掛斷了電話。她的表情深不可測。「葛吉的前任指揮官。他告訴我葛吉士官長是如何得到他的紫心勳章的。」

她的表情透露出一份嘲諷的暗示。屋裡傳來一陣腳步聲。一名男子——還有一隻狗的爪子摩擦在木頭地板上的喀噠聲。

大門打開。艾倫．葛吉站在門口的陰影處。

「什麼事？」他戴著一副深色的眼鏡。他的頭微傾，彷彿在藉由來者的身體擋住微風的方式來判斷站在門口的人是誰。

他身邊是一隻黑色的拉布拉多。一隻導盲犬。葛吉的手就牽在拉布拉多的狗繩上。

18

「FBI？怎麼回事？」

艾倫．葛吉蓄著紅色的鬍子，身材精瘦，結實，像一名跆拳道選手一樣。當他示意凱特琳和雷尼進屋時，他的狗耐心地站在他的身邊。

他把門關上。「我聽到你說馬丁森上校？」

「是的。」雷尼回答。

「有什麼問題需要讓我的前任指揮官打電話給你？」

他站在門邊，現在，他顯然不願意進一步歡迎她們了。凱特琳觀察到，他的站姿筆挺，十足軍人的模樣。

「我們需要知道你官方紀錄中沒有的東西，中士。」雷尼的聲音很柔和，而且實事求是。「馬丁森上校告訴我，你失明了。」

「那不是一個秘密行動，」葛吉說。「阿富汗就在地圖上。除非你的悍馬從上面開過，否則，不會有人知道一個簡易的爆炸裝置就在那裡。為什麼會有兩名聯邦探員出現在我家門口？」

凱特琳感覺到臉頰漲紅。問得好。她們開了兩百五十哩路來審問一個不可能是那個兇手的人。

雷尼嘴唇緊抿。她正在努力忍住那句*我就知道*。

有那麼幾秒鐘的時間，凱特琳感到一股不舒服的挫敗感。白跑一趟。事情怎麼可能發展得那麼順利。雷尼早就告訴過她了。

然而，她卻無法甩開一種感覺，她覺得這個線索具有合理的根據。

她查過莉亞．法克斯的背景。在這段長途駕駛中，雷尼曾經和她輪流駕駛，那讓她有時間可以發出要求和得到資訊。莉亞是她自稱的那個人。沒有犯罪紀錄。沒有向警方謊報的紀錄。她從來沒有因為精神狀態而被強制住院過。而休士頓消防局也確認了那間公寓失火的時間和地點。他們還把消防局的通話紀錄以及火災事故的報告都發給了她。葛吉的公寓被燒毀了。那場火是由一根點燃的香菸所引發。火災背後的動機則是，如同莉亞所言，不明原因。現場的證據顯示那是一場意外——葛吉在抽菸的時候昏倒了。不過縱火的可能性也沒有被排除。

凱特琳也查過火災的日期。那是一個週六晚上。

FBI鳳凰城分部和莉亞談過，並且拿到了那隻死貓被快照圍繞的原始照片。那張照片上有數位標示的日期，而那個日期顯然是真的。

在超過十八年之後，莉亞．法克斯依然對那場火災、火災後的餘波，以及這個站在凱特琳面前的男人感到恐懼。

凱特琳看不出有什麼證據顯示莉亞在說謊。相反地，如果莉亞對葛吉直接下了結論，那也是情有可原。實際發生過的事件讓她感到害怕。

雷尼開始不耐煩了。不過，凱特琳的直覺告訴她不要放棄。還不要。

「我們正在調查發生在索勒斯和達拉斯的連續失蹤和殺人案，」她告訴葛吉。「你也許可以協助我們。」

「我？」他張大了嘴。「他們在樹林裡發現的那些女人？老天。你以為我能告訴你什麼？」

「你在藍帕特大學念過書。」

他沉默了下來。最後才說：「那是很久以前的事了。那有什麼關聯嗎？」

「你的公寓被一場火燒毀，」凱特琳說。「關於那件事，你有什麼要告訴我們的？」

「什麼也沒有。」葛吉回答。

「先生？」

他牽著狗繩的站姿彷彿在稍息一樣。「我什麼也沒辦法告訴你，因為我對那場火災沒有記憶。」

雷尼直接看了凱特琳一眼，現在，她完全不用擔心葛吉會看到她側瞄或者做出任何眼神上的暗示。

「為什麼沒有？」凱特琳問。

葛吉停了一下，似乎想要感受空氣裡的氛圍，再決定是否要繼續說下去。

「當時我的狀況一團糟。」他說。

「怎麼說？」

「酗酒。我來自於一個酗酒的家庭，當我念大學的時候，我開始延續我的家庭傳統。」他側著頭。「誰告訴你那場火災的事——達莉？」

「先生？」

「誰告訴你的？我的前女友，達莉——達莉亞．哈特？」

凱特琳拒絕回答。「據說，在火災之後，你騷擾你的前女友。」

他畏縮了一下。「什麼？絕對沒有。騷擾她？百分之百沒有。我再也沒有見過她。天哪，誰告訴你的？」

凱特琳覺得自己的腸子在往下掉。「你不需要見到她才能騷擾她，葛吉先生。」

「可惡。她……」

他停了下來。有一秒鐘的時間，他似乎已經處在爆發的邊緣。然後，他拉回了自己的情緒。

凱特琳進一步地施壓。「有人殺了她的貓，還把屍體留給她去發現。」

葛吉張大了嘴。「有人殺了小機靈？你是認真的嗎？」

他似乎嚇到了，不過，凱特琳很好奇，他居然記得貓的名字。

「葛吉先生？我們擔心那有可能是你做的。」

「你不知道吧，是嗎？」他的聲音乾得像沙一樣。「關於我在坎大哈發生的事。所以你才會在這裡。你認為我在索勒斯殺了人。怎麼，就因為我在德州長大？因為達莉？」

雷尼開口說道：「先生——」

「聽著。在我燒毀我自己的家之後，我就戒酒了，而且沒有再喝醉過。我入伍從軍。巡迴過六個營地，直到受傷為止。我再也沒有見過達莉亞。我再也沒有和她說過話。也沒有和她聯絡過。我沒有騷擾她。我也絕對沒有殺了她的貓。」他搖搖頭。「真的嗎？你真的以為我會痛打一隻貓的頭，就因為一個女孩和我分手？」

他的臉漲紅了。他喘息得很厲害。

那隻貓的頭並沒有被痛打。

「反正我當時一團糟。我二十歲的時候就酗酒。但是，我從來沒有對女人施暴。或者動物。我服役了八年，然後光榮退伍，拿到了我的學位。我現在在一家本地的非營利機構工作，幫其他退伍軍人找工作。我有一個家庭。那些都不是我幹的。從來都不是。未來也不會是。」

家庭。雷尼走到起居室。那張格子沙發上有一個絨毛玩具。牆壁上沒有太多照片，不過，窗台上倒是擺了幾張照片，照片裡是葛吉和一名髮色金紅的嬌小女子。角落裡還散落著一組積木。

雷尼緩緩地搖搖頭。她用唇語說著：「沒戲唱了。」

凱特琳把她拉到一邊。然後靜靜地說：「我們排除了葛吉。不過並沒有排除掉那場火災意外。那完全符合那個不明嫌疑犯的側寫。那就是同源——是兇手的個性和行動第一次結合起來的時候。」

雷尼撇撇嘴，拱起一道眉毛。

「我們漏掉了什麼。」凱特琳說。

她轉回葛吉。「我們不是故意要這樣懷疑你。不過，這個調查很緊急。我們在追捕一名兇手，他從去年夏天開始，已經殺害了至少兩個女人，並且綁架了其他四名女子。我們需要所有我們能夠得到的協助。」

葛吉的肩膀和下巴都放鬆了一點，也許一公釐吧。「了解。」

那條狗在他身邊打了個哈欠。葛吉說道：「奇薇，坐下。」那隻拉布拉多立刻就坐了下來。

凱特琳接著說：「發生在大學時代的某些事可能和我們的調查有關。記憶會消退，或者變得扭曲——特別是那些在生死關頭下形成的記憶。然而，我們要不就是追根究柢、找出真相，要不就是徹底把它排除。」她想了一秒鐘。「你有任何當時的照片嗎？」

雷尼皺著眉頭，也許在想，一個盲人為什麼要留著照片？然而，凱特琳卻在想，他為什麼要丟掉？

「有，」他說。「有一些沒有在那場火災中被燒掉的東西。」

他指著靠近前門的櫃子。裡面有一個裝了大學紀念物的紙盒。

凱特琳在一本相冊中發現了達莉亞．哈特——莉亞．法克斯——在一張野餐的團體照裡。她用手指撫摸過照片。莉亞的長髮被染成了淺金色。她會很符合那些拍立得照片裡的死者。

雷尼的目光越過凱特琳的肩膀。她陷入了沉思。

照片裡有十幾個大學生，為了拍照而隨意地聚集在一起。女孩們看起來都很習慣在鏡頭前搔首弄姿。男孩們看似很難好好拍照而不搞笑。葛吉站在照片中央。他明亮的藍眼睛和微醺的笑容似乎很溫暖友善。莉亞坐在野餐桌上。她的笑容很上鏡，不過卻有點悶悶不樂的感覺。

一名深色頭髮、相貌堂堂的年輕男子幾乎站在她的正後方。他的目光緊緊地盯在她身上。

凱特琳轉向葛吉。

「這裡有一張野餐的照片。」她描述給他聽。「有一名白人男子，深色頭髮，淺色眼睛。大概和你差不多高。」

葛吉緩緩地搖頭。「我不太記得野餐的事了。可能有好幾個男生參加。」

「他戴了一支潛水錶。穿了一件New Found Glory[16]的T恤。」

葛吉想了一下。「WWJD[17]的手環？」

照片中那名年輕男子戴了一只黑色的手環，上面有著四個字母。「對。」

「聽起來像是凱爾。我的室友凱爾·德瑞克。」

凱特琳重新檢視著那張照片。凱爾·德瑞克站得很靠近莉亞，毫無疑問地，凱特琳認為他希望自己能站得更近一點。他身邊的艾倫·葛吉拿著一瓶孤星啤酒，對於他朋友的熱情似乎毫無察覺。

「告訴我關於他的事。」凱特琳說。

葛吉退縮了一下，似乎在分析這個問題後面的動機。當他再度開口時，語氣中帶著一種刻意的保留。

「他主修心理學。來自東岸——佛羅里達。我們當了一個學期的室友。直到發生那場火災。」

「你們是怎麼認識的？」

「我張貼了一張廣告徵求室友。」

雷尼那雙穿著時尚靴子的腿變換了一下站姿，隨即交叉起雙臂。FBI探員從來不會把他們的手臂交叉，除非是在掩護火力或者百分之百確定他們正在談話的對象不具威脅性。或者，凱特琳心想，當他們試圖不要掐死一名同事的時候。不過，她讓雷尼繼續保持著那份焦慮。她的腦子裡有一個新的想法慢慢在成形。

「他是個什麼樣的人？」凱特琳問。

葛吉的表情依舊冷淡。「很正常的人。會買啤酒回來公寓。」

「你們變成朋友了嗎？」

他停了一下，這回似乎更刻意了。「我們合得來。在一起混。」

屋外，一輛皮卡在那輛Suburban旁邊停了下來。

「那應該是安和瑪姬。」葛吉說道。

窗台上那張照片裡那個髮色金紅的女子從車子裡走下來，臀側頂著一名正在學步的幼兒。她把孩子放下來，那個小女孩立刻就追起了一隻小鳥。安．葛吉透過寬敞的前窗看著起居室裡的畫面。她個子很小，不過看起來很強壯。她看起來已經準備好要抵禦任何闖入者，捍衛她的

⑯ New Found Glory是一九九七年夏天成立於佛羅里達的五人搖滾樂團，有「流行龐克教父」之稱。

⑰ WWJD是「What Would Jesus Do」的縮寫，意為「如果讓耶穌基督來做，祂會怎麼做？」WWJD是一項二〇〇〇年代開始的新興屬靈運動，是北美基督徒為重新喚醒青少年信徒的靈性休養而發起的活動。

丈夫和他們的家。

「葛吉先生，」凱特琳說。「你的室友和達莉亞處得好嗎？」

葛吉停了很長一會兒。他把頭轉向他女兒聲音傳來的方向。他似乎很糾結，在希望FBI立刻滾蛋以及好好配合她們、好讓她們滿意地離開之間掙扎。

他用一種心不在焉的語氣說：「他喜歡看她。」

凱特琳眨了眨眼，想要確定自己沒有聽錯。「偷看？」

葛吉點點頭。「有一次，她在洗澡的時候，我發現浴室的門半開。我把門關上，然後注意到凱爾的門也是開著的。他的視線可以直接看到淋浴間。我就說：『搞什麼？』凱爾假裝那只是巧合，他並沒有看到任何東西。可是……」

雷尼把雙臂放到身側。「中士？」

他用一隻手撫過他的短髮。「還有一次，我抓到他在聞她的睡衣。」

凱特琳讓他的話在空氣裡稍作停留，然後才說：「你能形容一下嗎？」

「睡衣？短的。低胸。那是我送給達莉的一件性感小物。我當時是個想要有一個性感女友的蠢大二學生。我想，凱爾也是。只不過，他想要的那個性感女友是我的。」

安．葛吉打開門，走了進來。她的靴子磨過木地板。眼神裡帶著挑戰。

「女士們，」她揚起下巴。「我猜你們不是國稅局的人，想要來這裡親自退還我們繳納的稅吧。」

雷尼說：「葛吉女士。」

艾倫朝著他的妻子舉起一隻手。「寶貝。FBI正在調查那些發生在索勒斯的謀殺案。」

「你們認為是艾倫？」安問。

他們的小女兒，瑪姬，突然跑進門，跳到葛吉面前。「爹地！」

他蹲下身，把她抱起來。

她咯咯笑著，告訴他關於她到鎮上的事。安則瞪著凱特琳和雷尼。

凱特琳說：「葛吉先生，我們可以帶走這張照片嗎？」

安走過來。「那是什麼？」

「老掉牙的東西，」葛吉說。「沒關係的。她們可能會把它列入調查。」他感到他妻子的不安。「那有可能滿重要的。」

凱特琳從相冊裡拿出那張照片。「謝謝你，葛吉先生。如果我們還需要任何協助的話，我們會再聯繫你的。」

語畢，她和雷尼雙雙走出大門。安・葛吉也重重地把門在她們身後關上。

19

她們在逐漸加深的藍色暮光下飛馳開上州際公路。雷尼坐在方向盤後面，在她們抵達紅河之前，凱特琳用電話和尼可拉斯・凱斯連上了線。

「德瑞克，德－瑞－克。」凱特琳沒有他的中間名，沒有出生日期，沒有社會安全號碼，沒有地址，不過，凱斯會深入搜尋的。

「知道了，」凱斯說。「滿滿一籮筐的東西要查。還有其他的嗎？」

「藍帕特大學的紀錄，如果你可以拿得到的話。」凱特琳拍下那張野餐照片，發送出去。「從確認目不轉睛先生是否真的是這個人開始著手。」

雷尼把車速推向了時速表上的極限。她開車的時候帶著一種經過戰術駕駛訓練的冷靜和敏銳度。凱特琳可以想像得到她把她的雙胞胎送去學跆拳道的畫面。她很確定，就算路上出現松鼠，雷尼也絕對不會轉向避開。不過，她會說那隻毛茸茸的小東西絕對比不上孩子的安全，並且告訴孩子們說，她對於他們不得不聽到撞擊聲感到很抱歉。

「我會盡快回覆你。」凱斯說。

他掛斷了電話。凱特琳隨即打給艾默里奇。

「韓吉斯，」他說，「見到了？」

直言不諱。不要閃躲。她知道艾默里奇欣賞敏銳的觀察，討厭模稜兩可。

「葛吉不是那個不明嫌疑犯。」

「那是結論嗎？」他問。

「是的。不過，我們有了新的線索。」

她把她們和葛吉會面的過程簡要地告訴了他。「我想，莉亞・法克斯被人跟蹤，但是她弄錯那個跟蹤者的身分了。我想，那有可能是這個叫做德瑞克的人。她收到的卡片上沒有署名。莉亞從來都沒有看到過是誰把禮物留在她的門廊上，從來沒有看到站在對街陰影下那個跟蹤者的臉孔。」她說。「如果葛吉說得沒錯的話，德瑞克少說也是個偷窺狂。」

「有意思，」艾默里奇說。「把他找出來。」

夕陽西下。樹叢在車窗外飛逝，骨瘦如柴的樹枝直指西邊橘色的地平線。凱特琳結束通話，坐在座位上思考著，雷尼疾駛過山丘，穿過泥濘的河流進入了風聲呼嘯、彷彿看不見盡頭的德州平原。

車頭燈吞噬了混凝土的路面。儀表板上的燈光讓她們的SUV變成了一個發亮的洞穴，雷尼眼神明亮地注視著擋風玻璃外面。凱特琳所認識的一切——舊金山、柏克萊、她位於洛克里奇的小租房、她的朋友和生活——感覺都是那麼地遙遠。

她再度拾起手機，打了一個視訊電話。當尚恩接起電話時，她說：「嘿，探員。」

尚恩笑了笑。「嘿，女探員。怎麼這麼嚴肅？」

凱特琳坐直了露出笑容，不過卻感到自己還是被識破了。

尚恩轉動著電話，讓她看到他所在的環境。「看看這是誰。」

他在一棟明亮的聯排別墅前門。東岸的天光依然金燦燦的。他把他的小女兒莎笛送到他前妻蜜雪兒．費瑞拉的家。那個小女孩跳進畫面裡，深色的頭髮綁成了馬尾，棕色的眼睛洋溢著生氣。她穿了一件神力女超人的T恤和一雙鞋面上有雛菊的網球鞋。

「凱特！」她尖叫道。

「嘿，小袋鼠。」

蜜雪兒穿過走廊，揮了揮手。她的頭髮剪得比平常還短，梳成了尖尖的貝克漢髮型。身上則是那件覆盆莓顏色的護士服。

「女人，」蜜雪兒說。「你看起來好像在山洞裡打電話似的。告訴我德州並沒有退回到黑暗時代。」

「這裡的時間比加州早，如果你是在說陽光的話。」凱特琳說。

「週日那天大家亂成一團的時候，我好想念你。」

蜜雪兒和凱特琳都是洛克里奇狂熱者這個跑步團體的成員。她們每週都要跑上兩次五公里。凱特琳知道，她和尚恩的前妻相處融洽很令人吃驚，也讓人感到很奇怪。但是她不在乎。因為她差點就在一名兇手的手中失去尚恩。莎笛也差點就失去了她的父親。重要的是尚恩此刻還在呼吸，還在笑。她沒有心思去擔心她和蜜雪兒之間任何潛在的尷尬。

此外，跑步為凱特琳生活中的任何痛苦都帶來了慰藉。她想念那些跑步的時光。想念蜜雪兒的坦誠和幽默感。

「我們的隊伍裡有一半的人在柏克萊山丘迷路了，」蜜雪兒告訴她。「最後是啤酒的味道把他們誘出來的。」

凱特琳笑了笑，不過卻對她和尚恩不能私下談話而感到鬱悶。她對著莎笛的泰迪熊咕咕地叫了幾聲，然後給了蜜雪兒一個飛吻，

尚恩把電話轉回來。看到他的臉讓她感到很高興。「你在路上？」

「我在三十五號州際公路上，達拉斯沃斯堡以北四十哩。」

他審視著她的臉，笑容中露出了關切。「我們得把你弄出那些黑矇矇的調查局SUV。」

「這是我加入FBI的原因，」她說。「我就不纏你了。我讓你回去陪莎笛。」

「過幾週我到維吉尼亞來，你覺得怎麼樣？」

「好。」

她急切的回答逗得尚恩發笑。

「我今晚就訂機票。」他說。

「我愛你。」

「你應該的。」他露出滑稽的笑容，然後和她說再見。

她把手機放到腿上。手機在她的手裡還是溫熱的。車外的夜色越來越深沉，但是，此刻的她

卻在低聲地哼唱。她突然意識到雷尼就在她身邊開著車。不過，她的同事卻一副面無表情的樣子。

「說出來吧。」凱特琳說。

雷尼繼續盯著道路。她睜大眼睛，目光炯炯，敏銳地看著前方——一如往常。她的辮子往後梳成了一根麻花。從側面看，她看起來就像一百元金幣上的自由女神。如果自由女神的髖部也有一把插在防水防風槍套裡的格拉克手槍的話。

「別這樣。」凱特琳說。

雷尼這才緩緩地開口。「我知道那個先知者讓你吃盡了苦頭。」

喔，天啊，凱特琳心想。要開始了。

「你加入聯邦調查局是為了盡可能遠離那個案子嗎？」雷尼問。

「我做這份工作是為了帶來改變。」

「親愛的，」輪胎輾壓過混凝土的路面。「那當然了。我們都是。你可以說你熱愛這份工作。你害怕這份工作。你以這份工作為榮。你是個很有能耐的女人。一個帶著十二口徑手槍的女童軍。讀懂心理變態者的心思是你的超能力。」她瞄了凱特琳一眼。「你很了解這是一份什麼樣的工作。」

凱特琳瞬間屏息了一秒鐘。她張大了嘴。

「可是，你的這份工作卻和你男友相距了三千哩，」雷尼說。「你顯然有逃避的問題。」

凱特琳拉緊了自己的外套。「我希望我有這方面的問題。那樣我就不會鼓勵你開始這段對話了。」

「你有家族史，你曾經疏遠你的——」

「不要說爹地兩個字。」

雷尼全速地轉了一個大彎。「你一直都在嘆氣，也一直看著窗外。那不全然是因為這個案子。或者工作的焦慮。喔，對了，你表現得不錯。」

凱特琳轉過頭。雷尼看了她一眼。

「小妞，你很不賴。」她說。

凱特琳胸口的一個結鬆開了。

「不過，不要告訴我你並不寂寞。」她朝著凱特琳的手機點了點頭。「你的男友聽到了。見鬼了，那隻玩具熊也聽到了。」

「我媽媽可能也聽到了，所以，她隨時會打電話給我。」凱特琳說。

「不要築起更多不必要的高牆。」

「把情緒區隔開來——」

「那是必要的，」雷尼說。「但是，如果你在自己和你所愛的人之間築起障礙的話，你就會失去。」

「這點我知道。」

「是嗎？你和你男友的前妻是最好的朋友。告訴我，你還沒有釘上幾塊板子，好保護這兩段關係不會受到損傷。」

凱特琳看著筆直的道路，什麼也沒說。

「不要孤立妳自己。你會把你的朋友和所愛的人都趕走，並且讓自己在戰場上的效率減弱。這是雙輸。」

「是艾默里奇叫你開導我嗎？提醒我要挖掘我的同理心？」

「他沒有錯。你對於有人在說謊、以及他們說謊的動機，具有一種不可思議的感知。你應該要開發這個能力，而不是壓制它。」

「你在加入聯邦調查局之前是精神科醫生嗎？」

「空軍心理作戰部隊。」

凱特琳大笑，不過很快就停了下來。「難怪。」

雷尼沒有笑，不過卻挑起了眉毛。她的臉上露出一絲嘲諷。「我喜歡知道和我同車的人的故事。」說著，她把右手放在排檔桿上。「告訴我，幾年前你挨了那一槍的事。」

凱特琳不由得看著她。

「我看到那個疤痕了。在飯店的健身房看到的，」雷尼說。「左肩上。」

凱特琳很多年都沒有提過這件事了。「搶銀行。我在阿拉米達當巡警的第二年。在我從我的車跑向一個集合點的時候中槍的。」她活動了一下肩膀。感覺很正常。「子彈沒有打中我的防彈背心。不過，它也沒有打到我的神經束和肱動脈。我很倒霉，不過也很幸運。」

「不會吧。」

「感覺就像被刺到一樣。熱熱的。一直到我抵達集合點的時候，我才發現自己中槍了。」

雷尼看起來若有所思的樣子。「我知道那種感覺。」

現在，換凱特琳對和她同車的人感到好奇了。

「你還年輕，」雷尼說。「當然會預期你可以逃得過。那種運氣會讓你相信自己永遠也不會死。」

凱特琳摸了一下自己的右臂，那裡有一個刺青寫著，整片天空。雷尼不知道那對她的意義。那是麗塔．多芙[18]那首〈重訪黎明〉的詩句。

> 整片天空都是你的
> 任你書寫，敞開新頁

這個句子象徵著第二次機會——以及她在十五歲那年自殺未遂之後所獲得的選擇生命的機會。那個刺青橫跨了蔓延在她前臂上的疤痕，那是她一次又一次用刮鬍刀刻鑿下來的疤痕。至於她左手上的疤痕則圍繞著一條蛇。

她說：「永遠不會死是一個危險的想法。我相信此刻和當下。」

雷尼抿著嘴唇。她們又駛過了一哩，車子巨大的美國引擎在冷冷的夜裡嗡嗡作響。雷尼的聲

---

[18] 麗塔．多芙（Rita Dove），一九五二年八月二十八日生於美國俄亥俄州，是美國詩人和散文家。

音輕快了起來。

「在維吉尼亞交些朋友吧。培養點興趣。剪貼，或者綜合武術。」

「刺繡。我可以在枕頭上繡很有能耐的女人。」

雷尼閃過一絲笑意。「找點時間和你的男人相處，盡快吧。」

「我正打算這麼做。」

「還有，你說得沒錯，這趟行程確實提供了一個線索。下一站，凱爾．德瑞克。」

她轉開音樂，蝴蝶夫人，然後把音量開大。歌劇聲流淌在車子裡。她加速到七十五哩，將車子駛進了夜色之中。

20

「我找到他了。」

尼可拉斯・凱斯聽起來就像鐵鎚釘到了釘子一樣。在電腦的畫面中，他正在他匡提科的桌子後面不停地走來走去。他很興奮，頭髮豎立，彷彿他把手指插進了插頭一樣。他的細領帶歪斜，袖子高低不一地捲起。在維吉尼亞早晨的陽光下，他的眼睛看起來就像發亮的大理石。

「德瑞克？」凱特琳說。「在哪裡？」

他的笑容止不住激動。他指著螢幕。「那裡。在德州。」

他在他的辦公桌前坐下來。「凱爾・艾倫・德瑞克，出生於佛羅里達塔拉哈西，現居於奧斯汀，距離州際公路三十哩處，也在那裡工作。」

他發來了照片。凱特琳的神經興奮了起來。

第一張是藍帕特大學學生證上面的照片。德瑞克確實是艾倫・葛吉那張野餐照片裡的那個人，那個穿著New Found Glory T恤的傢伙。第二張照片是德瑞克目前的德州駕照。他老了十八歲，如果有什麼值得一提的話，那就是好看多了。

凱特琳對於從駕照上的照片解碼人格並沒有什麼信心。不過，凱爾・德瑞克有一種存在感。他的下巴抬起，灰色的眼睛很鮮明——但卻讓人難以看透。她看不出他是企圖要誘惑相機，還是想要對不得不到監理站表達不屑。他既黝黑又時髦。深色的頭髮剪得很短、很時尚。身上那件正式襯衫白得彷彿蛋白酥一樣。

凱斯把他的電腦螢幕往下滑動。「三十八歲。他在藍帕特大學主修心理學，不過沒有拿到學位就離開了。」

「那是在公寓發生火災後多久的事？」凱特琳問。

「幾個月。」

雷尼走到她身後。凱斯點擊了一下一份新的文件。

「他在基甸郡、塔維斯、奧斯汀、塔拉哈西、哈瑞斯郡和休士頓都沒有未執行的拘捕令，也沒有逮捕紀錄，在ViCAP[19]或者NCIC[20]中都沒有任何的紀錄。」他說。

「他沒有犯過罪。」

「還有，他在城堡灣房產工作。」

「他在賣房子。」凱琳琳站了起來。「我們得要告訴艾默里奇。」

雷尼走向門口。「他到郡驗屍官辦公室去了。打電話給他。我來開車。」

她們在蒼白的天空下，沿著三十五號州際公路擁堵的一段路前往奧斯汀。她們經過巨大的立體交叉道底下，那是五層高的立交，半數的車輛都在她們頭上方一百呎之處，以六十哩的時速井然有序地在前進。

「洛杉磯沒有這麼多高速公路的立交，但洛杉磯卻有奧斯汀的十倍大。」凱特琳說。「都是些什麼人從州政府那裡得到了具體的特許權？」

「奧斯汀是全國最快速成長的城市之一，」雷尼說。「超過一百萬人住在都會區裡。說出一個被美國新聞和世界報導評選為最宜居的美國城市，如果你對德州長角牛橄欖球隊和德州的政治懷有熱切渴望的話。」

「我試著不要對他們懷有熱切的渴望。」

在她們的西邊，鄉間的山坡上那片蓊鬱的岩層映入了眼簾。在距離市中心十哩之外，她們首度看到了天際線。大部分的建築都是新的、正在努力往上堆高，鮮明、光亮、有稜有角，建築物之間還塞滿了正在建造更多摩天大樓的起重機。

她們越過小鳥夫人湖，沿著凱撒・查維斯大道朝著市中心前進。一路上，她們經過閃爍的高級飯店和一間鐵皮屋頂的燒烤小屋，還有幾棟老舊的平房，不過，這些平房都已經被改變用途，成了霓虹閃爍的時尚酒吧。一塊廣告看板上寫著：奧斯汀——世界現場音樂之都。

「真的，」雷尼說道。「在這個城市裡，不管走進哪一棟建築物，你都聽得到吉他聲。我曾經走進麥當勞的女洗手間，立刻就聽到一個德州搖擺樂樂隊在演奏威利・尼爾森[21]的音樂。」

⓳ ViCAP（Violent Criminal Apprehension Program）暴力犯罪逮捕計畫的簡稱，是美國聯邦調查局的一個部門，負責分析一系列暴力和性犯罪。

⓴ NCIC（National Crime Information Center）國家犯罪資訊中心，是美國追蹤犯罪相關資訊的中央資訊庫。

㉑ 威利・尼爾森（Willie Nelson），一九三三年四月三十日出生於美國德州，美國音樂家、演員、社會運動人物，是鄉村音樂中一位不可或缺的人物。

在國會大道上，州議會大廈矗立在街道盡頭。她們駛過餐廳、快餐車和公園。凱特琳看到德州大學校園的塔樓就在遠處。每當德州長角牛隊獲勝的夜晚，塔樓就會亮起橘色的燈光。陽光將她的視線牽引到了塔樓的觀景台。

雷尼跟隨著她的目光。「一九六六年的時候，惠特曼開槍造成了十六個人死亡。三十一人受傷[22]。」

「我記得曾經聽說有幾名學生在狙擊火力下徒手救出了一名青少年。兩名火力不足的警察和一個平民潛入觀景台制伏了他。實在是太英勇了。」

她們把車停在一棟磚房辦公室建築後面的停車場。當她們下車走向城堡灣房產辦公室時，空氣很清新，陽光在凱特琳的眼睛裡閃爍著銀色的光芒。

大廳的棕櫚樹盆栽後面有一名金髮女子坐在櫃檯，女子的頭髮上噴了髮膠，臉上覆蓋著美國小姐等級的化妝品。她的脖子上戴了一條藍寶石顏色的十字架項鍊。項鍊的墜子深深地探進了她的乳溝，就像一只烤肉溫度計一樣。

她桌上的名牌顯示著布蘭蒂·查德斯。她看到了雷尼和凱特琳，立刻認為這一對並不相配的情侶來此是為了合購一幢首購屋，並且會因此而毀了她們自己的生活。「我能幫忙嗎？」

「請找凱爾·德瑞克。」雷尼說。

她們雙雙亮出了自己的證件。

「等一下。」

布蘭蒂拿起電話。她的笑容並沒有消失。她絕對可以在選美問答的世界和平問題上打敗其他的選手。

她打了一通電話，然後放下聽筒。「他馬上出來。」

一分鐘後，通往後面辦公室的門打開了。

凱爾．德瑞克短暫地在門口停了一下，他打量她們的目光裡似乎流露著貪婪和分析性。不過，他的神情很快就被一抹熱情和善於交際的友善所取代。

他大步走向雷尼，伸出了手。「凱爾．德瑞克。我能幫**FBI**什麼忙嗎？」

他的話說得很流暢，不過，凱特琳有一種感覺，見到女性探員似乎讓他有點驚訝。

「我們正在調查索勒斯的謀殺案。」她說。

德瑞克轉向她。「哇。真可怕。」

他比她高，這代表了某些意義，因為她的身高有五呎十吋（約一七八公分），還穿了兩吋高的鞋子。他穿的是布克兄弟[23]系列的服裝——訂製的羊毛西裝外套、扣領襯衫，熨燙過的牛仔褲，以及紅木色的牛仔靴。他的男中音很渾厚。身上的古龍水很明顯。那雙淺灰色的眼睛驚人地清澈。

[22] 查爾斯．惠特曼（Charles Whitman, 1941-1966）是美國德州大學奧斯汀分校的學生，曾經加入美國海軍陸戰隊。他在一九六六年的德州大學槍擊案中持槍攻擊平民，造成16死31傷。該事件被公認為是美國第一起隨機槍擊事件。

[23] 布克兄弟（Brooks Brothers）是美國最老字號的服裝品牌之一，一八一八年創立於美國紐約麥迪遜大道。

他指了指門。「我的辦公室。」

布蘭蒂看起來有些沮喪。也許這樣一來，她就聽不到八卦了。

在電話的對話聲和印表機噴出契約文件的聲音下，德瑞克來到走廊盡頭，關上辦公室的門，雙臂扠腰地站著。

「我知道FBI不會禮貌性地來訪。你們認為我對你們的調查能有什麼貢獻？」

要在什麼時候接觸嫌犯是一個策略性的決定。在前往奧斯汀的途中，凱特琳和雷尼曾經和艾默里奇討論過。那些謀殺事件是頭條新聞。不管她們的問題問得多麼間接，和德瑞克見面都會讓他警覺到自己已經被她們視為嫌犯。如果他是那個不明嫌疑犯的話，那就會誘使他丟棄掉他所保留的任何紀念品——例如照片和夏娜・克伯以及菲比・卡諾瓦穿過的衣服。

然而，FBI和警察局的記者會並沒有阻止這個不明嫌疑犯在達拉斯綁架泰莉・德林科。他們必須要採取更大膽的措施。

艾默里奇表示，要讓他感到緊張。

雷尼蹓躂到房間的一個角落，好觀察辦公室和德瑞克的神態。凱特琳則站在窗戶前面，確保從德瑞克的角度看過來，她是背光的。這會讓他不自在地瞇起眼睛，並且很難判別她的表情。

「你在索勒斯做生意嗎？」她問。

他搖搖頭。「奧斯汀和萊克威。我太忙了，每天都要拒絕一些潛在的房源。沒有必要再去搶基甸郡那些房產經紀人的生意。」他的眼神帶著試探。「為什麼這麼問？」

雷尼指著外面停車場裡的一輛SUV。「那輛棕色的別克Envision。是你的嗎？」

德瑞克往前走向窗戶。「我公司的車，是的。」

他的體型宛如一頭獅子，雖然肩膀十分強壯，不過步伐卻帶著懶散，連轉身的方式都顯得緩慢——就像一隻喜歡在赤道陽光下翻滾的大貓。那件俐落的正式襯衫底下是一副結實的身材。這讓凱特琳認為，一旦他做出決定，他就能夠以極快的速度和力氣發動攻擊。

他的目光在她們之間來回游移。那雙灰色的眼睛散發著一種白鑞般的光芒。「別賣關子了。這是怎麼回事？」

「我們在找一輛類似的車，」凱特琳說。「還有車子的駕駛人。」

「一輛棕色的SUV？因為我的車是金屬銅的顏色。」

雷尼瞄著那輛Envision。「那個顏色在Pantone色卡上其實更偏向『驢子棕』。」

德瑞克對她皺起眉頭，一臉困窘。

凱特琳說：「你上次到索勒斯是什麼時候？」

「你認為那個駕駛看到了什麼嗎？」德瑞克問。「那不可能是我。我已經很久沒有去過基甸郡了……」他看著天花板。「我不知道有多久了。」

「夏娜．克伯是在二日晚上被綁架的。你能查一下嗎？」凱特琳說。

他走到他的辦公桌旁，俯身靠向他的電腦。然後搖了搖頭。「那天晚上，我在德州大學看籃球賽。」

她打開一本袖珍筆記本。「那這些日子呢？」

她把其他幾個女人失蹤的日期都唸出來。他以更慢的速度追溯著他的日程表。每個晚上他都有不在場證明。

「房地產研討會。」

「音樂會。」

「高爾夫球練習場。」

他挺直了背脊，一臉關切的樣子。「是誰告訴你們我開的是那輛Envision？」

沒有人告訴過她們。她們直到現在才知道。那個不明嫌疑犯會開一輛不起眼的大車。也許是一輛美國製的車子，顏色並不耀眼。凱特琳只是上下地打量著他。

「好吧，」他說。「你們和多少個開Envision的人談過？」

凱特琳環顧著辦公室。她在每個地方都看到了凱爾・德瑞克，典型的美國人。以他為主的照片佔據了一整面牆。書架上擺著一張裱框的當月最佳銷售員證書。還有一顆Earl Campbell[24]簽名的足球。以及一塊寫了聖經詩句的牌匾：多種的多收。每個人要隨本心所酌定。哥林多後書9:6-7。

「你和他們所有人都談過了嗎？」德瑞克問。「我的意思是，這是一個灰姑娘故事的顛倒版——女孩開著車到處詢找男孩，如果車子符合的話，他就輸了？」

凱特琳緩緩地轉過身，給了他一個比冰雹還要冷的眼神。

他揚起手，看著地板。「抱歉。我不是故意要表現出不尊重的樣子。這個案子是個悲劇，我知道你們很努力要破案。」他嘆了一口氣。「可是，如果你們要找一名證人的話，我是幫不上忙的。雖然我希望我能幫得到你們。」

他的桌上有一張合照，裡面是他和一名嬌小的黑髮女子。那個女人愛慕地看著他。她身邊還有一個小女孩，大概七歲大，則朝著德瑞克在笑。

「老婆和女兒？」凱特琳問。

「好朋友。」他笑著說。

另一張是他在教會聚餐的照片，他身邊圍繞了一群笑容滿面的男子。那個女人和小女孩則遠在一邊。

「教會的朋友？」凱特琳問。

「我們是在山丘教會認識的。」他笑著回憶。眼神中散發著魅力。「那是一個很熱情友好的地方。很棒的一群人。」他若有所思地交叉起雙臂。「我們幾個男人曾經討論過要組織一個社區守望隊。這些謀殺——太恐怖了。也許你們可以到教會來，幫我們做個安全講座。」

「某個週六晚上？你會在那裡嗎？」

他停了一下，不過只是很短暫的一下子，彷彿他看到了什麼不可思議的巧合一樣。然後，他

㉔ 厄爾・坎貝爾（Earl Campbell），一九五五年三月二十九日生，是一名美國前職業橄欖球運動員。以其激烈而粗暴性的跑動風格和突破擒抱的能力而聞名，被公認為國家橄欖球聯盟（NFL）歷史上最強而有力的跑衛之一。

不動聲色地說道：「那會讓人們安心。你們也會讓那裡擠滿人。女性探員，說話粗魯又帶著槍枝？你們會造成轟動的。女孩子會聽你們的話。」

「你去和你的牧師說。」

「我一有空立刻就去。」

他輕而易舉地展現了魅力。不過，在那樣的魅力底下，她聽到了一點嘶嘶聲。雖然聲音小到幾乎聽不出來，但卻讓她提高了警覺。

他太能言善道了。他並沒有問一些焦慮的市井小民會脫口而出的問題。你該不會認為我和這件事情有關吧？艾倫．葛吉就曾經這麼問過。然而，德瑞克的行為表現完全不像一個憂心忡忡的老百姓。

他的桌上有一個紙鎮：西城危機熱線。她把紙鎮拿了起來。

他溫柔地把它從她手中拿走。「我在那裡當志工。」

雷尼往前靠近。「你為什麼那麼做？」

「因為人們需要幫助。」德瑞克似乎對這個問題感到驚訝。「那條熱線拯救了生命。絕望的人們打電話進來──有自殺念頭的人。」他的聲音裡帶著情緒。「我的教會要求教友們回饋社區。這是我回饋的方式。我在大學時念心理學。我有這方面的知識和技巧，可以做出改變。」

「接聽危機電話可能是很辛苦的志工經驗。」雷尼說。

「不過非常值得。」

德瑞克注視著雷尼，他看起來似乎既痛苦又真誠。他的電話突然響了。他接起電話，然後說：「我有一筆帳需要結算。那些文件需要在一個小時內處理好。很抱歉不能陪你們多說了。」她們把名片留在他的桌上。德瑞克把他的名片遞給凱特琳，小心翼翼地放在她的手指上。他裹住她的雙手，讓名片包在她的掌心裡。

「如果我能幫上什麼的話就打電話給我。白天晚上都可以。」他說。

「我會的。」

他捏了捏她的手。他的笑容令人目眩。當他放開手時，他的手指在她的手背上留下了痕跡。

當她和雷尼從大廳朝著門口走去時，布蘭蒂站了起來。

「不好意思。」

她們停下腳步。布蘭蒂鬼鬼祟祟地看了辦公室裡面一眼。

她低聲地說：「發生了什麼事？你們為什麼要和德瑞克先生談話？」

「你有什麼要告訴我們的嗎？」凱特琳問。

布蘭蒂緊緊地抿著嘴唇。那個十字架墜子在她呼吸的時候不停地在她的胸口起伏。她身後的一個櫥櫃上擺著一只相框，照片裡的她穿著一件迷彩服，蹲在一隻被她用十字弓擊倒在地的五角雄鹿旁邊。

「對，」她說。「他很棒。我不知道是誰派你們到這裡來，用索勒斯那件可怕的事情來煩他，不過，不要再來打擾他了。」

她們爬進那輛Suburban之後，雷尼啟動了引擎。

她從德瑞克那輛Envision SUV旁邊駛過。「拍一下車尾。」

凱特琳舉起她的手機拍下照片。雷尼看起來就像一隻狐狸，正在追蹤灌木叢裡的兔子。凱特琳回頭看著那棟辦公建築。德瑞克就站在他的窗戶邊上看著她們。

「我們不會放過他的。」凱特琳說。

雷尼把車開離停車場。「一秒鐘都不會放過。」

21

「不。」亞特・伯格警探把一些文件從印表機上面抽走，然後從雷尼身邊走開。「他聽起來並不符合側寫。完全不符合。」

伯格似乎把基甸郡警察局的走廊都塞滿了。他衝進警探室，讓凱特琳從她正在工作的會議桌上抬起了頭。

「我們有七十五個貌似嫌疑犯的人等著去查證，」伯格說。「在某種程度上，這還得感謝你老闆要求我們召開的那場記者會。」

他用力把那些印出來的文件放到自己的桌上，疊在原本已經有一吋高的資料上。他用手指戳了戳那疊文件。「在發生案件的那幾個晚上，被人看到出現在事發現場附近的男子。認識好幾名被害人的男子。有性攻擊犯罪紀錄的男人——不管你的側寫是什麼。這些都是我們在關心你的當月最佳銷售員之前要先調查的人。」

雷尼的銀耳環在陽光下閃了一下。「凱爾・德瑞克符合——」

「側寫，我知道。」

「他有一輛兩年新的道奇戰馬。不過，在工作上，他可以開一輛公司的車——那輛古銅色的別克Envision，韓吉斯探員和我都看到那輛車停在他的公司。那輛車是城堡灣房產長期租用的車子。我剛和承保城堡灣所有車輛的保險公司通完電話。他們有所有承保車輛的GPS紀錄。」

她遞給伯格一疊紙，然後看了凱特琳一眼。凱特琳立刻站起身走過來。

「保險公司給了我城堡灣車隊最近六個月的GPS紀錄，今天下午才下載的，」雷尼說。「二十輛車裡有十九輛都有完整的紀錄。只有一輛的紀錄被刪除了。」

伯格翻閱著那疊紙。「古銅色的Envision。」

「那輛車是公司分派給凱爾・德瑞克的。他一週可以使用七天，因為他在週末的時候會到待售的空屋去等客戶上門來看房。」

伯格皺起眉頭。「那些GPS的資訊不是自動傳送到保險公司的？」

「不是。那些資料保留在車子的內置系統裡，除非投保方需要把它傳輸出來——通常都是發生意外或者竊盜的時候。」

「呼。」

「GPS系統和車輛的控制中心是整合在一起的。駕駛人沒辦法只是單純地按下重設，就可以刪除掉那些數據。它需要進行硬重設，把一個外接的監視器透過一個USB連接器插到車子的系統裡。」

「德瑞克的GPS已經被刪除了？」

「回復到出廠設定了。」

凱特琳把頭髮塞到耳後。「這麼大費周章地做了這件事，就在我們去找他之後？」

雷尼的表情看起來有些淘氣。「答對了。但是，城堡灣不會希望員工刪除掉他們的行程紀錄。他們需要那些哩程數作為報稅之用。」

伯格說：「如果GPS自己故障呢？你知道這傢伙會這麼說的。」

「不只如此。韓吉斯，你可以讓凱斯上線嗎？」

凱特琳抓起她的筆電，連線上她們在匡提科的分析師。凱斯出現在螢幕上，看似正在嚼著濃縮咖啡豆。凱特琳把電腦轉向伯格，好讓他可以看到螢幕。

凱斯抬了抬下巴和他們打招呼。「我已經用影片鑑識軟體把達拉斯停車場的監視器錄影帶算圖算過了。我把影像銳利化，減少動態模糊，並且調整了曝光度。」

他開始播放編輯過的版本。他們看到泰莉・德林科走進畫面。在原始的影片中，她看起來彷彿在凡士林中走過。經過強化之後，她的黑白影像變得比較清晰了。他們再一次看著她驚訝地跳起來，然後和畫面外的某個人說話。

伯格的手指敲著桌面，一副故作不耐煩的樣子。「這回我應該要看什麼？」

影片播了兩秒鐘之後，凱斯按下暫停。「那個。」

在螢幕的左半邊，一輛黑色的道奇公羊皮卡停在一道日光燈的長條型燈帶底下，車尾對著一個斜角的空間。泰莉・德林科在從畫面上消失之前，直接走過了卡車。

「卡車的擋風玻璃。」凱斯說。

在日光燈底下，擋風玻璃微微地反光。在原始的版本裡，擋風玻璃上的反射被強光壓過了。

「當你試著要看清車牌，或者辨識一張臉孔時，某些特定的細節就必須被區隔出來。」

「不要告訴我你真的可以強化影片，就像電視裡演的那樣，」伯格說。「可以瞬間編輯照片。」

「完全不是，」凱斯說。「我們的軟體會界定物體的邊緣，把陰影中的差異最大化，並且預先強化圖像。」他笑了一笑。「雖然我真的希望壞人會覺得很好奇，不知道聯邦調查局是否可以大喊一聲『強化！』，然後就可以看看他們的口袋裡出現了什麼。我也許曾經私下助長過那樣的網路迷因。」他朝著螢幕點點頭。「在這段影片裡，問題不只出在攝影機的品質。還有那輛卡車的擋風玻璃——與垂直方向呈四十五度角的凸面。不過……」

他按下播放。模糊不清的擋風玻璃上，有一個反射的影像，那是攝影機所捕捉到的、正在角落裡發生的事。

那個影像看起來彷彿一幅薩爾瓦多．達利的朦朧畫作，不過，他們可以看到泰莉．德林科繼續遠離她自己的車子。她的背再度背對著鏡頭。她和一道身影並肩走在一起，那個人有著一頭深色的頭髮。

「她就是跟那個人走掉的。」凱斯說。

凱特琳呼出一口氣。

「從泰莉已知的身高推測，那個人有一八五公分高。六呎一。」他說。「凱爾．德瑞克也是這個身高。」

伯格看似若有所思，不過，他只是微微地搖著頭。

「不只這樣，」凱斯說。「他們在擋風玻璃的反射中只出現了零點二秒。但是當他們再度走出視線範圍時，擋風玻璃上就出現了這個。」

一個模糊的幾何形狀在擋風玻璃上呈現出扭曲的影像。

「那是一輛車，」凱斯說。「那是這個不明嫌疑犯引導泰莉走過去的車子。」

凱特琳往前靠近螢幕。「是一輛SUV的車尾。」

她拿出她的手機，打開她在城堡灣房產停車場拍攝到的照片。

她把手機螢幕轉向伯格。「看起來像是一輛別克Envision。」

伯格的眉頭皺得更深了。「沒有年份，沒有車牌號碼，無法確認它真的是古銅色，而非米色、灰色或藍色，更別說要確認它是一輛別克了。」他拿走凱特琳的手機，把她的照片和電腦螢幕上經過算圖的畫面比對了一下。「我承認這是間接證據。但是，這遠遠不夠。而且，停車場的錄影帶無法證明達拉斯的那輛SUV屬於那個不明嫌疑犯所有。更別說他把德林科女士弄進車裡了。」

雷尼說：「這足夠讓你把德瑞克列進你的嫌疑犯清單裡嗎？」

伯格搖搖頭。「這個德瑞克在他的教會裡是男性事工的成員。也許他加入教會的聚會是為了認識女人，或者增加他潛在的銷售基礎。也許有朝一日我們會發現，他偷走了仲介商的佣金，因為他把高級獨棟公寓賣給了移居到奧斯汀的科技界『重要人物』。」伯格的臉變成了和他襯衫一樣的深紅色。「他不是我們最有可能性的嫌疑犯。他排在清單的後面。」

他拿起他桌上的那疊紙。「如果你們可以幫忙我們評估這些線索的話，那會推進我們的調查。因為週六來得比我們任何人所希望的還要快。」

他把凱特琳的手機丟回給她，然後就走開了。凱特琳和雷尼感到房間裡的空氣隨著他走開也跟著湧了出去。

「那傢伙很氣餒。」凱特琳說。

「我同意。」雷尼轉回電腦螢幕。「達拉斯警察局？」

凱斯點點頭。「已經發給他們了。」語畢，他結束了連線。

凱特琳依然盯著螢幕，把影片往回倒了兩秒，來到泰莉和那個不明嫌疑犯的影像反射在卡車擋風玻璃的那一刻。

她碰了一下螢幕。「那是什麼？」

她指著不明嫌疑犯身邊一道垂直明亮的條紋。

「那個白色的條紋？看起來像是金屬。」雷尼說。

「他攜帶的某個東西？武器？」

「問得好。」雷尼掃視著螢幕。「你依然認為他假裝受傷？」

凱特琳點點頭。「一根枴杖？」

她們把畫面推進又拉出，不過卻推測不出什麼來。

凱特琳搖搖頭。「真不敢相信凱斯可以從這段影片裡找出這麼多訊息。他真是個魔法師。」

雷尼抬起頭。「凱斯是從美國國家航空暨太空總署轉到聯邦調查局來的。噴射推進實驗室的行星科學部門。」她的語氣聽起來充滿讚賞。「我們有很多影像軟體都是為了太空計畫而發展出來的。當你看著月球或一顆彗星的2D照片時，你需要大量的數學來決定一個物體的尺寸和距離。你認為阿波羅計畫是怎麼查勘靜海的？他們需要知道，『我們降落地點的那個坑究竟有多深？』我們就是藉由那樣的功能來處理角度的反射和凸起的表面。」

「謝謝你，艾塞克．牛頓。還有尼可拉斯．凱斯。」

艾默里奇從走廊上走過。他看起來一臉嚴肅的樣子。

雷尼說：「把那個停車場的影像用高解析度的畫質列印出來。」

22

凱特琳在莫拉里斯局長的辦公室找到了艾默里奇。他正在講電話，手裡拿著一個牛皮紙檔案夾，上面貼了一張基甸郡法醫的標籤。她敲了敲已經打開的門，他點點頭示意她進去。

他對著電話說：「我親自和卡諾瓦女士的母親談過。我告訴她，今天下午屍體應該可以交還給家屬。」

局長的辦公室很簡陋，只有一張德州地形的掛圖和一具掛在角落那個鞍頭上的墨西哥馬鞍。光線照耀在馬鞍的銀色小齒輪上。窗戶外面，一輛貨運火車正朝著菲比．卡諾瓦失蹤的平交道隆隆駛去。平交道傳來了噹噹的鈴響，柵欄也跟著放了下來。

「是的，」艾默里奇說。「謝謝你，醫生。」

他結束通話，然後把那個檔案夾放在桌上。「法醫對菲比．卡諾瓦的初步報告。死因是右邊和左邊的橈動脈被割開而導致失血過多。體外的檢查發現了某些痕跡——兩根短的深色毛髮，有可能是那個不明嫌疑犯的。沒有毛囊。」

他的意思是，沒有DNA。

「直系親屬確認，塗在菲比臉上的化妝品並不是她個人的物品。」

凱特琳這下明白，當她走進辦公室時，他為什麼看起來那麼嚴肅了：他去找過菲比的母親了。

艾默里奇闔上那個牛皮紙檔案夾。他似乎對自己的情緒按下了一個重啟的按鈕。然後把注意力轉回到凱特琳身上。

她把從達拉斯停車場錄影帶印出來的圖像遞給他——泰莉．德林科和那個不明嫌疑犯正在經過那輛SUV。

「伯格警探不考慮把德瑞克列為嫌犯，不過，我們不應該如此。」她說。

艾默里奇檢視了那張照片。「這絕對讓他無法被排除。但這也不意味著就是他。有什麼可以指出他和這個案子有關聯呢？」

雷尼出現在門口。凱特琳很快地整理自己的思緒。

「首先，他很可疑。」

艾默里奇的表情並沒有改變。

重新分析。「他住在失蹤和謀殺地點的地理中心。」她轉向牆上的德州地圖。「德瑞克在奧斯汀的家位於這裡。」她敲了一下城市南邊的一個點，那是距離州際公路一哩處的一個人煙稀少的地區。「我們側寫出的是一名憤怒興奮型的強暴犯和兇手，這個人偏好在他緊鄰的環境之外狩獵。這點和德瑞克完全符合，而他所在的位置就處於狩獵場的中心。」

火車的最後一節車廂轟隆地在外面經過。

「我對他那幾個晚上的不在場證明感到懷疑。那些都太含糊。」凱特琳說。「我也拍下了他的SUV。車子剛被清洗過。你可以從照片裡看得出來，儀表板還在發亮——上面的灰塵已經被擦拭掉，而且用拋光劑清潔過了。那就暗示了車內全部都被擦拭過，而且用吸塵器吸過。還有，」她說。「車子的GPS紀錄已經被清除了。」

「清除。」

雷尼走向桌子。「電子式的噴射清洗，幾乎是在韓吉斯和我一離開城堡灣就被消除了。」

凱特琳說：「當我們在德瑞克的辦公室時，他對我靠得太近。他……」說出來。「他似乎被我吸引。他把他的名片放到我的手裡，就像在給我他飯店房間的鑰匙一樣。」

她等著受到反彈。不過卻什麼也沒有。「德瑞克表現得好像我們是在打情罵俏地開玩笑，而不是在討論連續殺人事件。」

艾默里奇搖搖頭。「那還不夠。」

她繼續說得更多。「他符合側寫。自戀狂。超級自信。銷售員。而且他對自殺極感興趣。那是這個不明嫌疑犯的幻想核心。」

窗戶外面，貨運火車已經遠離，平交道的柵欄也重新升起。

「同意。」艾默里奇盯著監視器的平面影像。「他值得進一步關注。你有什麼建議？」

她試著不要露出自己的興奮之情。「讓我來挖掘。」

「從哪裡？」

「西城危機熱線。」

23

西城危機中心位於奧斯汀市中心一棟重新翻修的十九世紀洋房二樓。被岑樹和白皮榆樹的樹蔭所遮擋的洋房外面有一座白色的尖樁柵欄，大學就在幾條街之外。

凱特琳抵達的時候已經是下午很晚的時間了。這天的天氣從幾近冰點驟升到了七十多度（攝氏二十多度）。她的黑色V領毛衣和錐形長褲吸收了熱氣，衣服的布料在她的皮膚上發出了低沉的摩擦聲。中心的辦公室已經很老舊了，儼然就像一座兔子窟一樣。木頭地板在她穿過大門時發出了嘎吱嘎吱的聲響。

一名看似英文教授的男子從總監辦公室裡走出來和她打招呼。他留著灰白的鬍子，非裔美國人，他在大步穿越房間時，活像一頭套上了格子襯衫和道克斯全棉長褲又和藹可親的熊。他和她握了握手。「達利恩．考伯。」他的表情溫暖中透露著謹慎。「我從來沒有和FBI的探員說過話。」

她已經想過她要如何進行這次的會談。在她提起德瑞克的名字之前，她需要盡可能地蒐集關於熱線運作的資訊。考伯管理的這個機構之所以能持續營運，乃是基於諮詢師和來電者之間所建立的信任。她不想誤導他，但是她也不希望他拒不開口，並且把她趕出大門。

「我們認為犯下這些罪行的人可能對危機諮詢具有一種熟悉度。」她說。

「什麼樣的熟悉度？」

「我不能透露細節。」

「是來電者？諮詢師？社會工作者？精神醫師？」考伯看起來提高了防衛。「我們所有的熱線電話都是保密的。我不會透露來電者的電話號碼。你得要有法院的命令才行。」

「我不要你違反你對來電者的保密行為。我希望你可以告訴我危機電話諮詢是如何運作的。」

他看起來有點疑惑。「行為分析。你要對兇手進行側寫？」

「對。」

他思考了一下。「你認為兇手很熟悉這個熱線？」

「我不能排除這點。」

他沉思了一會兒。「我們每天晚上會接到三十通電話。週末則是五十到六十通。我們每天二十四小時都有安排人接電話。」

「來電者通常都是打到危機中心的座機嗎？」

「向來如此。志工不可以把個人的電話號碼給出去。如果他們需要把一個事件提升到危機狀態來處理時——例如，如果來電者威脅要犯下什麼兇殘的行為——志工就用另外一條線路打電話給九一一，並且聯繫一名指導的主管。」

透過一扇門，她看到有一間房間裡的桌上擺滿了電話。在下午白花花的陽光底下，一名年輕女子正俯身在一本厚重的教科書上方，手指則在玩弄著一支螢光筆。另一名志工正在整理檔案。

「當電話響起的時候，你們的程序是什麼？」凱特琳問。

「電話會按照它們打進來的先後順序被接起來，並且由下一名有空的志工來接聽。來電者保持匿名的狀態，不過，志工會鼓勵他們至少給出一個名字。」考伯說。「在處理不同的狀況上，志工都有接受過訓練——憂鬱、自殺的想法、毒癮和酗酒，還有家庭暴力。」

「他們有既定的步驟嗎？」

「根據訓練，他們得採取一系列的步驟，」考伯說。「第一，決定來電者是否處於立即的危機之中。他們的生命是否當下就有危險？他們在接下來的十分鐘內是否有死亡的危險？」

凱特琳點點頭。

「志工必須要很清楚。不要猜測——要問。『你安全嗎？』如果來電者的答案是否定的話，就要立刻採取解決的行動。打給九一一、警察、救護車，讓急救人員趕到來電者所在之地。奧斯汀警察局有警員受過危機應對的訓練，我們和他們都有聯繫。如果有外在的危險，就要引導來電者轉移到安全的地方。」考伯的聲音既冷靜又堅決。「如果來電者沒有立即的危險，志工就可以喘一口氣，並且要有心理準備盡可能地待在線上，只要有必要的話。」

她帶著高度的警覺聽著。她感到自己臉頰在發熱。

「在那樣的時候，下一步是什麼？」她問。

「傾聽、傾聽、傾聽。」考伯的目光犀利。「我們的志工並非精神醫療社會工作者——他們是能幹的、具有關懷心的人，他們不會在緊急事件中驚慌失措。危機熱線的志工工作牽涉到的是軟技能。惻隱之心。耐心。同理心。」

凱特琳異乎尋常地動也不動。

「永遠都要把焦點放在來電者身上——絕非自己身上。詢問來電者他們自己的故事。探尋他們是否有支持的系統——家人、朋友、治療師，」他說。「不要提供解決辦法。你的工作不是去解決他們的問題。而是協助來電者自行整理出一個解決之道。並且要控制住你自己的情緒。不要讓自己不知所措。人們是從一個黑暗之處打電話來的。在他們想清楚如何點亮一盞燈光的時候，你得要待在線上。」

她發現自己很難嚥下口水。當她呼吸的時候，她的胸口忍不住想要發抖。

「這是一份很重要的工作。」她說。

「我們的存在是為了要提供一份慰藉和鼓勵。我們是一個溫和的地方，人們可以在這裡暢談自己的問題。」

她用了很短的時間，讓那股突如其來的情緒消散。她掃視著眼前這間房間。只見牆上貼了一張時間表，上面還有志工的名字。

「志工有固定的排班嗎？」

「他們大部分都在一週的某一天工作。」

星期三。一月2，9，16，23，30。二月6，13，20，27。

下午6點——午夜

凡妮莎．古茲曼、凱爾．德瑞克

她在時間表上看了很久，以至於考伯問道：「你對我們的志工有什麼特別的問題嗎？」

他的語氣中帶著微微的寒意。那不是擔心，而是聲音的顫抖，一種已經來到最高頻率的嗡嗚。內在的不安擾亂了他的思考。

「是什麼引起了你的注意？」考伯緊緊地盯著她。「時間表？你需要哪一個特定日期的資料嗎？」

「不需要。」

「你認為我們的志工當中有人可能接到一通來自於……」

她搖搖頭。「你可以給我一些案例，說明志工是如何處理棘手的來電？」

考伯若非相信她，就是假裝順從。他提起某些他們長期合作的志工，給了她一些例子。然後對著牆壁上的時間表點了點頭。「古茲曼女士已經在這裡工作了五年。她白天是一名學校教師。我們會讓資深的諮商師搭配新手志工。」

這句話碰巧可以幫她開了頭。「這麼說，她會和一名菜鳥搭配？」

「他已經不再是菜鳥了。德瑞克先生在一年前透過他教會的外展計畫來到了我們這裡。」

「從教會計畫來的志工表現得如何？」

「整體而言，非常好。偶爾，我們會有志工……」他尋找著得體的方式來形容。「……當來電者的生命選擇和來電者自身的宗教教義有所衝突時，這些志工在和他們談話時會有所掙扎。」

「自殺、毒癮、性侵——有些志工感到自己有傳福音的義務？」

他聳了聳肩，確認了她的問題。

「但這個志工沒有這樣。」凱特琳說。

「相反地。德瑞克先生是一位優秀的諮商師——充滿耐性、鼓舞人心、穩定。」

「你可以給我一個例子，說明這些特點是如何運用在實際狀況上的嗎？」

他朝著時間表點點頭。「我聽到凱爾讓一個有自殺傾向的來電者待在線上，然後一邊安排護理人員前往現場。」

「真的。」

「他很冷靜地拿到來電者的地址，並且讓他們一直講話。他很有熱忱，他讓來電者暢所欲言，他讓他們沒有失去控制。」

「真令人佩服。」

她確實感到佩服。凱特琳知道，德瑞克已經贏得了一場強勢和脆弱之間的勝利。

她知道一名熱線志工需要有多大的勇氣才能說服人們從懸崖邊退回來。因為她知道在電話那頭的那個人是什麼樣的感覺。

她覺得自己的臉頰漲紅了。她希望考伯不會注意到，或者不會好奇為什麼。她花了一秒鐘穩定自己，讓那股青少年時期的絕望所帶來的餘波逐漸消失。

「那些電話會對他造成什麼影響？」她問。

「他會維持他的平靜。」

「意思是？」

「對很多志工來說，緊張是一個問題。不過，對凱爾而言不是，」考伯說。「我們的諮商師都經過四十個小時的訓練。然而，當現實來臨的時候——一通真的危機電話——那些訓練可能就煙消雲散了。一名諮商師第一次聽到一個來電者說自己有自殺念頭時……那會引發極大的焦慮。志工有可能會亂了頭緒。」

「德瑞克先生不會讓那些來電對他造成個人的影響？」凱特琳問。

「他已經三十幾歲了，比我們的一些學生志工都成熟，而這點是有幫助的。他對這個團隊的其他人有一種安定的作用。」

也許德瑞克真的是一個善心人。或者，也許他是一個操弄別人的專家。又或許，凱特琳心想，當他在和那些絕望的人們說話的時候，他完全沒有顯露出焦慮不安，因為心理變態者根本就不關心別人。

「那麼事後呢？興奮？震驚？失望？祈禱？」她問。

「滿足和感激，」考伯說。他來回地側著頭。「偶爾會揮拳慶祝。」

「他喜歡在事後談論那些來電嗎？」

「你為什麼這麼有興趣？」

「我需要知道相互作用。來電者和志工如何影響彼此。這能讓我洞悉到我們正在尋找的那個不明嫌疑犯的心理。對於我們最終要如何和一名嫌犯對話，這也許會有所幫助。」

考伯再次露出懷疑的表情。「我們所有的志工都會在事後談論那些來電。有些人比其他人更熱衷。」他的目光犀利地刺穿她。「我應該要擔心中心的安全嗎？或者我們的志工？」

她搖搖頭，她是認真的。「我們沒有看到有跡象顯示這些謀殺事件背後的那個人會把你、你的志工，或者中心列為目標。如果情況有變的話，我們會通知你的。」

他點點頭，但是看起來並不放心。對此，她不能怪他。

24

凱特琳帶著幾本小冊子離開了危機中心，包括一本危機電話技巧的入門書，外加她自己的回憶所引發的後遺症。她感到了身體上的記憶——絕望彷彿一條勒緊的藤蔓在她的胸口收縮。當她被奧斯汀尖峰時間的交通所淹沒時，她打開了收音機，不斷地調頻，直到她發現碧昂絲正在唱著〈自由〉為止。

這首歌強而有力，不斷地飆升。即便是——特別是——那句靜靜訴說著你的最後一滴眼淚化為烈焰的歌詞。

她把音量轉大。歌曲雷霆萬鈞地流竄過她，將企圖要偷偷鑽進她血管的暗黑血流都沖走了。當她在六點鐘抵達索勒斯警局時，她雖然疲憊，卻很興奮。在另一個紫色的落日下，一排車頭燈緩緩地在主街上流動。她在警局裡發現艾默里奇正在和莫拉里斯局長商討，兩人的手上都端著一杯咖啡。莫拉里斯的眼睛底下有著明顯的黑眼圈。艾默里奇見到她，立刻對她揚起了眉毛。

「凱爾．德瑞克在危機熱線擔任志工已經一年了。」她說。

艾默里奇和莫拉里斯雙雙明白了一點：德瑞克在索勒斯的綁架案發生以前，就已經當了好幾個月的志工。至於那是否重要，她不知道。

「危機中心的總監表示，他在嚴峻的危機來電中表現出卓越的穩定性。」

莫拉里斯似乎在分析她的身體語言。「你認為那是一件壞事？」

「他會揮舞拳頭並且重複訴說他的成功故事，」她說。「那有可能是過於狂熱。或者是一名銷售員在吹噓他把生命賣給了絕望的人。或者可能象徵著對榮耀的喜愛。」

「那並沒有犯罪。特別是當你說服別人離開危險邊緣的時候。」

艾默里奇放下他的咖啡。「你認為德瑞克有英雄情結？」

從他的語氣以及姿勢來看，他正在鼓勵她探索這個含義。

「也許，」她說。「另外，也許他的興奮是來自於扮演上帝。」

她想到FBI的犯罪分類手冊：慈悲／英雄殺人。

慈悲殺人者是出於真的相信自己是在為被害人解除痛苦而殺了他們。英雄殺人者則藉由引發一場危機，好讓自己可以出手將局面轉危為安，因而不顧一切地犯下殺人的罪行。這些人就像縱火之後再趕到現場滅火的消防員。他們就像引發病人心搏停止，好讓自己可以救活病人的護士。他們沉醉在把人們從危險邊緣挽救回來的飄飄然和讚美之中。當他們搞砸的時候，他們的被害人就沒命了。

「我們不會把這個不明嫌疑法側寫成一個英雄殺人者，」她說。「沒有跡象顯示這個兇手有意救活他的被害人或者減緩她們的傷勢。犯罪現場呈現出來的自殺意念顯示出毀滅性的憤怒。從這個不明嫌疑犯選擇一個目標那一刻開始，他就打算殺人。」

艾默里奇的表情寫著，*但是？*

「但是，德瑞克沉醉於熱線勝利的模樣，確實呼應了英雄殺人者的行為。」

他們把自己安排在可以控制和鎖定弱勢者的位置上——重症患者、有時候也包括嬰兒。發生緊急情況時，兇手就可以很自然地出現，並且在參與救援或者救命的過程中變得異常興奮。而在事後，兇手會經常談及那個緊急狀況。

「我知道它並不符合——但是它確實符合，」她說。「德瑞克的興奮，他的勝利感，他似乎把將人們從自殺的念頭中拯救出來視為他的成功——在危機熱線當志工讓他可以確定，當絕望的人們伸手求援時，他就在那裡。」

莫拉里斯喝光他的最後一口咖啡。「那不就是熱線的意義嗎？志工就在那裡？」

他很棒。她再度聽到了那個前台布蘭蒂叫她不要去煩美國隊長。

然而，凱特琳無法平息那股搔癢的感覺。「我無法排除一種感覺，德瑞克之所以加入志工是基於非正常的考量。」

「他喜愛那股刺激感？」艾默里奇說。

「也許他需要那股刺激感。」

心理變態者比其他人具有更多的基本侵略性——有時是與生俱來的。她為莫拉里斯和艾默里奇細數了一下。醫學研究顯示，基因、神經化學和荷爾蒙因素都可能為一個人的人格往心理變態的方向發展奠下基礎。自主神經系統的測試顯示，被診斷為心理變態的人，他們的敏感度低於一般人的平均值。這有助於解釋心理變態者為什麼是刺激尋求者。他們在獲得快樂和興奮上具有較高的門檻。他們真的無法從欣賞紫色的夕陽，或者跟著碧昂絲一起唱歌，或者對一名同事的笑話爆笑而感受到快樂。為了感受情緒上的滿足，他們需要的是一記震驚、一個衝擊、一種更劇烈的體驗。

「當心理變態者終於有所感覺時，他們所體驗到的往往都是狂躁的激動或者盲目的憤怒。」她說。

艾默里奇點點頭。

「德瑞克顯然沉醉於阻止一名來電者付諸自殺。這個不明嫌疑犯把他的被害人屍體陳設得彷彿她們是自殺的一樣。」

艾默里奇等著她下結論。

「激動和憤怒。」她說。

她想起了那個熱線。她已經誠實地告訴達利安·考伯，中心的諮商師並未處於險境。然而，那些接受他們諮商的人呢？來電者是打給了一名情緒上的縱火犯嗎？

德瑞克是從那些打電話進來的脆弱女子當中選出了被害人嗎？

她對莫拉里斯說：「你有拿到所有被害人的電話紀錄嗎？」

「包括達拉斯的被害人。伯格警探列印出來了。」

「我過去看看。」她說。

「找出點什麼，」莫拉里斯在她背後大聲地說。「找出具體的證據。」

她在警探室裡找到了那些紀錄。她把那些紀錄攤開在桌面上，然後拿了一把尺，一行一行地將它們和西城危機熱線的號碼進行比對。讓我看到這中間的關聯。

一個個被害人，一個個號碼，一個月一個月，她往回追溯了一年，檢查著六名被綁架的女子是否曾經打過熱線電話或者接過熱線打來的電話。

什麼也沒有。

「天哪。」她的手指掠過頭髮。沒有一個失蹤女子曾經打過熱線。一個都沒有。

她需要更多的資訊。

是什麼引發了這個不明嫌疑犯開始在基甸郡殺人？為什麼他的速度加快了？如果德瑞克是這個不明嫌疑犯，那麼，他所處理的熱線電話和那些謀殺案有關嗎？

在一宗綁架案發生之前，德瑞克曾經數度值班。是打到熱線的電話引發他犯罪的嗎？來自女人的電話？關於某個特定主題的電話？

她電腦旁邊的動靜讓她抬起了頭。「什麼事？」

雷尼站在門邊，正在穿上她的外套。「我說，吃東西的時間到了。每當有人提到食物的時候，你通常都會像一隻土撥鼠一樣地跳起來。」

警探室幾乎半空了。她身邊盡是俯身在檔案和螢幕上的疲憊臉孔，或者手裡拿著筆、正在講電話的人。走廊上正在進行晚班的點名。

一名警探在一塊白板上寫著，舉報電話：452通。線索排除：著手進行中。

他們正在調查四百五十二名嫌犯。而她相信，其中只有一個與事實相符。

她皮膚底下的那股搔癢越來越強烈。她看了一下手錶。二月十三日下午六點四十九分。

星期三。

她站起身，抓起她的外套，很快地跟在雷尼身後走向門口。「我餓死了。」

25

當他們抵達智選假日飯店時，對街的塔可攤一片繁忙。落日的櫻桃紅餘暉灑在地平線上。凱特琳的胃感到空蕩蕩的，不過卻不停地在鼓譟。她從早餐之後就沒有再吃過東西了。

他們下了車，拿出各自的背包和手提箱、檔案夾和書。當其他人朝著飯店入口的燈光而去時，凱特琳卻指著對街。

「本地文化。了解我們的環境很重要。來吧。」

艾默里奇拒絕了，「我有報告要寫。」

「你得要幫你的引擎加油。」

他少見地笑了。「好吧。我們需要讓航空煤油繼續保持運作。」

他們穿過街道，正在吱吱作響的燒烤立刻讓他們振作了起來。

二十分鐘之後，他們收好塔可的包裝紙，從一張野餐桌邊站起身。雷尼還在舔著大拇指上的哈瓦那辣椒醬。艾默里奇則把他的冰茶全部喝光。凱特琳覺得自己又充滿了精力。當他們穿過街道走回飯店時，一路上的話題都十分輕鬆。

不過，凱特琳並沒有感到滿足。那股想要知道的偏執又開始攪動。她想要一窺凱爾・德瑞克的內心。

飯店大廳裡的燈光明亮，櫃檯後面那名高瘦的前台人員漫不經心地對他們咕噥了一句歡迎。

雷尼的手機響了。她接起一通視訊電話。「嘿，德雷。」

她露出一抹笑容——那種發自內心的母愛笑容。凱特琳朝她的手機螢幕瞄了一眼：一個男孩，十歲大，正坐在廚房的桌子邊上。他的哥哥在他身後跑過了畫面。

「爸爸說你可以幫我做數學作業。」

「應用題？」雷尼說。

「還會有什麼？」

雷尼繃緊了嘴角的笑意。凱特琳猜應用題應該是德雷的罩門。

「你會克服的，」雷尼說。「學習如何處理這些問題，等到你七年級的時候，數學成績就會突飛猛進了。」

「媽，那還有兩年呢。」

凱特琳不禁笑了。

雷尼在休息區的一張沙發上坐下來，戴上耳塞。「我們來完成作業吧，然後你和 T.J. 就可以玩半小時的任天堂馬力歐賽車。」

凱特琳朝著升降電梯走去，按下電梯的按鈕。艾默里奇也在後面緩緩跟上。他的腋下夾著一本邱吉爾的自傳，不過，他的頭卻埋在手機上；正在回覆一封電子郵件。當電梯到達的時候，凱特琳在他前面先行走進了電梯，而他幾乎連看也沒有看她一眼。

她猜，這應該代表著他放心讓她帶路，並且相信在他回信的時候，她不會讓魔鬼撲到他身上。

電梯的門在她的樓層打開了。「晚安，長官。」

艾默里奇這才抬起頭來。他的手在電梯門即將關上之前擋住了門。

「去查那個熱線是個好決定，」他說。「我想你的直覺是對的。不過，莫拉里斯也是對的。我們需要找出具體的證據。」

「我正在想辦法。」

他鬆開電梯的門。「晚安，韓吉斯。」

當她的房門關上時，凱特琳停下了腳步。她問自己：你真的想這麼做嗎？

她的回答是：絕對他媽的想。

她把門鎖和門閂都扣上。再將她的袋子放到餐具櫃上。然後把她的手銬從皮帶後面拿下來，也把右髖上的槍套和那把格拉克手槍全都拿下來。她扯下她的靴子，換上牛仔褲和一件帽T。最後拿起手機。盤腿坐到床上。

她知道自己即將越界。她告訴自己，艾默里奇希望我找出具體證據。

她在床上坐了一會兒，讓心跳慢下來。隨即跳起身，關掉頭頂燈。桌燈的昏暗降低了房間裡的氣氛。這需要極端的冷靜，以及堅定的信念，還有一顆清醒的頭腦。不過，她需要複製那股氛圍。

那天晚上的氛圍，很久以前的那個晚上。

她在手機上開啟一個App，然後戴上耳塞。她告訴自己：回到過去。回到當時。感受它。她知道她不能作假。她感到眼睛後面有一股針刺般的壓力，她的胸口也在怦怦作響。

她拿出達利安・考伯在西城危機中心給她的小冊子。

她在她的手機上鍵入了那個號碼。在她按下通話之前，她屏蔽了她的來電顯示。然後按下App上的啟動。那是一個聲音變調器。

她按下了通話。

電話響了一聲就被接了起來。「西城危機熱線。」

那是一個女性的聲音。是慣常會在週三晚上輪班的第二名志工。

「我是凡妮莎。請問你是哪位？」

凱特琳掛斷了電話。

她動也不動地坐在原位，心臟不斷地衝撞著肋骨。這太蠢了。太不成熟。太卑劣。她對著時鐘數了五分鐘，讓自己平靜下來。她從緊抿的嘴唇下吐出一口氣，再度拿起電話，重撥一次。

那個號碼響了。一聲，兩聲。

「西城危機熱線。」

她的脈搏在太陽穴上噗通噗通地跳動。她輕觸了一下螢幕，啟動那個聲音變調器。從胸口到指尖，她的神經沒有一處不在鳴響。那是狩獵所帶來的刺激感。

「哈囉？」

「我在。」她說。

「我是凱爾。你在想什麼？」

26

德瑞克的聲音聽起來既友善又令人心安。即便透過電話，他的男中音都很溫暖、俐落。

「我會傾聽的。」他說。

她閉上雙眼。他似乎就在眼前。

「只有你嗎？」她感到嘴唇乾燥。她無須假裝焦慮。「還有別人在聽嗎？」

「另一位志工今天晚上也在這裡。不過，這次的對話除了你我，不會有人知道的。」

她停了一會兒。「很長一段時間以來，我都覺得……很孤單。可是我很難啟齒。」

她聽到她的聲音被變調器改變了：更偏向女高音。她聽起來年輕了很多，像青少年或者二十出頭。

她感到了一種幽靈般的存在：昔日那個十五歲的女孩，孤立且嚴重的沮喪，那股往下墜落的感覺讓她羞於告訴她的父母。

去吧，她告訴自己。沉潛下去。沒什麼方法比這麼做更有效了。

「我以為——如果我打這個號碼，也許我就可以說出來，如果只是對一個人說的話。」

「我就是那個人。我很高興你打了這通電話。」他維持著冷靜、體貼的語氣。「你聽起來很沮喪。我很擔心——什麼事讓你感到困擾？」

她嘆了一口氣。「我不知道從何說起。」

「也許先告訴我你的名字。當我能想像我正在說話的對象時，交談起來就比較容易了。」

「蘿絲。」那是她的中間名。說謊的第一個守則：從實話來發展。

「蘿絲，」德瑞克說。「很好聽。」

從他帶著撫慰的男中音聽起來，那確實很好聽。

這傢伙很厲害。

「我可以感覺到要你拿起電話是很困難的事，」他說。「慢慢來。」

她閉上眼睛。「我覺得我不能動。我覺得我無法呼吸。好像有一道佈滿刺的牆壁正在把我包裹起來。」她試著吐氣。「那道牆壁正在把我壓碎。我……」

她停了下來。她不是演員。她唯一做過的臥底工作是她還在阿拉米達時扮演的吸毒者。不過，為了查出製毒工場的所在而在街頭買毒，和取信於這個男人、讓他相信她絕望地需要他情感上的支援是不一樣的。

她從床上滑下來，改坐到地板上，面對著窗戶和窗外的夜色。她把膝蓋縮到胸前。

「我快要窒息了，」她說。「我看不到任何出路。」

「我在這裡，蘿絲，」德瑞克說。「你有和任何人談過你的感覺嗎？」

「我不能。」

記住：媽媽在隔壁，凌晨兩點鐘，高中二年級，沉沉的黑夜圍繞著她，那些女鬼爬過她的腦子，幾乎要阻斷她的呼吸。

「我媽媽，我不能——他們不會——我不能告訴她。」

「你聽起來好像你真的很不好過，」他說。「好吧。蘿絲，我就在這裡。」

他重複的說法似乎就像一條真的救生索。

她往下探得更深。「我很害怕。」

他的聲音開始出現一份比較明顯的權威感。「你現在安全嗎？此刻當下。」

這是危機熱線志工的既定步驟。第一步：判斷來電者是否處於急迫性的險境，對她自己或者別人。

「沒有人企圖要衝進門，如果你問的是這個的話，」她說。「嗯，我猜我很安全。」

「好，那很好。不過，你聽起來好像心情很不好，」德瑞克說。「你要告訴我怎麼了嗎？」

她坐在那裡，讓她昔日的恐懼湧起，讓所有她曾經試圖要擺脫的痛苦再現。

「有人說憂鬱會過去，但是那不是真的，」她說。「完全不是。我知道，因為有人對我父親那麼說過。他們說太陽會升起，一切都會好起來，他只需要專注在正面的事情上，讓自己高興起來。」

她前臂的疤痕，在刺青底下的那些疤痕，正在桌燈下發亮。

「然後，他企圖要結束自己的生命。」她說。

「那一定讓你的世界都失去了平衡。」

「他是我堅持下去的理由。然而，他離開這個家，離開了我們的家庭。媽媽試著不要讓我知道真相，試著要取代一切。但是我需要他。我覺得好空虛——好……」

她努力想要說出她想要說的那個詞。

「我覺得被遺棄了，」她說。「夜晚的恐懼感依舊會來到，而他卻不在我身邊保護我，讓我不要害怕。」

「聽起來很不容易。看來，你已經和沮喪奮戰了一段時間。」

她把袖子從前臂上拉下來。「好幾年了。」

「你聽起來年紀沒那麼大，蘿絲。」

「我二十歲了。」

那是她憑直覺算出來的。她希望他認為她的年齡落在這個不明嫌疑犯的目標範圍之內。

他說：「我的理解是你感到很難過、很害怕，而且沮喪？對嗎？」

「你贏得了嘉年華的大獎。」

「你以前曾經感到這麼糟糕嗎？」

「高中的時候。在我父親企圖自殺之後。人們看我的眼光就不一樣了。我們住在一個小鎮上，每個人都知道這件事。」

「那一定是你痛苦的另一個來源。」

「我覺得自己像個被社會拋棄的人。我可以感到人們的注視，即便在我身後。當我在餐廳裡走過的時候，他們就小聲地在談論我。『就是她。可憐的女孩。』有幾個人會問我，他是不是會再自殺。我們是不是必須把他的槍從家裡拿走。最糟糕的是，有人告訴我他會下地獄。」

她幾乎是不屑地說出了地獄這兩個字。「他很痛苦。現在，我知道他曾經飽受折磨。我知道那種痛苦能有多糟，直到某件事終於在情感上把他壓垮。然而，聽到那樣的說法——不只是我的同學，還有他們的父母，還有我在超市或圖書館見到的人——『自殺是一種罪。你父親需要懺悔，並且打從心裡接受耶穌……』」

德瑞克停了一下。「德州。」

她緊緊地抿上了雙唇。記住，你應該是一個本地人。

「他們是出於好意。大部分。」她說。

德瑞克的聲音輕快了起來。「上帝把我們從那些自以為他們知道什麼對我們最好的人身邊拯救出來。」

「阿門。」

在讓自己的話沉澱下來之後，他說：「你談了很多關於你父親的事。他還在你的生活裡嗎？」

「不在。」

他死了。她並沒有說出來。有關於梅克的記憶，正如他令人擔憂的生命和他們的關係一樣，都是需要被保護的。

「我父母離婚了，」她說。「我和他沒有任何的聯繫。」

「可是，你對於發生在他身上的事情一直很介意。有什麼原因嗎？」德瑞克問。「你聽起來似乎對他感到生氣，可是，你好像也很想念他。」

聰明的混蛋。「你說得沒錯。」

「真的嗎？」

「不然你要我怎麼說？」

「聽起來好像有什麼事引發了這個最新一輪的沮喪，可是，你還沒有告訴我那是什麼。你似乎很生氣，也很痛苦。發生了什麼事？」

「這是一波波的。它的來到很有規律性，就像潮汐一樣。」她說。

他讓沉默在空氣中延伸。「你覺得你父親的罪加諸在了你身上嗎？」

好吧，那離題了。

「我不是指表面上的罪，」德瑞克說。「我的意思是，在某種程度上，你是否特別感覺到你很像你父親？相較於像你母親來說？」

一股詭異的感覺滲透過她——就像一根針刺進了她的頸部底端，穿過她的脊椎，把她的肺和心臟都串了起來。

「只怕我就是他。」她說。

「怎麼說？」他的語氣依然關切，不過絕對帶著一份好奇。

「在他崩潰之後……」

保持含糊。不過，她記得放學回到家的時候，發現警車就在她家門口。她衝進家門，當她在廚房裡看到穿著制服的警察和她母親站在一起時，她感覺到恐懼刺穿了她。她哀求地問，爹地——爹地在哪裡？他沒事吧？

她以為他死了，在小巷裡被人碎屍萬段了。然而，原來是他的搭檔死在了一名連續殺人狂的手裡。梅克趕到現場的時候，已經來不及阻止這場悲劇了。

幾個小時之後，他開車從橋上衝了下去。

當消防員把她父親從河裡拉出來時，他語無倫次，對他們拳打腳踢、大吼大叫。接下來的六個月裡，他都被鎖在了一間精神病房裡。

「他從此變了一個人。」

「而你認為你的血管裡流著他的毒素。」

那些話就像閃電一樣擊中了她。儘管房間是暗的，然而，她的整個視野似乎都發白了。

「對。」她的聲音破了。

「你聽起來很害怕，蘿絲。」

把它封鎖起來。她試了，但是卻做不到。

「我嚇壞了，」她說。「我知道憂鬱的傾向是會遺傳的。而且，你成長的方式也會影響你面對世界的方式。天生的和後天的。你說得沒錯，我就像他一樣。那麼那麼地像。」她試著要呼吸。「萬一自殺的衝動也埋在我體內呢？如果企圖自殺是你生命中的一種缺陷呢——就像一顆動脈瘤一樣，隨時都可能惡化，並且打倒你呢？」

電話那頭傳來德瑞克深深吸了一口氣的聲音。他停了一下。當他再度開口時，他的聲音充滿了熱切——不是粗暴，而是親密。

「你曾經考慮過自殺嗎？」他問。

「是的。」

「你想過你要怎麼動手嗎？」

「想過很多次。」

「你有考慮什麼特定的方式嗎？」

這個問題表面上聽起來很殘忍。不過，根據經驗，她知道這是志工既定的處理模式中最重要的部分之一。德瑞克依然保持冷靜和善解人意。他穩定的同情心幾乎讓人無法抗拒。

「有，」她說。「我想過我要怎麼做。」

「怎麼做，蘿絲？」

她感到他的聲音裡有一絲輕微的張力，一種懇求被信任的語氣。不要被他影響。

「你為什麼要這麼做？」她問。

「做什麼？」他聽起來是真的感到驚訝。

「你為什麼要在危機熱線當志工？你可以從中得到什麼？」

「我們應該要談你的事。」他說。

「不，我想要知道。」

他若有所思地停了一下。「每個人都值得擁有一個朋友，並且和某個可以幫助他的人傾訴。而現在，那就意味著聽你訴說是什麼事情讓你感到沮喪。」

她順著他的遊戲來：她讓沉默蔓延在空氣裡。這是一種質問者的技巧。一種新聞記者的技巧。精神醫師的技巧，讓病患有呼吸的空間。製造沉默，人們就會想要填補沉默。她在想：如果你問一個自戀狂關於他自己的事，他一定無法保持緘默，而她現在所玩的把戲，就是利用了對這種行為模式的了解。

她可以聽到他在電話那頭呼吸。

然後，她聽到背景裡有另一名志工在講電話。「那很好。我很高興聽到你這麼說。你保重。再見。」接著是電話被掛上的聲音。椅子發出尖銳的摩擦聲。門被打開，然後又關上。

又過了幾秒鐘。她意識到：德瑞克現在獨自一個人在辦公室裡。

她安靜地開口。「你為什麼要花時間和想要自殺的人說話？」她原本以為已經熄滅的一股憤怒又升溫了起來，熾熱而猛烈。「你為什麼在乎？你從中獲得了什麼？」

「這種態度實在很苛刻。你在生誰的氣？」

「聽到別人痛苦會讓你感到興奮嗎？讓你覺得高人一等嗎？」

「你很執著。我可以聽得出來。那很好。」

他是一個擊劍手——善於偏移。不過，她希望他攻擊。她記得當她在東岸打電話到危機熱線時，她曾經充滿憤怒和挑釁。她不停地攻擊接聽她電話的女人，直到她情緒上的子彈全都用盡，再也沒有武裝，不得不面對赤裸裸的自己為止。

那很嚇人。她覺得自己失控了。她痛恨那樣。最後，她直接掛了那名志工的電話。那是一個錯誤。一星期以後，她在極度憤怒下割腕，結果被送到了急診室。

「你想要生氣嗎？」德瑞克說。「那就生氣吧。然後繼續說。不過，蘿絲，拜託你。這很重要。你會用什麼方式？」

她的頭在砰砰作響。她覺得口乾舌燥。她緊緊抓著自己的膝蓋，她的雙腳冰冷地貼在飯店房間的地板上。她覺得自己很渺小。

「我會割腕。」

他沒有作聲。

她看著手臂上的疤痕。「我會沿著動脈割出一個角度。重複幾次。」她前額上的脈搏在轟隆作響。「然後，我會滑進浴缸溫暖的水面底下。漂浮在黑暗裡。就像……」她的聲音變得輕柔。「就像穿越一片星海，墜入了不知名的黑暗裡。」

電話線上的那股沉默繼續延展。她湧起了一股想要啜泣的感覺。

她從來沒有把這件事告訴過任何人。不過，這是真的。從她十四歲開始，她就有這樣的想法。在那些最深沉空虛的夜裡，這樣的誘惑有時候會召喚著她。

德瑞克吸了一口氣。「那很美。但是我希望你活著。」

有那麼一秒鐘的時間，似乎有一道閃電劈過了房間。她凝視著窗外。天上的星星清楚可見。

「我要你繼續說。蘿絲。全部都說出來。你會用什麼樣的刀子？告訴我，你在劃下每一刀的時候，你每一秒鐘的感覺是怎麼樣的。我要你繼續說。」他又停了一下。「你聽到我說話了嗎？我要你活著。」

那個字，我。

那個字把她從邊緣推了回來。那個字，以及德瑞克聲音中那種不只是好奇的語氣。

她感覺到的那股拉扯消退了。她站起身。

她在想：他才是這一切的重點？

她用一隻拳頭蓋在自己的嘴上。

在書桌燈昏暗的燈光下，她的倒影在牆壁上的鏡子裡搖晃。她的腦子裡出現了一道彷彿燈泡爆裂的聲音。

控制。

這不是正好嗎。這陣子以來，他們一直都在談論所謂的控制。控制和擁有是這個兇手的驅動目標。控制是打從她還是個孩子以來就一直想要抓住的。控制她自己和她的生活。對於控制的追求就是導致她變成一個割腕者的原因。

完美的控制是不可能的事。然而，她絕對可以好好地控制一件事——她知道她不能再失去控制，即便是為了逮捕一名兇手也不能。

「蘿絲？」德瑞克說。

他的聲音在懇求。天啊，他的操控力讓人感覺是那麼強烈而直接。恐懼彷如冰水一樣地沖刷過她。她掛斷了電話。

她站在黑暗裡，胸口不停地起伏。她低聲地說：「噢，我的天哪。」

她無法看清狀況。她轉著圈，踱步，手指不停地掠過頭髮。她做了什麼？

她的神經在蠕動。她必須離開這個房間。

她扯下她的帽T。換上她的跑步裝備，然後走樓梯來到一樓。她在飯店正前面那條沿著三十五號州際公路的道路上跑了整整五哩。一路上，她手臂上的疤痕不停地在顫動。當她回到飯店穿過大門時，她的臉頰上多了兩道淚痕。

27

上午七點半，飯店的早餐區擠滿了客人，商業旅客紛紛在踏上州際公路之前先到此填飽肚子。白花花的陽光斜灑在地板上。房間裡充滿了洗髮精、刮鬍水和糖的味道。凱特琳大步走進早餐區，倒了一大杯咖啡，加入坐在窗邊那張桌子的雷尼，和其他用餐的旅客保持了距離。

雷尼從她的手機上抬起頭來。「那四百五十二通打到警察局的舉報電話？我已經搜尋過其中是否有符合德瑞克的描述。有十幾個都有可能性。」她把手機螢幕往下滑。「這個——叫做麥德森的女孩。『有個男人在我的公寓外面看著我。』白人、高個子、深色的頭髮、穿得像個銀行員。『我以為他是警察，但是，當我媽媽出現的時候，他就離開了。』她住在距離三十五號州際公路四分之一哩的地方。」

「確實符合。」

雷尼把注意力從手機上轉開。她評估著凱特琳那一身俐落的白色翻領襯衫和她從 T.J. Maxx[25] 拍賣時買來的黑色西裝。「你今天看起來特別像聯邦探員。」

---

[25] T.J. Maxx 是美國一家百貨連鎖店，銷售價格通常低於其他主要的類似商店。在美國擁有一千多家商店，是美國最大的服裝零售商之一。

凱特琳順了順自己的頭髮。她今天把頭髮緊緊地往後梳成了法式盤髮。她吹了吹咖啡。

艾默里奇把盤子和餐具放到桌上。「我拿到德瑞克的手機紀錄了。」

他的盤子裡是一片德州形狀的鬆餅。

「你吃這個？但是你卻覺得街頭小吃對你身體不好？」

「入境隨俗。」

一如往常地，艾默里奇的西裝無懈可擊，不過，手肘的部分卻有些皺褶。他很快地瞄了一眼她今天的外型。他沒有做出什麼評論，不過似乎也沒有放在心上。

他拿出手機，在一個下載的檔案上輕觸了一下。「這些紀錄顯示，在那些女人失蹤的晚上，德瑞克的手機都沒有離開過他的住家附近。」

凱特琳把她的咖啡杯放到桌上。「真的嗎？」

她和雷尼交換了一個眼神。

艾默里奇說：「我有他一整年的通話紀錄、數據用量和行動通信基地台的定位紀錄。我們會把那些資料和他的工作行程表做比對，不過，初步看來，他都和那支手機綁在一起。手機一直都跟著他，一直都有在使用。除了……」

他看著桌上的那瓶楓糖漿，但就是沒有辦法讓自己越線。結果，他切了一口鬆餅，硬生生地乾吞了下去。

他抬起目光，眼裡盡顯精明。「除了，在那些被害人失蹤的那六個晚上，距離他家兩百公尺的行動通信基地台收到了他的手機訊號。」

興奮的感覺開始在凱特琳的胸口燃燒。讓她把自從打了那通未經批准的電話到危機熱線之後所衍生的隱約羞愧感和不平衡的感覺都推到了一邊。

太棒了。

失血到死。她的描述引出了德瑞克詩意的一面。但是我要你活著。

她甩掉他陰魂不散的存在。「德瑞克的手機在那六個晚上都在他家裡。可是……」

「他給了我們那些晚上的不在場證明。」雷尼接口說道。

「他說，他去看了一場長角牛的籃球賽。房地產研討會。還有音樂會。」

艾默里奇搖搖頭。「但是他的手機沒有去。」

雷尼說：「要嘛就是德瑞克把手機留在家裡，要嘛就是他的不在場證明是謊話。」

艾默里奇點點頭。「德瑞克想要確保沒有證據可以顯示他就在綁架地點附近。」

這不是證據。完全算不上是證據。不過，這和德瑞克的誠信度有關。

「我的家鄉把這種現象叫做罪惡感。」

她才把話說出口，立刻就覺得口乾舌燥。她喝著她的咖啡。罪惡。是啊。在你犯了愚蠢的錯誤之後會有的那種感覺。就像冒充另一個人打電話給嫌犯一樣。

她覺得自己在熱線上對德瑞克打開心扉是一個很魯莽的行為。然而，她無法動搖一個事實，他了解她。他看到了她。如果她處於真正的危機之中，他有可能把她從那股空虛感之中拉出來。

不管他在做什麼，他都是箇中高手。

她站起身。「準備要走了嗎？」

雷尼把她的咖啡喝完。「你今天早上為什麼這麼急躁？」

「那些手機紀錄應該有助於讓本地的警探採取一些行動。」

「應該。」穿過窗戶的銳利陽光讓艾默里奇瞇起了眼睛。「你有什麼可以讓調查行動加速推進的想法嗎？」

大膽一試吧。她點點頭。

「我們正在針對德瑞克蒐集證據，不過都是很間接的。我們還沒有足夠的證據可以申請搜索令，或者去取得DNA。」

「還沒有。」

「而星期六晚上即將來到了。」她俯身在桌上。「我有一個計畫。我要監視德瑞克。」

「那不算是計畫。」

「公然地。」

艾默里奇放下手上的叉子。揚起了一道眉毛。

「給我一個機會在光天化日下跟蹤他。我要讓他感到厭煩。」她說。

「說明一下你的意圖。」

「如果他是無辜的，那很好。如果不是的話，我會迫使他表現出他最好的一面。」

艾默里奇思考了一下。「如果他是這個不明嫌疑犯的話，那麼，當他升起殺人的衝動時，你等於是在給他施加壓力。他最好的一面只能維持到他付諸行動之前。」

「根據我們的側寫，他是一個相信他自己比我們聰明的人。我可以用這點來反制他。」

「這麼做很冒險。」

「我知道。」

他並沒有動，不過，他的眼神在思考這個建議時退讓了。「我會給你七十二個小時。」

她握緊拳頭。「謝謝你，長官。」

她的胃早已打了好幾個結。不過，讓她難以克制的卻是一股興奮的感覺。

她的手機在口袋裡嗡嗡響起。她對艾默里奇點了點頭，隨即走向門口。她太興奮了。

當她看到手機時，她的心情更好了。尚恩發了簡訊給她。那是他的航班資料，外加一則訊息

維吉尼亞是……

她回覆了他：聯邦調查局情侶探員之州。㉖

這是她一個星期以來真正地笑了。她抓起那輛SUV的鑰匙，朝著飯店外面走去。

㉖維吉尼亞是戀人之州（Virginia is for Lovers）。這是維吉尼亞州政府用來宣傳旅遊的口號。自一九六九年使用以來，這句話已經成為全球最受喜愛和最廣為人知的口號之一。《廣告時代》在二〇一二年稱這句口號是過去五十年來最具標誌性的廣告語之一。

在市區外圍的那間木屋裡，他躺在床上，聽著車子倒車開出了車道。艾瑪帶艾希莉去學校了，然後會去工作。她們在非週末的時候來這裡過夜並不尋常，不過，她的公寓大樓停電，導致她大膽地詢問他是否介意她們在此留宿。那個晚上對艾希莉來說變成了一場冒險。他們用床單和沙發靠墊在起居室裡蓋了一座堡壘，那個小女孩就和她的書、迪士尼的公主洋娃娃，以及一支手電筒睡在了裡面。這讓他想起了他自己的童年，在他祖父的家裡，每當怒氣沖沖的聲音越來越大時，他總是會爬到餐桌底下。

車子的引擎聲漸去漸遠。空氣裡逐漸安靜了下來。他等待著，確定艾瑪已經離開了。他唯一可以聽到的只剩下樹林裡的鳥兒在尖叫的聲音。

他伸展了一下，然後起身。上午晚一點的時候，他有一個約，不過現在，在他刮鬍子和沖澡之前，他還有整整半個小時的時間。他打開櫥櫃，壓住櫃子後面的假牆。牆壁在沉悶的喀噠聲中打開了。

釘著他那些收藏品的那片軟木塞板豁然進入眼簾。陽光反射在那些照片上面。一股暖意填滿了他的胸口。

現在，夏娜·克伯已經在那裡了。她曾經是一隻野貓——當他不願把她那個大聲啼哭的嬰兒交給她的時候，她帶著那具啦啦隊員的嬌小身軀和那雙冰冷的眼睛，已經準備好要撲向他了。她就是那樣的一隻野貓。

不過，他的外表曾經讓她在心理上卸除了防衛。

這招永遠都管用。足以讓她們猶豫夠久。而猶豫——就像一開始躊躇不前，只是輕輕地在血管上劃過一樣——一點好處都沒有。

因此，孩子的媽現在就在他的牆上和塵世之外的唱詩班一起在歌唱。在第一張照片裡，她的眼睛因為恐懼而瞪大。她知道。她站得筆直，背抵著牆壁，舉起一隻手要讓他不要再往前走。這向來都是很棒的一刻，而且很難捕捉得到——當懷疑消失、現實來到的時候。她的處境。他。他用手指撫過照片表面，細細地品味。他的呼吸加快了起來。

第二張照片依然是孩子的媽，不過是事後拍的。已經被制伏的孩子的媽。在局面改變之後不到一會兒，他就拍下了這張照片。她的眼睛依舊閃亮，不過卻什麼也看不到了。她的嘴唇——那兩片紅色的豐唇——微微開啟。她的肌膚依舊停留在九十八點六度（攝氏三十七度）的體溫。那件白色的睡衣懸垂在她身上彷如保鮮膜一樣。

他胸口的那道熱流擴張了，又遞減了。他赤裸的腳冰冷地踩在地板上。牛仔褲的鈕釦依然敞開著。

在孩子的媽旁邊的是黛比上達拉斯[27]。那張臉的表情是他最喜歡的。真相。她知道她身處何處，知道她沒有話語權，沒有選擇，無處可逃。

[27] 德瑞克幫來自達拉斯的泰莉．德林科所取的不雅綽號。《黛比上達拉斯》（Debbie Does Dallas）是一九七八年的色情電影，描述一名高中女啦啦隊員黛比和她的朋友為了籌措資金送黛比到達拉斯參加啦啦隊試訓而從事色情交易的故事，是影史上最賣座的五部色情電影之一。

那是他一直都在尋求的表情。自從她之後。他盯著達拉斯的照片，但他看到的卻是她的臉。聽到了她的聲音。感覺到她在他身體底下屈服。他狂叫了一聲，隨即癱靠在櫥櫃的門上。

達拉斯曾經帶來很精采的一刻。然而，那距今已經五天了。有時候，她們在放棄之前會堅持兩週或者更久。在他能夠看到她們的頓悟和屈服之前。

然而現在，他再度感到了那股飢渴，那份需要，那股想望。

他拉起他的牛仔褲。他的工作行程很忙，這星期剩下來的幾天都排滿了工作。週六……

豬頭警察。如果他可以完全不被人注意到的話——如果那些女人只是單純消失的話，那就再好不過了。有誰會想念她們？這個國家到處都是女人。她們經常就那樣不見了。逃家、妓女、拋棄孩子的母親。那不應該讓人如此大驚小怪，至少在這個擁擠的、人山人海的德州不應該如此。沒有人應該要懷疑她們都到哪兒去了。

那是他去年夏天學到的一課，在電話上。

你為什麼在乎？她說。為什麼要幫助那樣的女人？失敗者、乞丐，她們巴著你。哭泣著、啃著她們的拇指、希望你能讓一切都變好。為什麼？誰會想念她們？大部分的失蹤女人甚至從來都沒有人報警說她們不見了。

那就像是一道閃電。她那不堪的、苛責的聲音鞭打著他。然而，卻照亮了他。

你傾聽那些女人說話，她說。為什麼不給她們她們想要的？給她們她們應得的。

告訴我，你並沒有想像她們死掉的樣子。你並沒有偷偷希望她們死掉。

他當時的呼吸困難，他以為他可能會耗盡房間裡所有的氧氣。我有。他在心裡想著。我有。我有。我有。而且是對他所傾聽過的每一個來電者，那又為何不對另一個來電者也這樣呢？

除了消耗你的生命之外，她們還做了什麼？那個來電者說。

說得太對了。

而她們確實想要死亡。他知道；從他五歲那天打開浴室的門，看到他母親在浴缸裡，漂浮在那裡，頭往後仰，沒入了水裡，她赤裸的皮膚露出水面、濕漉漉地閃閃發亮……從那一刻開始，他就知道了。

他從櫥櫃牆往後退了一步。那些照片很美。一直都是拍立得。絕對不要儲存在你的手機裡，也絕對不要存在你的電腦裡。絕對不要使用任何可能被上傳到外部雲端的形式。簡單就是最好的。老派作法。

也許他應該再等等。警察已經開始鼓譟了。

不。去他們的。他曾經試著壓抑他的需要，但是他再也不要這麼做了。

他想起他跟蹤的那個年輕的咖啡館店員。麥德森．梅斯。她的臀部很結實。她的臉蛋顯然毫無瑕疵。如果她母親沒有開門的話，咖啡館女店員也許現在就會和唱詩班一起在歌唱了。他當時很生氣。現在依然還是。雖然他找了達拉斯取而代之。不過，取代永遠都不夠。兩者都要比較好。

這個世界上多的是女人，但是，那個咖啡館女店員才是他此刻想要的。也許，他依然可以擁有她。他只需要謹慎就好了。不要被發現。一如既往。沒有人會看到他，即便在眾目睽睽之下。

他浮現一抹微笑。距離週六晚只剩下兩天了。

28

凱特琳直接把車停在城堡灣房產的對街，當凱爾．德瑞克把他那輛乾淨到發亮的別克Envision駛進停車場時，凱特琳正在喝著一杯美式咖啡。

他把車停在他慣常停的車位，下了車，朝著辦公室大門走去。他昂首闊步地往前走，看起來一副精神奕奕，彷彿剛剛從頸動脈吸過血的吸血鬼一樣。他的臉色十分紅潤。黑色的牛仔褲繃得很緊，身上那件喀什米爾毛衣貼在結實的腹肌上。他的千鳥格西裝和腳上那雙牛仔靴十分相配。當他走過另一輛SUV時，他還朝著後車廂門瞄了一眼自己的倒影。甚至還在吹口哨。

他抓住大門的門把，然後看到了她。

她沒有戴太陽眼鏡，一隻手垂掛在方向盤上面。她又啜了一口咖啡。車流從她面前經過。德瑞克停了一下，彷彿在仔細確認她是真的在那裡，然後才走進建築物裡。大門在他身後重重地關上。

從她所在的路邊樹蔭底下，凱特琳可以清楚地看到那棟建築物的正門和側門，還可以暢通無阻地看到建築物的大廳。在前台的地方，布蘭蒂正在熱情地和德瑞克打招呼，來回地在她的椅子上旋轉，對德瑞克說的話大笑。他停了一下，享受著受人注意的感覺。然後朝著建築物的更深處走去，完全沒有回頭看凱特琳一眼。

很冷靜的顧客。

截至目前為止。

她把那杯美式咖啡放到杯架上。她不至於笨到在監視的時候還把空杯注滿。那杯咖啡只是道具，只是為了要給德瑞克一種感覺，認為她是有備而來，而且很自在、很淡定，彷彿在追劇一樣。

她通常並不喜歡監視。監視的那幾個小時不僅單調無聊，還有可能因為把視線挪開十秒而錯過關鍵的行動。她很不擅長處理期待。討厭不確定性。她向來都傾向於採取行動——而不是坐在車子裡，期待著有什麼行動發生。不過，這次不一樣。坐在這裡就是行動，一種試圖挑起反應的行動。

她一邊看著那棟建築物，一邊打電話到西城危機熱線。是時候對達利安．考伯總監坦誠了。他不在辦公室。她留下訊息，要她回電給她。

上午十點四十分的城堡灣大廳，布蘭蒂接起電話，然後鬼祟地抬起頭看了一下，隨即蓋住話筒在說話。她透過那扇厚玻璃窗看著凱特琳。一分鐘之後，德瑞克蹓躂進大廳裡，對布蘭蒂豎起拇指，然後走了出來。他無視於凱特琳，逕自爬進那輛Envision，開車揚長而去。凱特琳也跟著駛入車流，跟在他的一百公尺之後。

她在他後面跟了二十分鐘，看著他從市區往北前進，來到一座公寓大樓，和一對三十出頭的夫妻碰頭。她把車子停在街上，用一台裝有明顯長鏡頭的佳能相機拍下照片。德瑞克將那對夫妻簇擁上他的SUV，然後在接下來的兩個小時裡，載著他們在城市邊緣的鄰近地區到處看房。凱特琳在每一站都拍了照，寫下每一個地址，並且做筆記提醒自己要查一下奧斯汀都會區列為待售的房子有多少間是空屋。一名有保險箱鑰匙、又知道哪些屋子沒有人住的房產經紀人就可以在週六晚上好好利用那些空屋，如果他想要把被綁架的受害者藏匿起來的話。不過，他不會把被害者留在一間空屋太久，因為其他一千名經紀人也有保險箱的鑰匙，隨時都可以進入到那些屋子裡。

當德瑞克帶他的客戶到塔可快餐店午餐的時候，她依然跟著他。餐館裡生意繁忙，排隊等著點餐的人潮多達三十五個人。凱特琳把車停好，好整以暇地走進店裡，使用了洗手間。當德瑞克看到她的時候，她正在往她的空咖啡杯裡倒水。她和他四目相對，然後回到餐館外面，爬上那輛Suburban。從車側的後視鏡裡，她可以看到德瑞克正在注視著她。

大約在四點半左右，他回到了辦公室。他在大廳裡和布蘭蒂說了幾句話。當他走進建築內的時候，布蘭蒂從前台站起身，在一張茶几上忙活了一下子，然後拿著一張堆著巧克力碎片餅乾的餐巾紙走到外面。她穿過街道，走向凱特琳的Suburban。

凱特琳讓她在駕駛座門外站了一會兒才把車窗降下來。坐在車裡開了一整天的車讓她感到渾身僵硬，不過，她還是給了布蘭蒂一個最平靜的笑容。

「有什麼事嗎？」

布蘭蒂挺直背脊。她穿了一件荷葉邊的白色襯衫，那件衣服看起來活像貼在山谷裡的雲朵一樣。今天的項鍊是一條德州形狀的鍍金項鍊。德州的最南端就卡在她雙峰之間的陰影裡。

「德瑞克先生覺得你可能需要一點點心，」布蘭蒂說。「你看起來有點萎靡不振。」

凱特琳收下餅乾，把它們放到一邊。「你真好心。」

布蘭蒂交叉起雙臂。「你沒有理由這麼做。」

「德瑞克先生開那輛別克Envision有多久了？」凱特琳問。

「不關你的事。」

「你知道他刪除了那輛車的GPS紀錄嗎？」

布蘭蒂抬起下巴。看起來就像是合理的憤怒，或者一種想要把凱特琳開腸破肚的衝動，就像她所獵到的那頭鹿一樣。

「他告訴我。政府沒有正當的理由知道他要開車去哪裡。他帶客戶去看他們未來的家。他處理人們個人生活中最大的決定——要在哪裡建立家庭，要在哪裡扎根。FBI不能打探人們要在哪裡實現他們的夢想。如果不是因為你使用恐嚇戰術，他也不需要說這些話。不過，他還是說了。」她把凱特琳上下打量了一番。「還有，異常的迷戀是無法吸引人的。不要來煩他。」

「他有告訴你，我們無法確認他在那些女人失蹤的那幾個晚上的不在場證明嗎？」凱特琳說。

布蘭蒂的嘴唇緩緩地打開。她的脖子也逐漸地漲紅。

凱特琳啟動引擎，拉下排檔。「謝謝你的餅乾。」

她開動車子，做了一個U形迴轉，把布蘭蒂留在了街道中間。就在她們兩人談話的時候，德瑞克已經從辦公室側門出來，爬上了那輛Envision。

想得美，卑鄙的傢伙。

他加速開走，不過，她緊緊跟上。他往南穿過市區，再越過小鳥夫人湖上的一座橋，在緩慢移動的車流中變換著車道。他顯然在試著甩掉她。在拉瑪爾大道往南五哩之處，他把車開進了一個中產階級社區，在線條流暢的新公寓建築、豪華的電影院和東倒西歪的低級酒吧之間，他轉進了一條商店街。凱特琳也跟在後面開進了商店街。

等到她下車的時候，他已經走進一間酒品專賣店。她走進店裡，摘下她的太陽眼鏡，沿著一條貨架閒逛，看著上面的新世界紅酒。

他買了六罐裝的孤星啤酒，在轉身離開櫃檯時發現她正在門裡等著他。於是，他朝著她晃過去。

「你要去哪裡？」她說。

「我得說，我真的受寵若驚。我從來都沒有這麼強烈感覺到自己那麼被渴望。」他的嘴唇露出一抹優雅的笑容。「這有點……令人興奮。」

他的墨鏡撐在頭頂上，身上的古龍水已經淡成了一股溫熱的、肉體上的氣息。那雙灰色的眼睛卻剛好相反地冷靜。

「我聽說你GPS的紀錄被清除了，」她說。「我是來確定你不會迷路。」

「留下一道麵包屑，這樣，你就可以找到回家的路。」

他的語氣很輕快。她完全聽不出一絲憎恨或者甚至惱怒。

「在森林裡丟掉東西的人可不是我。」她說。

雖然只有百萬分之一秒，不過，他的眼睛再一次地緊縮了，彷彿發現了一點小差錯一樣。然後，他的微笑提高到了最大的瓦數。

「你過的是什麼樣的生活啊，韓吉斯探員。你在這裡好好享受吧，我就不打擾了。」語畢，他從她身邊擦過，走出了店門。她站在原地，努力地壓抑著一股顫慄。

他開車離開了。她緊跟在後。在四處閒晃和消耗時間之後，他終於在下午八點四十五分打道回府。他似乎以為他可以撐得比她久。

笨蛋是什麼也不知道的。

他的房子座落在奧斯汀南邊靠近三十五號州際公路的地區，遠離了主要幹道。這裡是——根據城堡灣房產的網站——房產經紀人稱之為「黑暗天空」的地區。那意味著這一帶的銷售對象是天文學家或者觀星者。

對一名警察而言，那意味著沒有街燈。沒有人行道，寥寥無幾的廣告牌。在冬天的夜裡，街道就像煤炭一般的漆黑。在她的車頭燈之外，凱特琳瞥見了沿著這條街蔓延的馬纓丹、常綠灌木和雪松。她讓她的車子停在原地空轉，看著德瑞克把車停在車道上，用他的遙控鎖鎖上那輛Envision，然後進屋。他打開起居室的一盞燈，望向窗外。她知道他無法看到Suburban漆黑的車裡。不過，不知怎麼地，他的眼睛似乎刺穿了她。他隨即把窗簾拉上。

她這才緩緩地把車開走。

週五早晨六點半，她又回來了，她待在他的屋外，打開筆電，回覆電子郵件，打了幾通電話。她穿了一件黑色的短大衣，底下是黑色的V領毛衣，黑色牛仔褲和馬汀大夫鞋。她把頭髮在腦後紮成了一條辮子。她的車子停在路邊，如此一來，當他走出來看到她坐在車裡時，正在升起的太陽就會反射在她的太陽眼鏡上。

德瑞克在七點半的時候出現了，他看起來煥然一新、衣冠楚楚。他輕鬆地走向他的Envision，在上車時還對她行了一個舉手禮。

那個早上，他又帶著客戶去看房。他保持著冷靜，表現出她彷彿並沒有跟在他後面一樣。大約在中午左右，他送了一名客戶回家，然後驅車來到加油站。當他下車幫那輛Envision加油時，凱特琳也在同一座加油亭另一邊的加油機前停了下來。

德瑞克望向她，真的笑了出來。

凱特琳下了車，打開Suburban的油箱蓋。德瑞克把他的加油機設定為自動加油，然後往後靠在Envision的側面，交叉著腳踝，看起來十足地輕鬆自在。

「我一直都想要個粉絲。」他說。

「你的看法讓我覺得很有意思。」她把一支加油槍塞進Suburban的油箱。

他聳了聳肩。她不得不承認，他的微笑很耀眼。

「你可以登上FBI的招募海報，」他說。「你很堅決。很有勇氣。遠比我們在電影裡看到的那些探員更有魅力。我是說，終極警探？」

她不得不笑出聲。「探員強生和特別探員強生，在一團爆炸的火球中付諸一炬。『我想，我們需要更多FBI。』」

「或者冰雪暴。」

「兩個聯邦探員在他們的車裡吃午餐，比利．鮑伯．松頓走過，從他的冬衣外套底下抽出一把機關槍，然後穿過街道，在他們的眼皮底下進行了一場大屠殺。太完美了。」她側著頭。「你在危機熱線接過最詭異的電話是什麼？」

他上下打量著她。她感到了一股靜電流過。

「你是認真的嗎？」他問。

她點點頭。

「長年手淫的人。」

她揚起一道眉毛，彷彿有點好奇的樣子，好鼓勵他透露更多。不過，她的內心卻在想：你是在開玩笑吧。

「她告訴我關於她飽受折磨的生活，這是一個不可思議的故事。她開始越講越快，接著開始喘氣。然後是呻吟。」

「她。」

「彷彿在享受餘韻一般地，她問了我關於我個人的一些深入的問題。」

他的雙眼發亮。他試著要讓她亂了套，這讓他感到很愉快。

「那真是可怕的興趣。」她說。

他已經加滿了油。「我五點下班。在那之後，我們可以去喝一杯。第六街，音樂，跳舞。我可以告訴你關於那通電話的不堪細節。你今天的打扮像是準備要去一間擁擠的酒吧喝雞尾酒一樣。」

「不了，謝謝你。」

「你不應該錯過天黑後的奧斯汀。」

「我什麼也沒有錯過。」

他把加油槍放回原位，坐進他的SUV。在啟動引擎之際，他對她露出了一個性感迷人的表情。

當他把車開走時，他無聲地動了動嘴唇說了一句：「你的損失。」

29

在鳳凰城，當金黃色的太陽向沙漠西沉時，原本溫暖的一個週五下午慢慢地變涼了。莉亞・法克斯把車停在她的公寓大樓外面。灑水器噴濕了草地。空氣中沒有風，但她卻覺得彷彿有沙子吹過，摩擦在她的皮膚上。

進屋之後，她鎖上門，把鑰匙丟在廚房中島上，在她的貓跳進廚房時輕輕地拍拍牠，然後倒了一杯蘇維濃白酒。一口喝下半杯。

沒有關於艾倫・葛吉的消息。德州那些案子也沒有最新的進展。沒有逮捕，沒有通緝海報，沒有嫌犯的畫像。FBI也沒有回她的電話。

她踢掉腳上的高跟鞋。「你期待什麼，笨蛋？」

她打過舉報電話。就這樣。那名探員，一個看起來像會打排球的紅髮女子曾經表達了關切，並且用似乎可以發射出X光的眼神檢視著她。也許，那名女子有跟進她提供的資訊。或者，也許那名女子認為她是一個瘋子。「我必須得問——當時，你為什麼沒有打電話報警？」莉亞猜測，她所描述的事情聽起來很糟。但是，那是一段很糟的時光。FBI的人不需要知道她的私人生活。只需要知道她破碎的愛情生活就夠了。

艾倫。她想起了他結實的身軀，他英俊的臉孔，他放在她身上的手，他在喝醉時迷茫的笑容。她想起了一場團體的野餐，以及她是多麼渴望他能注意她，能真正地看著她。她想到了當她確實被看到的那一刻。那不是來自於艾倫．葛吉。經過了這麼多年以後，那股感覺再度攻克了她——一種恐懼、快感和羞恥所引發的深深的顫抖，以及一股想要放手的紊亂渴望。

她又倒了一杯酒。

她想起了那些屈辱、那些吼叫，以及艾倫無視於她、喝到不省人事的樣子，還有那天晚上，那天晚上，那天晚上。

她的呼吸卡在肺裡。她嚥下口水，趕走事後所有的畫面。那些紙條、洋娃娃和躺在後院裡柔軟無力、眼神空洞、詭異嚇人的小機靈。

傍晚的夕陽反射在她起居室牆壁的相框上。

她拿起她的電話，撥打了出去。「媽。嗨。」

她的母親很驚訝她打來電話。今天不是週日，也不是誰的生日。莉亞的眼神停留在茶几上的一張照片。快樂的時光，母親－女兒的親密。笑容和大大的擁抱。母親節。

「不，我很好——我只是想要知道你們的近況。你有聽說……」

她母親往下說著她最愛的狗提茲，她弟弟約翰和他那個完美的家庭，她的小妹艾蜜莉，以及艾蜜莉在大學裡完美的一個學期。

她母親從來都沒有原諒莉亞從休士頓那所古板的基督教學院輟學的事。艾蜜莉沒有上基督教學院，不過，這個小妹有因此而後悔過嗎？並沒沒沒沒沒有。

她母親從來都沒有問及莉亞的生活。很多年以前，她母親就已經知道，莉亞的回答只會給她帶來痛苦。

「沒有什麼特別的原因。我只是想要聽聽你的聲音而已。」莉亞說。

她母親不知道關於小機靈的事情，或者那些洋娃娃，或者莉亞如何在火災那晚揚言要自殺，以及她尖叫地以自殺威脅艾倫，卻未能阻止他讓自己喝醉到引發火災。

不只如此。還有更多更多的事情。

「算了，」她說。「我下週末再打給你。」

她掛斷電話。那股摩擦的感覺，沙子在她皮膚底下的感覺越來越嚴重。她喝掉第二杯酒，檢查了每一扇門上面的鎖。但願FBI的人會打電話來。

她凝神望著牆壁，不知道他在哪裡。

在他變暗的廚房裡，凱爾．德瑞克站在水槽邊上看著窗外。對街，那輛FBI的Suburban陰沉又邪惡地停在路邊，幾乎隱沒在了冬天的黑暗裡。

他可以感覺到她深不可測的眼睛正在凝視著他，盯著他，彷彿一條毒蛇一樣。他甚至可以聽得到她的呼吸聲。

他簡直不敢相信，她居然問起關於危機中心那通電話的事。

最詭異的來電？不。最難忘的。最有影響力的。最……具顛覆性的。

他甚至沒有說謊。

八月，去年夏天。一個週三夜晚很晚的時候。那個女孩在電話上的聲音聽起來既苛刻又憤怒。

我遇到一個傢伙，我很愛很愛他。我父母企圖要阻止我和他見面。他們說他錯了，說我太年輕。我逃家了。我們搶劫了7-11和一間鬆餅店。他死了。

那時候，她已經在喘氣了。我住在街頭。為了錢和男人上床。

在那個節骨眼上，他並沒有打算掛斷電話。等她高潮過後，她嘆了一口氣說，哇。她問他，他喜不喜歡這樣。這是他第一次發現自己說不出話來。

她大笑。砰—砰，嗯？

他的血液湧上來，在他的鬢邊大聲作響。

換你了，她輕快又邪惡地說。你有什麼故事？

他無法猜透她。他曾經問過：你在做什麼？

一定有快要把你逼瘋的人，逼到讓你想要殺人，她說。殺了他們，為他們而殺人，殺了你自己。我想要知道。如果你不告訴我的話，我就一槍斃了我自己。

她打電話來是為了想要看看她能讓他說出什麼。這實在是……令人大開眼界。

沒有什麼人是你深惡痛絕的嗎？沒有什麼人是你極度想要的嗎？她說。告訴我。

他的過去，那個存放著他的心、上了鎖的保險箱，他的痛苦，那股需求，以及全世界正在死去、正在掏空的那股可怕的感覺……她在電話那頭大笑，然後說，你在等什麼？

在電話上，他感覺到那個鎖滑掉了。他想要把這一切都告訴她。

然而，她掛斷了電話。把他留在了危機中心電話室炙熱的燈光底下。他試著要重新關上保險箱，但是，她已經把鎖打開了。

一星期以後，他看到她在中心外面。一開始，他並不知道那是她。她坐在對街公車站的一張長椅上。夏日的暮光在她的臉上留下了陰影。金髮，抽菸。她就那樣看著。他走向了窗戶。

她舉起一隻手，比了一個手槍的手勢，嘴型說著，砰——砰。

她當然知道他那天晚上要工作。他站在窗口。

她沒有進來。她就那樣等待著。

午夜時分，他結束了他的輪班，穿過街道，她從長椅上起身。她用靴子的前端把香菸踩熄。她的左胸上有一隻黑貓的刺青。她重重地在喘氣，在街燈底下，那隻貓似乎在伸展著牠的爪子。有那麼短暫的瞬間，她看似想要把雙臂繞過他的脖子，讓他把她抱起來，把她帶走。彷彿她想要對他展開自己，然後將他吞噬掉。

他走到街燈底下。揚起一隻手想要和她說話。他打算溫和地開口。然而，她看到了他的臉。

她轉過身，宛如一隻鹿一樣地跑走了。他追在她身後。

現在，他在廚房裡注視著窗外，看著對街那輛SUV昏暗的黑色車身。如果凱特琳・韓吉斯認為一個警徽、一把槍和那豐潤的嘴唇就可以把他嚇倒的話，那她真的不知道自己正在對付的人是誰。

30

德瑞克在週六上午九點四十五分走出家門。他穿著他的千鳥格西裝，搭配牛仔褲和靴子。他抱了一大疊開放參觀的告示。他把那些告示牌扔到他的Envision後面，用力關上後車廂，然後盯著對街的凱特琳看。今天早上，他的臉上沒有笑容。他停了一下，似乎在思考，然後穿過街道。

她把Suburban的窗戶降下來。

他把雙手插進前面的口袋裡，隨意先生。「你一定開始覺得煩了吧。」

她認為這句話的意思是他開始覺得煩了。「你昨晚待在家裡嗎？」

他把頭別開。這是一個隨意的姿勢，不過，她感覺到這個動作底下有一種精心的算計。也許他正在想，在他昨天晚上聽到她開車離開之後，她是否還繼續在監視他的屋子。她希望他真的這麼想。

「整個晚上。都是一個人。」他灰色的眼睛轉回她身上。「就像你一樣，我敢打賭。」

「別忘了你的手機。」

他面無表情地走過街，爬上那輛SUV。在引擎高速的運轉下，他把車開出了車道。凱特琳啟動車子，跟在他後面。

德瑞克開了兩哩路來到日落谷銀行。感謝雷尼做的功課，因此，凱特琳知道，德瑞克的私人帳戶就開在這家銀行。他走進銀行，五分鐘之後又走出來，隨即呼嘯駛離。之後，他又到這條街上的一間麵包店，當他走出麵包店的時候，手上帶著一個粉紅色的盒子，然後再度開車離開。

他那間開放參觀的房子位於一個都是老樹和龜裂人行道的社區。凱特琳把車停在一棟單層平房外面的街道上，那棟房子看起來毫不起眼又缺乏生氣，雖然才剛油漆過，屋前的走道上也排滿繡球花的盆栽。這棟房子根本只是做了門面工程而已，想要用外表來騙人。

就像凱爾．德瑞克。

她熄掉引擎，坐在車裡。她可以看到他在前窗附近來回地走動。

她的手機突然響了。尼可拉斯．凱斯。

「那個複合電影院的錄影帶，」凱斯連開場白都省了。「那個女人在去了小賣部之後就消失的那段影像。」

凱特琳立刻坐直了。「你說你正在檢視傾斜路線和攔截。」

「我把某種勁爆美式足球式的軟體套在那段影像上面。它讓我可以追蹤那個被害人，然後找出大廳裡是否有其他人對她的一舉一動有所反應或者期待，即便是什麼不相關的動作。」

「然後呢？」

「我正在發給你。」

凱特琳打開她放在乘客座上的筆電。她調出了那段影片。

凱斯說：「你看薇洛妮卡．里斯，看到有一個同心圓在她的腳底下嗎？」

凱特琳螢幕上的那段影片現在看起來就像一段美式足球賽的電視重播。一個藍色的圓圈在里斯的鞋子底下旋轉，彷彿她是一個正在內衝的接球員一樣。

「這真是太棒了。」凱特琳說。

「繼續往下看。」

薇洛妮卡穿越前廳。當她加入小賣部的排隊長龍時，第二個圓圈出現了，黃色的，就在大廳遠處另一頭一個人影的腳邊。

「哇。」凱特琳說。

那個黃色的圓圈在一個穿著黑色牛仔褲、黑色襯衫搭著黑色帽T、同時戴了一頂黑色棒球帽的人影腳下旋轉。那個人影背對著攝影機，不過，從帽T底下的肩膀寬度看起來，凱特琳判斷那是一個男人。

薇洛妮卡．里斯在隊伍中向小賣部櫃檯的前面移近。有好幾秒鐘的時間，那個全身黑色的人影一直保持不動。那個黃色的圓圈也一直在他的腳下原地旋轉。從圓圈裡面，一個黃色的箭頭出現了。箭頭拉長成一條直線，越過大廳，朝著複合電影院的另一頭而去——來到薇洛妮卡一開始出現的那條走廊。當薇洛妮卡幫她的那盒糖果結帳時，那個穿著帽T的人影沿著箭頭的路徑，以之字形的方式穿過了人群。他一直都沒有出現在她的三十呎之內。他朝著走廊而去，然後就看不到了。

那些動作很不明顯，至今為止都沒有被察覺到。因為在薇洛妮卡走到通往電影院的走廊之前，那個人影就已經先到了，然後就消失在了角落裡。

「天啊，」凱特琳說。「他先她一步就到了，然後在她轉過角落時在那裡等著。」

「就像一個側衛跑在一名接球員前面。四分衛長傳，而後衛已經就定位要攔截了。」凱斯說。「你看不到這個男人的臉，這裡面的任何一個鏡頭裡都看不到。他知道攝影機在哪裡。不過，從她走進大廳開始，一直到她走到小賣部，他都一直在監視著她。然後，讓他自己就定位去攔截她。」

「你——」

「在我們說話的同時，我也把這段影片發到警察部門了。從大廳櫃檯的高度來判斷，櫃檯的高度我已經確認過了，這個穿帽T的傢伙身高有一八五公分。」

一陣寒意爬上凱特琳的脖子。「和達拉斯停車場那個人一樣。也和我現在透過這棟郊區房子的窗戶在監視的這個人一樣。」

凱斯的聲音透露出一絲不確定。「這個軟體在這段錄影帶中偵測到某些奇怪的偽影——我打算再深入一點挖掘看看。不過剛才看到的這個，我有高度的信心，是確實的。那就是那個不明嫌疑犯。」

「謝謝你。」

「那是我的工作。」語畢，凱斯終止了視訊連線。

凱特琳坐在車裡，她的脈搏在加速。

一輛車子停了下來，那是一輛貼有車上有嬰兒貼紙的掀背車。一對年輕夫妻下了車，彷彿在處理超級炸藥般地解開一個兒童汽車安全座椅，然後走進屋裡。他們看起來像南亞人，臉上帶著希望和好奇。

夏娜．克伯也曾經年輕、充滿希望，也是一個母親，有著一個和這個嬰孩年齡相當的孩子。

凱特琳的電話又響了。尚恩。

「嘿，寶貝。」她說。

「我正在想我這次過來的行程，」他說。「也許租一艘船，穿越奇沙比克灣。把某間小型B&B旅館的房間給拆了。然後參觀航空航天博物館。拍一下我們民主的遺跡。再吃一些糖蘋果。」

現在是加州早晨很早的時間。聽起來他好像人在外面。

「你在運動場邊暖身嗎？」她問。

「是莎笛。幼兒足球。」

「她才四歲。她甚至連自己的名字都不會寫。」

「她可以燃燒卡路里。她可以學習群體生活。球員在球場上應該在哪個位置並不重要。兩隊整場都擠在球邊，就像田野中間的一群蜜蜂一樣。」

「你很樂在其中。」她說。

「一點也沒錯。」

她往後靠，一股和尚恩的連結感讓她感到安慰。「不要在場邊大聲對她下指導令。教練最討厭父母做這種事。那會讓孩子感到混淆。」

「可是我就是教練啊。」

她大笑。「我等不及要見你了。」

「我也是。」電話被蓋住了，他開始和場邊的另一個家長說話。她聽到「OK繃」和「果汁盒」。當他回到他們的對話時，他聽起來有點分心。

「發生了什麼事？」她問。

「只是工作上的事。」

美國菸酒槍砲及爆裂物管理局的爆炸物案件從來都不只是工作。「怎麼了？」

「蒙特雷發生爆炸，」他說。「昨天晚上。國防語文中心外面發現裝有引線的土製炸彈。」

「傷亡？」

「有機車騎士在高速下撞到了。受傷慘重，被炸彈碎片所傷，不過，他保住了一條命。真的太幸運了。」

她轉向她的筆電，搜尋出一則關於那場爆炸事件的新聞報導。「國防部的所屬單位。你覺得軍方是被攻擊的目標嗎？」

「那是初步的設想。我們今天下午要和蒙特雷警方碰面。」

他聽起來很緊繃、很專注。炸彈讓全體總動員了。

尚恩是為此而活的。

「我今晚會打給你，」他說。「你的週六早上還順利嗎？」

在那間開放參觀的屋子裡，德瑞克正在和那對年輕的父母握手。

「很順利，」她說。「開車小心，寶貝。把壞人抓起來。」

「你也是。」

他聲音裡的電流帶有傳染性。她掛斷電話，感到一陣興奮。

另一輛車在那間開放參觀的屋子外面停了下來，一對情侶下了車。兩名男子，三十出頭，身材結實，打扮得時尚又隨意，在週六出門找房。他們在屋前的小徑停下腳步，頭倚靠在一起，在進屋前對著房子的外觀品頭論足了一番。

凱特琳走下車，跟在他們後面。她的心跳加速。

房子的前門裡，有一疊發亮的小冊子放在桌上。她拿起一本。那兩名男子在起居室裡查看著壁爐和屋子的風水。她可以聽到德瑞克的聲音從房子後面傳來，他正以歡快圓滑的語氣在回答那對南亞夫妻的問題。那個嬰兒焦躁了起來。

德瑞克和那對年輕的父母回到起居室，他聽起來似乎很開心，而且見多識廣。一看到凱特琳，他的聲音突然出現了顫抖。

他和那對新來的情侶打招呼，建議他們去參觀廚房，也要求那對年輕的父母去看看後院。當他們離開房間時，他向她走過來。

「這已經開始讓人感到厭煩了。」他說。

「你當房產經紀人才九個月，」她說。「在那之前，你是一間家庭警報系統公司的銷售員。」

雷尼除了挖掘德瑞克的財務資訊之外，也拿到了他的報稅和雇用紀錄。他不應該感到驚訝。不過，他看起來有些警惕。

「小聲點。」

「你是什麼時候搬到奧斯汀的？在你從藍帕特大學輟學之後多久搬去的？」

廚房裡的那對同志情侶轉過身，鬼鬼祟祟地在偷聽他們的對話。

德瑞克往前走近她。昨天那種挑逗性的玩笑態度已經消失了。

「我一直很友善。但是，這已經不好玩了。你迷戀上我了。」

「你對迷戀懂多少？」她說。

他的表情凝結了。「離我遠一點。」

「你週六晚上在哪裡？」

他面無表情，臉頰發燙，彷彿一個平底鍋一樣。他傾身靠近，壓低了他的聲音。「你在騷擾我。我不會概括承受的。我會打電話到基甸郡的警察局，讓他們把你從這個調查中剔除。」

「他們會很樂意和你說話的。打電話去和他們約個時間吧。指名要見亞特．伯格警探。」

「不要耍小聰明。」他尖刻地說，不過立刻意識到她已經操控了他。「我會去找你老闆的。」

她把自己的名片遞給他。「這個總機會幫你接通到我部門的長官。主任探員希傑．艾默里奇。」

那兩對夫妻和情侶都在他身後看著他們。那兩名年輕男子交換了一個忐忑的眼神，隨即慢慢地走出了前門。德瑞克渾身緊繃。他差點就要叫住他們，然而，他們匆忙地走過屋前的小徑，還帶著那是怎麼回事的表情回頭看了一眼。

德瑞克盯著凱特琳提供的名片。「我有其他的管道可行。」

「你是說媒體。」她低下頭。「他們恨不得能有關於這些謀殺案的新資訊——他們會立刻就來訪問你的。然後刊登在報紙第一頁醒目的位置，在整點的時候廣播。從韋科到拉雷多都可以看到你的臉孔。」她笑了笑。「我無所謂。記者，攝影師，幾輛新聞車——那可以增加好幾倍的工作人力。這樣，我就不用整天開車跟在你後面空等了。他們可以盯著你，而我也終於可以喘口氣，去嚐嚐Tomo壽司了。」

他的眼神依舊很遙遠。他目光背後的深處正在熱切地算計著什麼，不過，他將之隱藏了起來。他緊緊地繃住了肩膀。

「你真是可悲。這不是一種聯邦水準的調查。這是強迫性的精神錯亂。」他朝著門點點頭。「出去。」

她把名片放在入口大廳的桌上。當她回到那輛Suburban時，她抓著方向盤，血脈急速地在流竄。

那個混蛋感到緊張了。

31

在另一間位於塞克爾公園附近的獨立產權公寓結束開放參觀之後，德瑞克長途跋涉到奧斯汀市區的全食超市完成採購，最後在晚上八點四十五分把車開進他家的車道。超市裡的辣醬區在貨架上佔據了一百碼的長度。凱特琳感覺到自己露出來的那一點點刺青似乎有些引人注目。

德瑞克熄掉車頭燈，踩著重重的腳步走進屋裡。凱特琳把車停在距離他家五十碼的街上，然後下車伸展肢體。她的神經繃得太緊了。

週六晚上。

根據衛星圖像顯示，隔壁的街道是條死巷。在德瑞克的住家一哩半之內都沒有巴士站牌。登記在他名下的那輛Dodge Charger停在車庫裡，並沒有藏在一哩之外。不過，如果他企圖要溜出屋子的話，她的手機上也有一個紅外線的應用程式和一個有夜視功能的步槍瞄準器。

雷尼在她身後停下車，然後走下來。

雷尼的辮子垂在她那身寶石紅漁夫毛衣的肩膀上。她把一個Torchy塔可[28]的袋子遞給凱特琳。他們已經決定，嚐遍奧斯汀所有廉價的塔可店應該要成為他們的團隊目標。

凱特琳的肚子餓得咕嚕咕嚕叫了。她從袋子裡拿出一個塔可，咬了一口。「我的天哪。我會到便利商店去掃貨，把這個全都買來存糧。」

「我已經把薯條和酪梨醬吃掉了。」雷尼說。「有什麼進展？」

「他對我感到很厭煩了，他甚至連看都不看我的車子一眼。就算我戴上一副野狼的面具，再套上鹿角，他也會假裝沒有看到我。」

「獵犬上的壁蝨，寶貝。你快把他搞瘋了。很好，」雷尼說。「接下來的十八個小時會很關鍵。你準備好了？」

「我加滿了油，還有一台相機、手銬和一個額外的彈匣。」還有充足的腎上腺素可以制伏她的疲勞。如果腎上腺素不管用的話，她還有NoDoz[29]。

她們轉向屋子。從廚房可以眺望到街上。廚房裡並沒有開燈。

「他正站在黑暗之中，回視著我們。」她說。

「如果他是心理變態者的話，他的防禦反應會是藉由發洩情緒來重新恢復控制力。他會試圖騙過你。」

「如果他企圖要翻越後面的圍籬……」

「我會把車停在那裡等著。」

語畢，雷尼坐上她自己的車離開了。

---

[28] Torchy是美國塔可連鎖店，在德州、奧克拉荷馬、阿肯色、科羅拉多、路易斯安那、密蘇里、堪薩斯、印第安納、北卡羅萊納、田納西和維吉尼亞，總共開有一百家連鎖店。

[29] 一種提神的咖啡因藥品。

不過，十一個小時之後，在早晨刺眼的陽光下，德瑞克從他的前門漫步而出，拾起週日的報紙，一邊用食指把玩著鑰匙，一邊走向他的SUV。

凱特琳在車裡坐直，突然完全清醒了過來。「刻意炫耀，王八蛋。」她啟動引擎，並且打了電話給雷尼。「他行動了。而且故意對我顯示出他昨天晚上在他的床上睡得很好、很舒服。」

「我們在這裡的任務已經結束了。」

「我還沒有。」

「你會精疲力盡的。」

「有任何人報警——」

「沒有。」

沒有人報警說昨天晚上有女人失蹤。那是好消息。也許可以因此而證明些什麼。

德瑞克啟動他的Envision，倒車，車子咆哮地駛過凱特琳。

「你的七十二小時快要用盡了。」雷尼說。

「我還沒結束。」

凱特琳掛斷電話，把Suburban打到開車檔，跟在德瑞克後面。某部分的她在想，他一定準備好要爆發了。另一部分的她卻在想，如果我錯了的話，我就浪費了整整三天的時間，而沒有去追捕那個真正的不明嫌疑犯。

二十分鐘之後，他把車停在了位於城西起伏丘陵地上一座林木蔥鬱的公寓大樓社區外面。凱特琳覺得彷彿有沙子卡在了自己的眼睛裡，她的衣服貼在身上，她覺得口乾舌燥，她需要咖啡。還要洗澡。以及八個小時的睡眠。那股疲憊在她的眼睛底下起起伏伏。然而，她的腎上腺素卻在刺激著她。

犯錯吧，你這個混蛋。

如果他是那個不明嫌疑犯的話，如果他是那個在週六夜晚發動襲擊的人，他必然會發怒。必然會對遭到阻撓而氣到不可開交。

來吧。讓我看看你的真面目。

當一名三十來歲的女子從公寓大樓走出來、朝著他揮手時，他才剛要從他的SUV裡下車。一個小女孩跟在她的身邊，用那雙彷彿幼鹿般細瘦的腿向他蹦蹦跳跳而去。凱特琳認出她們是德瑞克辦公室那張照片裡的人。一個朋友。

那名女子很瘦小，穿著一件樸素的藍色洋裝。那個小女孩朝著德瑞克上下跳躍著，他不知道對她說了什麼，讓她樂得呵呵大笑。他輕輕撫摸著她的下巴。那名女子溫順地笑了笑，雙手緊握地站在一旁。德瑞克一手擁著女子的肩膀，一手拉著小女孩的手，將她們簇擁進他的Envision。

他開車載她們來到一座草坪上點綴著橡樹的大教會。擁有權力的主宰者，是孩子們、小動物和空中所有鳥兒的最愛。

在兩個小時的歌唱和佈道之後，德瑞克載著那名女子和小女孩從三十五號州際公路往南。在位於公路四十五哩處的聖馬可斯，開進了一座巨大的暢貨中心。他把車停好，幫小女孩下了車，然後牽著他女友的手。他們閒散地走向一座美食廣場。

凱特琳持續跟著，同時打了電話給艾默里奇。「他企圖要消耗我的精力。」

不然的話，他就真的是我們所拒絕相信的那種形象良好的代理爸爸。

「你撐過了星期六晚上。那是件大事——也很重要。不過，你聽起來精疲力盡的。」艾默里奇說。「星期天早上什麼也不會發生。回到警局來吧。」

她的疲憊在小聲地說，我投降了。她狩獵的本能卻在耳語：我不能放手。

「快了。」她掛斷電話，跟著德瑞克往購物中心更裡面走去。

他們沿著長廊漫步，經過一座果汁吧和一間糖果店，持續地往美食廣場走去。他們的目標似乎是一間連鎖餐廳「橄欖園」。德瑞克放開小女孩的手，告訴她可以往前跑。那個溫順的女子在他旁邊不停地說話，不過卻依舊把雙手交疊在自己身前。凱特琳就跟在他們五十呎後。

他們走過位在角落的一間咖啡館。德瑞克往咖啡館裡瞄了一眼。咖啡館的厚玻璃窗被一輛路過的卡車反射出一道光。突然之間，卡車傳來一陣尖銳的煞車聲，隨即為了避開另一輛車而猛然停了下來。德瑞克和他的女友轉向聲音的來源，然後繼續往前走。咖啡館的一名店員因為這陣騷動而挺直了腰桿。

當她轉回到堆滿髒盤子的橡膠盆時，她身上那件黑色制服的背面往上縮了起來。只見她的牛仔褲腰際上塞了一把點四〇口徑的手槍。

德州。公然持槍是合法的。你能說什麼。

她才十幾歲，嬌小而結實。還有一頭金髮。她讓凱特琳覺得無論身材或五官，她都和夏娜・克伯十分地相似。

凱特琳停下腳步。她曾經看過這個女孩。

這個少女曾經來到索勒斯警局提供線索。當時，凱特琳看到她在前台以連珠炮般的語速說話，指出站在陰影下嚇到她的那個男子的身高。

德瑞克和他的女友走進那家餐廳，在窗戶邊的一張桌子坐下來。

凱特琳往後退，轉而走進那間咖啡館。亮出她的證件。

咖啡館裡播放著當代基督教音樂。孩子們在裡面吃著馬芬，扔著蠟筆。那個女孩的眼睛瞪得宛如派盤一樣大。

「麥德森・梅斯。」當凱特琳問她的姓名時，她回答道。雷尼曾經提過，有一條線索是一個名叫麥德森的女孩提供的。

「是啊，我有告訴警察局。我看到的那個男人穿得像個銀行業者——外套和正式襯衫，沒有領帶。不過，我沒有看清他的臉。」

凱特琳的心臟在狂跳。她的疲憊和懷疑都蒸發了。

德瑞克剛剛走過一間咖啡館，而一名潛在的證人就在那裡工作。也許這是個巧合。這座購物中心裡擠滿了人。或許，他在觀察這個女孩。

從這家咖啡館，她們無法直接看到美食廣場和那間橄欖園餐廳。凱特琳不能把麥德森拉到空曠的地方，好讓德瑞克可以看見她。她也不能為了讓這個女孩看他的照片，而洩漏了可能很重要的個資訊息。

凱特琳在她的名片上匆匆寫下幾個字，然後遞給麥德森。

「這是警察局調查小組的電話。我會請他們打電話給你。伯格警探會安排你去看一些照片，看看你是否能指認出那個人。」

麥德森把那張名片緊緊抓在手裡。「好。」

「你的電話號碼是？」

麥德森把自己的電話號碼給了她。凱特琳把它發給了伯格、艾默里奇和莫拉里斯局長。安排證人去辨識一些照片。也許具體一點的照片。

麥德森把一隻手壓在胃部，顯然很緊張。

「你之前到警察局去舉報是對的，而你即將要做一件更棒的事。」凱特琳伸出她的手。麥德森顫抖地握住了她的手。「你要很小心自己的安全。我很高興你有想到要如何防衛自己。不過，一把手槍應該要放在槍套裡，而且得有持槍執照，你得要滿二十一歲才能擁有槍枝。」

麥德森瞪大了眼睛。

「你知道怎麼使用左輪手槍嗎？」

那個女孩的臉漲紅了。「我……」

「去接受訓練。這個星期就去。索勒斯有個人在教授自我防衛和槍械的課程。我是在本地的新聞上看到他的。他看起來像懷特・厄普。打電話給他。」

凱特琳走出了咖啡館。她的皮膚在發麻。

德瑞克企圖要騙過她。他企圖要藉著在光天化日之下享受捕獵的欲望來重新奪回控制權。然而，他不知道凱特琳手中掌握了多少資訊，也不知道她可以得到多少資源。他有一個盲點。

她繞過角落走到美食廣場。只見他和他的女友以及她的小女兒正坐在餐廳裡面。凱特琳停下腳步，站在陽光底下，直到他看見她為止。他的臉色蠟黃——像極了一個內在可能持續在燃燒，但是臉上那抹枯燥乏味的笑容卻永遠不會消失的GI Joe[30]玩偶。

[30] GI Joe原為美國玩具廠商「孩之寶」於一九六四年生產的12吋軍事可動人偶。後於一九八〇年代發展成漫畫和動畫。內容講述美國特種部隊GI Joe對抗神秘邪惡組織眼鏡蛇，避免眼鏡蛇統治全世界的陰謀得逞。

32

週日晚上九點，凱特琳把車轉進了德瑞克家的那條街。她故意加大油門，好讓他知道她在那裡。她做了一個迴轉，把車停在雷尼的車後面。透過雷尼那輛Suburban的後車窗看進去，她的SUV內部被筆電螢幕所散發出的光線照成了一片電光藍。

凱特琳下了車，慢慢地走過去。雷尼也把車窗降下來。

「他很乾脆地把自己緊鎖在裡面。他和那個女朋友，還有那個小女孩。」

「謝謝。」

「艾默里奇給了你七十二個小時。」

「現在是我個人的時間。」

「用這種方式來消磨個人時間還真可怕。我是指一般而言。」

「這是為了潛在的巨大回報所做的小冒險。」

「今晚，我會用我的平板電腦追劇看黑鏡[31]，如果你需要休息一下，而且想和我一起看的話。」

「你很懂得如何開趴。」

「你不覺得反烏托邦的諷刺作品讓人很放鬆嗎？」

「那你好好欣賞吧。」

雷尼發動引擎，揚長而去。凱特琳在街上站了一會兒，雙手放在牛仔褲後面的口袋裡，面對著德瑞克的屋子。

我沒有錯。

她堅決而慎重地對自己聲明，雖然是無聲的。不過，在表面底下的深沉之處，在昔日的那些耳語、懷疑、恐懼和不確定所漂浮之處，一個微小的聲音在說，也許你錯了。也許那個真正的不明嫌疑犯此刻正在別處狩獵。

她爬上她的Suburban，開始等待。

當德瑞克的女友走出大門，開始把一堆東西堆進他的Envision裡時，黎明正在地平線的邊緣散發著令人目眩的光芒，金黃燦爛。現在，凱特琳知道她的名字了：艾瑪·藍恩。她的小女兒，艾希莉，很快地跟在她的身後。

凱特琳揉揉眼睛，轉動了一下脖子。

德瑞克穿著牛仔褲和一件滑雪外套從屋裡走出來。他的肩膀上掛著一個電腦包。手上拉著一

㉛《黑鏡》（Black Mirror）於二〇一一年十二月首播，原為英國電視影集。Netflix於二〇一五年買下該劇之後，製作了第3、4、5季。內容講述在科技進步下，最終將勾勒出人類社會最黑暗又最真實的面貌。劇情離奇曲折又超乎觀眾想像，曾經獲得六項艾美獎。

只黑色的帶輪行李箱。

凱特琳立刻在駕駛座上坐直。「來吧，來吧。」

德瑞克在幫忙小女孩登上那輛SUV時，刻意漠視了凱特琳的存在。他把那只行李箱甩進那輛Envision的後車廂，行李箱在甩動時發出了誇張的亮光。當他把車開走時，凱特琳也跟在後面。要不了多久，她就確定了他的目的地。

她按下艾默里奇的電話號碼。

電話響了一聲，他就接了起來。「是決定要全力以赴或者索性放棄的時候了。你掌握到了什麼？」

「德瑞克正要去機場。」

「真有趣。」

「我會讓你知道最新的發展。」

奧斯汀機場座落在市中心以東十哩處的一片寬廣的綠地上，靠近一級方程式舉行美國大獎賽的美洲賽道賽車場附近。機場的主要航站十分繁忙，擠滿了車輛以及在人行道路邊報到處排隊的旅客。

德瑞克轉進一座長期停車場。凱特琳盯著他，以確認他不會突然加速，然後直接從出口開出去。當停車場的接駁車開過來，讓車廂裡的德瑞克、艾瑪和艾希莉下車時，她正站在美國航空出發口外面的人行道上。他帶著刻意的不屑瞪了她一眼，然後繼續無視於她的存在。

「這麼隨性好像很不尋常。」凱特琳說。

他從她身邊走過。艾瑪尾隨在後，肩膀佝僂，低著頭，從她的瀏海底下瞄著凱特琳。

「你要去哪裡？」凱特琳問。

德瑞克繼續往前走。航站的對開自動門瞬間打開。

「要慶祝什麼？」

那個小女孩，艾希莉，正拉著一只小孩尺寸的帶輪行李箱，粉紅色，上面印滿了彩虹和小仙女。莎笛・羅林思會很喜歡這個行李箱的。那個小女孩在經過凱特琳的時候轉過頭，抬起目光看著凱特琳。

「那個女士是誰？」她問。

艾瑪抓住女兒的手。「不認識的人。」

她把艾希莉拉近，不過，那只是讓那個女孩更好奇地看著凱特琳。

「她也在凱爾家外面出現。」艾希莉說。

德瑞克說：「她不是好人。不要理她。」

那還真有意思。凱特琳跟著他們走進航站，感覺自己就像一隻剛被打中的大黃蜂一樣。各種噪音在洞穴般的天花板下迴盪。德瑞克直接走向安檢，只見安檢處大排長龍，彷彿迪士尼的馬特洪峰雲霄飛車外面的隊伍一樣。

凱特琳讓他排進隊伍，然後才就近站到人群控管的柵欄旁邊。

「要離我而去嗎，凱爾？」

他帶著刻意的憤怒吐出了一口氣，然後停下來。他的表情混合了不屑和不耐煩的正義感。

「我要帶我生命中最重要的人去度假。」他的眼神冷漠。「逃離FBI的騷擾。」

隊伍開始移動。他的登機證就拿在手裡。凱特琳往後退開一步，看著他把手臂繞過艾瑪的肩膀，將她輕輕地往前推。

「好好享受。」凱特琳說。

她往後退到航站前面的窗戶旁邊。幾分鐘之後，德瑞克通過了安檢。就在他和艾瑪以及艾希莉消失在航站禁區的人群裡之前，他轉過身，直視著她。然後，不疾不徐地舉起手，帶著微笑，朝著她揮手道別。

凱特琳覺得自己的脈搏乏力。「再見，凱爾。」

33

汽車旅館的窗外一片寂靜。亞利桑那州佛雷格史塔夫的夜生活少得可憐。佛雷格史塔夫座落在四十號州際公路和十七號州際公路的交叉口，就在這個大部分地區都空曠無人的亞利桑那州北部山區。這裡只有松樹林和一所大學，以及幾條高速公路，可以北上通往八十哩外的大峽谷。那意味著這裡只有寥寥無幾的冬季旅客、半空蕩的觀光酒吧和廉價的汽車旅館。就像他和艾瑪以及艾希莉在觀光了一星期之後安頓下來的這間汽車旅館。他們開了五天的車，都在四處撿拾彩色的石頭，看著地上巨大無比的坑洞。

這是個週六夜晚。

德瑞克站在窗邊。房間裡開了一盞桌燈，昏暗的燈光在房間裡投下了陰影。外面的街道沉寂無聲。只有白雪在街燈下飛旋。

艾瑪在他身後查看著她熟睡的女兒。艾希莉看起來像隻昏睡中的猴子。孩子，他們似乎可以在這一秒鐘把注意力貫注在你身上，下一秒又立刻失去活力。就寢的時間到了。今晚接下來的時間，她都不會再醒來。

艾瑪走到他身邊。她輕聲地說：「我們要看電視嗎？」

他掃視著街道。沒有徘徊的警車。沒有可疑的行人，沒有偽裝成貨運卡車的FBI廂型車。他們是用艾瑪的名義訂了這間汽車旅館。

艾瑪向他走得更近。「今天過得很開心，凱爾。」

她的十指交叉。她知道，除非他主動示意，否則她不能碰他。然而，她靠得這麼近。感覺很壓迫。

「這個麻煩會結束的，」她說。「一切都會沒事的。」

這條街的遠端有一間酒吧。酒吧的霓虹燈在飄落的雪花中閃爍。他看到有女人在進進出出。

他感覺到艾瑪的呼吸噴在他身上。一切都在壓迫著他。他再也無法壓抑他的需要感。

他舔了舔嘴唇。「我要去喝一杯。」

「可是……」

他轉過頭看著她。她立刻往後退了一步。

他讓自己冷靜下來。她是那麼地順從，艾瑪。如此為他人著想，如此充滿感激，而且從不懷疑。她信任他。她很普通。那就是普通的女人會做的事：信任。他向來都很高興能有她在他身邊。她不是一個搗蛋的人，不過，她全心全意的忠誠度就是那些教會女人口中所說的福氣。那就是他：有福氣。

他拉上窗簾，放軟他的聲音。「就一杯。」

有那麼短暫的一瞬間，她緊緊抓住了某種感覺沒有放手——也許是憎恨。那是不被允許的。

「自從FBI這件爛事發生以來，我一直過得很不好。這真是荒謬。有人對我造謠。有人企圖要毀了我的生活。對此，我一定要追根究柢。不過，現在，我需要一點時間來發洩一下。」

她似乎洩了氣，不過也溫和了下來。「我知道。」

「我會幫你帶點東西回來。派。」

她的笑容沒有那麼勉強了。「櫻桃的。」

「乖女孩。」他穿上他的滑雪外套。「不用等我回來。」

他從汽車旅館前門走出去。這個地方叫做「一網打盡」。旅館正面的招牌上有一個在頭頂上甩著繩套的巨大牛仔。牛仔正在召喚著顧客：歡迎光臨，鄉巴佬們。

他沿著街道閒逛。零星的車輛在深夜的降雪中緩緩駛過。他悠閒地走到街尾，朝著酒吧外的紅色霓虹招牌走過去，然後推開一扇粗糙的木門。

人群、啤酒的味道，加上擠在角落裡的樂隊正在大聲演奏的經典搖滾樂，讓酒吧裡的空氣瀰漫著一股濕熱感。德瑞克穿過擁擠的室內，觀察著女人。他在吧檯點了一杯Coors，一邊喝，一邊瞄著鏡子裡的顧客。當杯中的啤酒見底時，他緩緩穿過酒吧後面的一條走廊，走向男士的洗手間。酒吧裡隨意的聊天聲和走調的吉他獨奏也逐漸遠去。

走廊上空無一人。他經過男士洗手間，直接從後門走進了一條小巷。

屋外的寒意刺激著他，讓他又振奮了起來。他沿著漆黑的巷道，繞回了汽車旅館的停車場。

一分鐘之後，他已經在高速公路上朝著山裡而去。

往北二十哩就是鄉村小鎮克萊因科。這裡是那些低預算的旅客、背包客、登山自行車旅者和大學生在週末度假時的下榻之地。七千兩百呎的高海拔——這樣的高度足以讓最優秀的運動員在抵達之初也會感到氣喘呼呼。不過，他已經在高海拔地區待了一個星期了。他的血液裡現在充滿了氧氣。以及旺盛的精力。

德瑞克把車停在一個沒有燈光的停車場，他可以從這裡清楚地看到一間生意繁忙的酒館。低沉的音樂聲在酒館裡震動著。

這裡的降雪更濃密、更緩慢，也讓街道變得更柔和。放眼望去一片雪白。聖潔。他熄掉引擎，關掉頭燈，坐在黑暗之中，呼吸著。

他坐了半個小時，目光掃視著四面八方。他看不到有被跟蹤的跡象。然後，他又坐了二十分鐘。

一名年輕的女子從酒館大門出來，走進了冰冷的空氣裡。

她很苗條，很飄逸，還有一頭漂亮的金髮。而且她獨自一人。

她在人行道上停下腳步，把手探進她的皮包裡，整個人搖晃得彷彿微醺一樣。德瑞克把外套的拉鍊拉上。乘客座上有一頂那天早上他在佛雷格史塔夫的觀光購物商店買來的牛仔帽。他拾起帽子下了車。

雪花刺痛了他的臉。整條街冷冷清清的。這裡，沒有人跟蹤他。沒有人會阻擾他，害他錯過他的機會，讓他無法接近麥德森．梅斯，毀了一切。

那頂帽子是黑色的，和他的外套很相配，剛好和白雪形成了對比。他穿過街道，走向酒館。

前方那名金髮女子低著頭，沿著人行道朝著他的方向悠哉地走過來。

德瑞克把帽子壓低到他的前額，查看著被陰影包圍的四周。他聽到十字路口有一隻狗在吠叫，還有一輛皮卡就停在那裡。一切都在黑暗之中。

沒有車流，沒有監視的目光。*就是現在。*

他大叫一聲，隨即跪了下來。

那名女子用手遮在眼睛上方。「你沒事吧？」

他掙扎著起身。「沒事……」他滑動到人行道上。

那名女子快步上前。她並不像他原先以為的那麼年輕，不過依然不到三十歲。她的臉頰因為寒冷而凍紅。她的牛仔褲緊繃在身上。她擁有一副啦啦隊員的身材。雪花貼在她金色的頭髮上，造成了一道光環。

他瞪大眼睛看著她。「抱歉。義肢。在結冰的人行道上不太管用。」

「喔，天哪。我來幫你站起來。」她在他身邊蹲下，將手伸向他的手肘。她扶穩他，試著要幫他站起身。

他露出一抹可憐的微笑，緩緩地撐起一邊的膝蓋，用他另一邊的手托住那隻似乎出了問題的腿。「就快成功了。」

她瞪大的雙眼裡充滿關切和好奇。「是意外嗎？」

他沒有理由在這趟假期帶他的拐杖出門。不像在達拉斯，或者那個女孩從宿舍走出來經過的大學中庭。因此，今晚，他必須要加強令人憐憫的情節。

他笨拙地讓自己站起身，一邊抓住她的肩膀，彷彿他可能會再跌倒一樣。「阿富汗。」

「喔。」她的臉流露出悲傷。「感謝你為國家的服務。」

她把一隻手放在他的胸口，幫忙他保持平衡，然後讓他把一隻手臂摟住她的肩膀。他重重地倚靠著她，一瘸一拐地朝著漆黑的停車場點點頭。

「我要到那邊。」

這裡的海拔，以及一名傷殘退伍軍人要站起身所需要的力氣，很容易就可以解釋他為什麼如此氣喘吁吁。白雪、街道和夜晚，全都在他的眼前翻騰。他濃烈和飢渴的血液在他的心臟和鬢邊怦怦地衝撞，他戴著手套的手已經準備好了。即便透過他們厚重的外套，他也可以感覺到他手臂底下的女子很柔軟。當他們穿過街道的時候，她扶穩了他。

現在，他心裡在想。現在現在現在，終於，喔，太棒了，向來如此，就是現在。

他們走向車子。他拉下他滑雪外套的拉鍊，把手伸進衣服裡。

對街，一輛卡車的門嘎吱一聲地打開。「不要動。」

德瑞克震驚地猛然轉身。在雪花紛飛的黑暗中，一個身影從停在路邊的皮卡裡跳出來，低壓著帽子、外套拉鍊半開地向他衝過來。

她的手中拿著一把槍。

「FBI。不要動。」

凱特琳出現了，她舉著槍，那張臉在酒館的霓虹燈底下看起來十分嚴峻。

德瑞克沒有動。他無法動彈。無法思考，無法呼吸。他只能瞪著她。

那個狡猾的賤人。

他終於說得出話來。「你是在開玩笑吧。」

凱特琳側身走向他，手上的槍穩定地維持在一條水平線上。這個畫面實在挑逗到令人惱火。

不可原諒的賤人。

「你不是認真的吧，」他大聲地說。「我出來喝杯酒，而這就是你的反應？」

「雙手放到你的腦後。」凱特琳說。

他搖搖頭。那麼。那麼……

那名金髮女子從他的手臂底下轉身而出，一把將他的手扭到了他的背後。

34

凱特琳穿過停車場走向德瑞克，手中的格拉克手槍平舉，半側著身以減少她的身體遭到攻擊的面積。在酒館的招牌底下，不斷飄落的雪花化成了斑斑的光影。德瑞克僵在原地，身體半扭轉著，雙肩傾斜，彷彿教堂屋頂的怪獸石雕一樣。他的眼睛在黑色牛仔帽的陰影之下，不過，那張努力想露出一抹微笑的嘴，看起來卻宛如在齜牙咧嘴。

特別探員艾琳達・塞耶斯俐落地藉由一個旋轉，脫離了他的控制。她的手抓住他的右手腕，將他的手臂壓在他身後，一把將他壓抵在他租來的那輛沾滿雪花的車身上。

他撞到車身，發出了一道低沉的金屬撞擊聲。他低聲地咕噥了一聲：「可惡。」

FBI駐佛雷格史塔夫當地機構的探員塞耶斯將德瑞克的雙腿踢開，和他的肩膀同寬。

「你們包夾我？」他說。

他發出一聲詛咒。他正在弄清是怎麼回事。

「你做了什麼，在我從機場取車之前，就已經在我租來的車上裝上了GPS追蹤器？」他說。

他那雙灰色的眼睛裡充滿了震驚。那正是她所做的——而且做了兩次。因為他已經猜到FBI可能會這麼做，為了要智取FBI，他在最後一刻於機場的租車櫃檯要求升等他租借的車輛。然而，她已經事先警告過租車公司這種可能的花招，並且讓他們把跟蹤器裝在那輛新的車子上。

他伸長脖子企圖要看一眼塞耶斯探員。她的金色假髮歪了，蓋住她的一隻眼睛。她扯下假髮。德瑞克不由得啐了一口，他媽的。

凱特琳的脈搏如雷地在跳動。儘管降雪和寒意依舊，她卻感到自己在發熱，一路熱到了指尖。她從她的防寒大衣底下抽出她的手銬，將它們銬在他的手腕上。

塞耶斯把自己的手腕舉到臉上，對著無線電說道：「嫌犯被扣押了。」

「搞什麼？」德瑞克說。

他重重地喘著氣。然後，彷彿關上水閘一樣地，他吐出一口氣，減緩了呼吸的速度。聲音裡不再有憤怒。

「這是誤會，」他說。「我受傷了。你」——他朝著塞耶斯點點頭。「你騙了我。」

「怎麼說？」塞耶斯將她的前臂壓在他的後頸，把他抵在車上。

「你假裝喝醉了。你假裝……」

當他沒有再往下說的時候，塞耶斯也沒有幫他把話說完。你假裝相信我。

兩輛警方巡邏車出現在街上，警車燈不斷地在閃爍。

「哪一隻腳是義肢？」塞耶斯問。

「別這樣，你就不能接受一點點浪漫式的誇張嗎？」他說。

「你在哪個軍事部門服役？你在阿富汗的單位是什麼？」

「沒有人會對這種事那麼認真的。」

凱特琳把她的槍收進槍套裡。她的腎上腺素正在升高。一切似乎都銳利鮮明了起來。不只當場被捕——他也承認了自己的詭計。她不由自主地想起艾倫·葛吉，一名真正的戰鬥軍人，在受到悲慘的傷害之後還堅強地撐了下來。她嚥下嘴裡那股酸楚，用手掏遍德瑞克牛仔褲的口袋。再拉開他滑雪外套的拉鍊，將之掀開。

「呼。」她說。

在內側的一個斜縫口袋裡有一個東西，剛才，當塞耶斯把他推向車子時所發出的那道金屬碰撞聲就是這個東西造成的。那是一把輪胎扳手。

德瑞克自備的那副手銬則放在外面的口袋裡。凱特琳把它們拿起來。兩樣東西在警察巡邏車旋轉的警燈下反射著亮光。兩名警員下車向他們走來。

德瑞克吐了一口口水。「你不知道自己在幹什麼。」

她一把將他拽直。「我現在以企圖綁架的名義逮捕你。」

她逮到他了。

35

紅藍交錯的警車燈在路面上頻閃，讓克萊因科籠罩在一層圓弧的光線和一道道的陰影之中。這條路從酒館的停車場一路通到城市廣場。廣場的一邊矗立著一棟紅石砌成的法院，法院的旁邊是警察局和市監獄。凱特琳跟在克萊因科的警車後面。德瑞克坐在巡邏車後座被隔屏分隔開來的車廂裡，後腦被她租來的那輛皮卡車頭燈照得通亮。

她感到勝利，也覺得鬆了一口氣——同時還有一股寒意。德瑞克租來的車子被裝載到一輛拖車的平台上，即將送往扣押場。她在那輛車裡發現後視鏡上吊著一張殘障的牌子。那會是他的最後一項道具，足以讓一名真正的被害人相信他是一名受傷的退役軍人——那會讓女人降低她們的防禦，然後走向這輛即將拐走她們、將她們帶往死亡之路的車子。車子的兒童安全鎖已經被啟動了。如此一來，一旦進到車裡，被害人就無法打開車門。

真是致命的一擊。

不過，那張殘障告示牌和兒童安全鎖還不是全部。她還發現了一把手持的聚光燈，以及一個證件皮夾，裡面裝了一只玩具的警探徽章。德瑞克已經準備好了第二手的詭計，打算隨時派上用場。

現在，她已經看出他是透過什麼方法在索勒斯的鐵路平交道把菲比・卡諾瓦從她的車裡擄走的。他一定是等著平交道的柵欄降落下來。然後在貨運火車通過的時候，把他的車停在菲比的車後面，擋住任何可以逃離的路線。再將聚光燈對準她，亮出他的假警徽，走向她的駕駛座。當菲比把車窗降下來的時候，他就要求她下車。然後抓住她。

特別探員賽耶斯留在了酒館的停車場，監督車子拘押的事宜。FBI的佛雷格史塔夫駐地機構正在聯繫一名法官，讓法官簽署一份搜索令，好對德瑞克在「一網打盡」汽車旅館的房間進行搜索。

凱特琳的手指感到刺痛和冰冷。德瑞克在她前面的那輛警車裡轉頭，透過肩膀瞇著眼睛看著她。她的車頭燈讓他的五官看起來十分冷酷。

克萊因科的警察在監獄外面下了車，打開巡邏車的後車門。凱特琳小跑向前，她吐出的氣息在冰冷的空氣裡化成了幻影。

「可以讓我來嗎？」她問。

那名警察往後退開，伸出一隻手。他帶著滑稽的表情說道：「請便，女士。」

她對德瑞克不屑一顧地揮了揮手，召他向前。他蠕動著從車上下來。她拉著他的手肘走進警察局，當地的警員跟在她身後，彷彿護衛的騎士一樣。德瑞克弓背縮在他的那件防寒外套底下，留意著周圍的氣氛：冷冷的燈光、斑駁的前台櫃面、廉價的油氈地板、磚牆。這間警局建造的時候，這裡還是個邊陲小鎮。

現在，這裡也依然還是個邊陲小鎮。

前台的警員指著一條走廊。凱特琳帶著德瑞克穿過一道有電子鎖監控的門，走進監獄的那一側。門的那一頭有一名主管行政的警員在等著他們。

「你來處理他吧。」她說

搭乘聯邦調查局專機的FBI團隊在飛抵佛雷格史塔夫之後的四個小時，來到了克萊因科。當艾默里奇和雷尼走進警察局大門時，時間已經是凌晨兩點了。克萊因科警察局長帶著一臉的警覺和嚴峻，在大廳和他們碰面。意圖綁架屬於州犯罪而非聯邦犯罪，因此，這個案件會由他的警局來負責。不過，他也正式邀請了行為分析組來協助德瑞克的這個案子。他和艾默里奇握了握手，指著距離大廳二十呎的警局後面。

凱特琳正在等待著他們。艾默里奇走向她。在他嚴肅的神態背後，他的眼神裡流露著熱切。

「幹得好。」

「塞耶斯探員太棒了，」她說。「她值得表揚。」

他的西裝發皺，白襯衫也毫無生氣，但是他的目光卻很銳利。「知道了。」

她點點頭。他又在那裡站了一會兒，他的表情似乎很滿意。也許是驕傲。他也對她點了點頭。

一陣能量流竄過凱特琳體內。還有鬆了一口氣的感覺。

警察局長漢克・西爾佛走到警局的調查部門。這裡的大小只相當於一輛單貨櫃的拖車。德瑞克已經被帶到了一間偵訊室。局長讓他們看了一段監視器的即時影像。

被上銬的德瑞克獨自一人待在偵訊室裡，看起來有些坐立不安。他侷促不安地坐在椅子上，兩腳的腳鐐也被連接在地板的扣環上。

「他對於自己被抓住有什麼反應？」艾默里奇問。

「他表現得好像那是一種侮辱。」西爾佛回答。

「很好。」

「一開始，他對此表現得很自大。他無法相信自己受到『這樣的』對待，」局長繼續說。「然後他開始生氣。他沒說什麼，不過看起來卻像是隨時要爆發一樣。從晚上十點開始，他就一直坐在那裡等著。」

「他有說什麼嗎？有要求要找律師嗎？」

「沒有。」

艾默里奇看著即時的影像。「他會的。很快就會了。我們需要在他重振起來，在他決定找律師就是他想要採取的途徑之前和他談談。」他的語氣變得圓滑而老練。「我們希望可以主導對他的偵訊。」

「我沒問題，」西爾佛說。「你們一直都在追捕這傢伙，現在就看你們表演了。」

「謝謝你。」

艾默里奇轉向他的團隊。「他已經被晾在那裡夠久了。我們現在應該要開始偵訊了。」

雷尼專注地看著螢幕。「泰莉．德林科。」

西爾佛局長說：「什麼？」

「她是在達拉斯停車場失蹤的那個女人。她失蹤至今已經兩個星期了，不過，我們知道，他至少曾經讓一名被害人活上那麼久。我們得要弄清泰莉是否還活著。」

「你認為他會告訴你們？」

「我們可以試試看。警方今晚去搜索了他在奧斯汀的家，不過，那裡已經被消毒過了。」艾默里奇看起來面色凝重。「機率很小，不過並非為零。為了要救出德林科女士，我們需要讓德瑞克開口。」

調查辦公室裡很冷，廉價的傢俱上佈滿刻痕。艾默里奇交叉起雙臂。

「策略呢？」他說。「我們要怎麼做，你有什麼建議？」

雷尼的雙眼底下有著黑眼圈，不過，她站得筆直，而且充滿了精力。「你應該主導這場偵訊。」

「原因是？」

「德瑞克是一個自戀狂，他會希望讓主導這場演出的人對他另眼相看。他的人格圍繞在獲得權力和維持權力上，」她說。「徹底掌控就是他所有的樂趣和痛苦的來源。他會希望主任探員艾默里奇欣賞他的膽識。」

「同意。」艾默里奇思考著她的話。「他視自己為所有遊戲的主宰。他會想要和當權的人談，彷彿我們是在同一水平上的人。如果我可以說服他，讓他相信我們是在和他一起進行調查，共同合作——大家一起合作，即便各自角度不同——他也許會對我開口，就像我是一個同事一樣。」

局長搖了搖頭。「你是在開玩笑吧。」

「我不止一次看過這樣的情形發生。我們給他一點時間，讓他相信我們和他一樣對這些謀殺案也感到不可思議，這樣，他的心防可能會瓦解，並且詳細地討論這個案子。」

「就像雷德一樣，」雷尼說完，又轉向西爾佛補充說道：「丹尼斯．雷德，那個BTK[32]殺人犯——當他最終被捕時，他對逮捕他的警察承認了細節。他說他一直都在想像，如果他被捕的話，他會和主導的警探坐下來喝杯咖啡，然後一起討論案子。」

「我認為他搞錯了。」西爾佛說。

「他在承認了十起謀殺案之後發現了這點。」

凱特琳把雙手塞在口袋裡。德瑞克不是雷德。德瑞克知道他被警方列為嫌犯，並且認為他可以騙過他們。艾默里奇的想法很好，不過，要消耗德瑞克的意志並非易事。

艾默里奇把注意力轉回影像。「德瑞克對自己操控女人的能力深信不疑。我要用這點來反擊他。」他抬起頭。「韓吉斯。你跟我一起去。」

凱特琳無法掩飾自己的驚訝。這是一個機會。一個她想要的機會。但她想要聽聽艾默里奇的理由。

「長官？」

「雷尼比德瑞克年長。」他說。

雷尼揚起一道眉毛，想要知道他接下來要說什麼。

他轉向她，攤開雙手，放軟了語氣。「我們還不夠了解他和他母親的關係，無法判別他把你視為聖母瑪利亞還是親愛的媽咪[33]。」

「有道理。」雷尼說。

「不過，他被凱特琳所吸引。」艾默里奇停了一下，坦率地看著她。

他們全都看著她。不過說也奇怪，她一點都不覺得尷尬。

「你可以用這點來佔他的上風。」艾默里奇說。

凱特琳想了想這番話。「那麼，對他來說，我是處女還是妓女？」

「也許是睡美人。看看他從哪裡跳起來，再把他絆倒。」

他們朝著走廊走去。偵訊室的門上掛著一張複合板的標誌，上面寫著，禁止攜帶武器。西爾佛局長透過一個貓眼往內窺視，然後用他叮噹作響的鑰匙圈打開門鎖。隨即朝著艾默里奇冷靜地

---

[32] 美國連續殺人魔丹尼斯・雷德（Dennis Rader）以「BTK」殺手自稱，在一九七四－一九九一年期間虐殺至少十人。丹尼斯不僅是市政法令執行官，也是基督教路德教會的主席。BTK代表bind、torture、kill（綁、虐、殺），正是他虐殺被害人的三個步驟。他會在犯罪後寄信通知警方和媒體，並在最後以BTK作為署名。

[33] 《親愛的媽咪》（Mommy Dearest），一九八一年的美國傳記心理劇情片。根據女明星瓊・克勞馥（Joan Crawford）的女兒克莉絲汀娜・克勞馥的原著改編而成。描述這位40-50年代的大明星在私生活中，用各種慘無人道的方式虐待自己的兒女，令崇拜明星媽媽的四個養子養女感到愛恨交加。

點點頭，把門打開。

凱特琳和艾默里奇走進房間裡。局長則跟在他們後面。

凱爾·德瑞克坐在一張塑合板桌子後面的老舊塑膠椅上。他的眼睛外緣流露著倦意。他身上那件時髦的抓毛絨滑雪外套散發著汗味。在嗡嗡作響的日光燈底下，他看起來更加陰沉，也更憤怒。

艾默里奇把一個棕色的FBI檔案夾扔在桌上。檔案夾落在桌面上的聲音立刻被這間小偵訊室的牆壁吸收了。

他轉向西爾佛。「我想，我們不需要手銬。」

局長用舌頭舔了舔臉頰內側。

桌子對面的德瑞克聞言揚起了下巴。他似乎既自信又自滿。

西爾佛看起來彷彿真的、真的想要往德瑞克的胯下痛揍一拳一樣。「在這種寡不敵眾的情況下是不需要。把手伸出來。」

德瑞克舉起手腕，局長立刻解開了他的手銬。

「你們結束時就敲敲門吧。」西爾佛說完隨即關上房門離去。房門發出一聲粗暴的喀噠聲鎖上了。

德瑞克伸展著自己的手指，又揉了揉手腕。艾默里奇脫下自己的西裝外套，披掛在一張椅子的椅背上，然後捲起襯衫的衣袖。

「讓一支FBI的隊伍在大半夜裡來到一座山城——你還真了不起，德瑞克先生。」

艾默里奇說著坐了下來。凱特琳也在他旁邊的另一張椅子坐下。德瑞克連看也不看她一眼。

艾默里奇把雙手放在FBI標誌十分顯眼的檔案夾上面。「你知道你為什麼在這裡嗎？」

德瑞克往後靠在椅背上。他無法移動得太遠——雖然他的雙手已經解放了，不過，他的腳依舊被地板上的那個扣環所束縛。「有人迷戀上我了。」

他笑了笑，然後故作神秘地把頭指向凱特琳。

「你為什麼這麼想？」艾默里奇說。

「我被對待的方式，讓我覺得受到了侮辱——不只是一點點震驚。他們甚至還說要『處理』我。好像我是一頭要被送去屠宰的牛一樣。拍照、指紋——還被他們用棉花棒在我嘴巴裡抹來抹去。」

艾默里奇無動於衷地表示：「那是為了採集唾液和上皮細胞作為DNA的樣本。」

「我們都看過CSI[34]。」德瑞克說。

不過，聽到他的DNA將會被送去分析，似乎讓他緊張了起來。他的眼睛蒙上了一層警覺。

凱特琳心想：他顯然不確定自己是否曾經在任何一個犯罪現場留下了DNA。

艾默里奇從檔案夾裡拉出一張紙。那是逮捕的報告。

㉞ CSI（台灣譯為《CSI犯罪現場》）是一部美國知名電視影集，講述刑事鑑識人員運用各種鑑識證據破案的故事。

「輪胎扳手，手銬……」

德瑞克在椅子上動了動。那抹油嘴滑舌的笑容又回到了他的臉上。「那時候已經很晚了。我是搭飛機來的，根據法律，我沒辦法帶槍上飛機。」

「你通常都會帶槍？」艾默里奇問。

「不會。我的重點是，她居然真的因為我開了個玩笑而逮捕我，對此，我不知道是該覺得好笑，還是應該要憤怒。」

「受傷的退伍軍人？」

「那是那個充當誘餌的探員告訴你的嗎？」

「誘餌？」

「那個偽裝成金髮的女人。那個誘餌。你知道的——捕食者用來誘捕你的東西。」

「你身上帶著武器，還有足以約束行動的東西。你帶了一套綁架的工具。」

德瑞克搖搖頭，露出不屑的表情。「那是個遊戲。」

「那殘障標誌呢？」

德瑞克聳聳肩。「女孩子都喜歡跛腳男人。法律又沒有規定不能開屏求偶。」

「你是孔雀嗎？」艾默里奇說。

「我能說什麼？」

「車上的兒童安全鎖是開啟的狀態。」

「我帶著一個六歲的孩子出來度假耶。」他攤開雙手，彷彿在說，真是廢話。

「我們會去找艾瑪聊聊的，」艾默里奇說。「你打算對那個被你帶向你車子的年輕女子做什麼？」

「我沒有把她帶向哪裡。我們是要去狂歡。」

艾默里奇點點頭，彷彿在消化他的話。「你認為我們一開始為什麼會對你有興趣？」

「不知道。」

艾默里奇的表情流露出關切和好奇。「真的嗎？」

德瑞克停了一下，打量著艾默里奇的誠意。「有人不喜歡我。我只能想到這個原因。專業上的嫉妒，也許是某個被我搶了生意的人。」

「那可能會是誰？」

「誰都有可能。」

他注視著凱特琳。而凱特琳也回視著他。

德瑞克將目光重新放回艾默里奇身上。「你們實在太過分了，你知道的。」

「我們是**FBI**。」艾默里奇說。

「我沒做什麼非法的事，」德瑞克說。「這點你得要知道。我到這裡來是為了遠離塵囂，帶著女朋友和她的孩子，可是，你知道嗎，過了一個星期以後，她只想要看迪士尼頻道和喝檸檬汁就好。我覺得好像被綁死了。我只想要發洩一下。」他又回復了笑容。「這你懂的，對嗎？」

和艾默里奇稱兄道弟：凱特琳不得不承認，他們的側寫和德瑞克真的太吻合了。

「你想要大肆狂歡。」艾默里奇說。

德瑞克又聳聳肩，露出一絲小男孩的笑容。「週六晚上。你不能責怪一個想要試著找點樂子的男人。」

凱特琳往後靠，心裡在想，這就是你用棍子毆打泰莉．德林科的頭之前對她說的話嗎？

德瑞克嘆了一口氣，然後終於看著她。「我無意讓自己聽起來好像很輕率。不過，別這樣嘛。」

她歪著頭，彷彿很困惑、甚至有點遺憾的樣子。「你認為我對你太嚴苛了？」

「你是一隻野貓。」

她沒有反應。

他將之視為那是對他的鼓勵。「你是一個玩家，我現在懂了。不管是誰讓你來盯著我，他們都有不可告人的動機。而我甚至可以看到你會因為道德義務而遵從上面的交代。不過，我的天哪，在那條插著槍的皮帶底下，你其實是個勁頭十足的惡魔。」

一陣熱流充斥在她的胸口。那是半震驚、半興奮的感覺。他以為他可以用帶著性暗示的侮辱來激怒她。

「這些指控都是捏造的，」他說。「你也知道。我知道你想要讓我坐在這裡擔心緊張，可是，我們彼此都知道對方心裡在想什麼。不是嗎？」

「那你在想什麼？」

她讓微微的好奇顯現在臉上。他試著想要哄騙她，讓她撤銷所有的指控。他真的以為他可以隨口說說就說服得了她。

她曾經看過想要採用這種策略的人：因為超速而被她攔下來的兄弟會男大學生；躺在公園長凳上的醉漢，以為只要口齒不清地說聲「嘿，寶貝」，就可以說服她和其他慢跑的人給他一個吻。不過，她從來沒有見過哪一個面對重罪指控的人會採取這種招數。

德瑞克給了她一個唐璜式的笑容。

他毫不隱瞞地表露出她對他具有性吸引力，他的笑容是如此自信和飢渴，這讓她升起一股毀滅的寒意。她目睹了他操控和玩弄別人的本能。她見識到了他是如何在她打去的那通熱線電話裡運用了那樣的本能。她的胃感覺像被掏空了。

艾默里奇翻閱著案子的檔案。「你知道這不只是企圖綁架。」

德瑞克往後靠，一手掠過他那頭深色的頭髮。「我知道你是那樣想的。」

艾默里奇看著檔案裡的一個註記。「泰莉．德林科。她在哪裡？」

「我不知道那是誰。」

艾默里奇抬起頭。「少來了。」

凱爾舉起雙手，彷彿在說好吧。「我什麼都不會承認。這你是知道的。」

「六個女人，六件失蹤案。那麼俐落、那麼順暢。那需要很精密的計畫。」艾默里奇考慮了一下。「我得承認，這些犯罪行為需要膽量。」

德瑞克的眼睛在發亮。「幹這些事的人太天才了。」

艾默里奇沉思地點點頭。他停了很久，這是在暗示凱特琳接手。

她等了一會兒。她需要讓德瑞克認為他比她有優勢，比她佔上風。他想要視自己和艾默里奇是平等的，不過，他卻想要碾壓她——在她的老闆面前。

她靜靜地、若有所思地問他：「那麼，你認為是誰幹的？」

德瑞克譏笑道：「你要聽我的意見？」

「對。」

「你從一開始就和我耍花招。而你現在卻要我幫忙？」

「你念的是心理學。你接受過訓練去和人們談話，讓他們度過自己最極端、最黑暗的時刻——包括那些威脅著要訴諸暴力的人。是的，我想，你可以提供你對這個兇手內心的看法。」

他懷疑地打量著她。

凱特琳說：「那些白色睡衣。它們象徵著什麼？」

德瑞克動也沒有動一下，不過，他的注意力卻集中在她身上。他的聲音很平靜，就和她一樣。

「你要我說白色象徵純潔嗎？」

她和他四目相對。他吸了一口氣，又吐出來。

「那不是這傢伙的用意。」他說。

她的脈搏加速。

「研究一下童話故事的心理學，」德瑞克說。「少女代表了純真，沒錯——不過，也代表著幼稚。幼稚會讓她惹上麻煩。」

「吃下毒蘋果的白雪公主。」

「她們每次都會受騙上當。」

凱特琳聽到的是，她們自找的。「但是，少女也代表了慾望。那就是為什麼英雄會去拯救她的原因。」她往前靠。「告訴我關於自殺熱線的事。」

他的眼神上下打量著她。那絲溫暖又回到了他的聲音裡。那已經超乎了誘惑，抓住了人心。

「你差一點就成功了，是嗎？」他說。

在那嚇人的一瞬間裡，她以為他知道她曾經打電話到危機熱線給他。她努力要讓自己看起來面無表情。然而，她知道細微的表情是無法隱藏的。

不過，她隨即意識到更糟糕的事情：德瑞克並不知道她打過熱線。他完全不知道。他並沒有從電話的聲音裡認出是她；他並不是在試探她，讓她自己承認。

他是直覺地發現了她的弱點。

她不能把自己脆弱的那一面暴露在德瑞克面前。他已經瞄到了——她絕對不能被看透。她企圖要封閉自己，她擔心如果她開口的話，她聲音裡最細微的顫抖就會讓他逮到另一個機會。不過，她也不能像一團油灰地坐在這裡。而且，她不能讓艾默里奇認為她在隱藏什麼，雖然她確實在隱藏著什麼。

「你是說，我差點就成功扮演了少女？」她說。

「不是。自從我提起志工的事情之後，你就一直對我的志工工作念念不忘。彷彿對那些正在溺水的人提供援手是什麼可疑的事一樣。」德瑞克說。「那讓我很感興趣。」

「真的？」

她想要放出釣魚線讓他上鉤。不過，她卻見識到他居然可以如此不動聲色地就通過了心理上的防禦。他在試探，企圖要套出她的故事，找出她的軟肋，試著要轉而讓她自己上鉤。

「我的牧師要求他的信眾要自願去幫助那些需要的人，」他說。「很幸運地，我的心理學背景讓我成為那份熱線工作的不二人選。」

「索勒斯謀殺案裡的那些自殺概念，讓我有一種似曾相識的不安。」她說。

「你曾經發生過什麼事？」

「兇手對他的其他被害人拍下的拍立得照片顯示，自殺的幻想讓他著魔。你認為呢？」

「你的臉紅了。」他說。

「你認為打電話到熱線的人很幼稚嗎？」她說。

「你不會選擇用槍的。你雖然很難纏，不過，即便是對你，舉槍自盡都太不堪了。」他說。

「你會對痛苦的女人說什麼？」

「吃藥，也許吧。」

權力。就是這個。這就是他所愛的。她可以看得出來——他那雙灰色眼睛裡的光芒，他舔嘴唇的方式，他那張英俊臉孔上的顏色——讓他有感的東西就是權力。他可以把人們拉到安全之地，也可以用尖銳的言語反應把他們踢入絕境。他把他們握在他的手裡。興奮和憤怒。英雄和毀滅者。他兩者都是。他是神。

他撐著手肘往前靠。「那是個很糟糕的經驗，是嗎？」

「這就是你對待熱線來電者的方式嗎——你用指責來打擊他們？關於年輕女子的感情生活，你真的有任何的認識嗎？」她試著要讓自己看起來一派深思熟慮的樣子。「身為一名危機熱線的志工，你應該要很擅長傾聽。然而，你知道要如何辨別真正陷入絕望的人和只是一時憂鬱的人嗎？」她說。「你以為你可以挖出我最黑暗的秘密？你希望我說我曾經想要結束自己的生命？在很久很久以前，當我和男友分手時，曾經在自己的宿舍寢室裡哭著聽俏妞的死亡計程車[35]？」她擠出笑容。「我曾經一度很傷心。但是我振作起來了。」

他兩手的指尖相頂。「那股自殺的吸引力永遠都不會消失。永遠。」

她依然不動聲色。然而，她胸口的那股熱流已經在腐蝕她了。

德瑞克並不想要幫助那些因為痛苦而打熱線電話的人。他想要控制他們。

他靜靜地說：「關於兇手的那些被害人，我什麼也不知道。不過，從你說話的方式看起來，

[35] 俏妞的死亡計程車（Death Cab for Cutie）是一九九七年成立於美國華盛頓的一支另類搖滾樂團。

她們從來都沒有預見死亡的來臨。」

他知道。她們都看到了死亡的來臨，即便只是極為短暫的一瞬間。那就是他想要的，最最想要的。

騙子。她想要當面對他吼出來。

「不，」她說。「她們看到自己遭到背叛。你從她們身上把她們的生命偷走了。」

「那是你的童話故事。」德瑞克往後靠，露出自滿的笑容。「我要找律師。」

致命的一擊出現了。過了一會兒，艾默里奇和凱特琳雙雙站起來。

德瑞克再度往前向她靠近，陰沉地笑了笑。「我會以自由之身離開這裡。我會笑容滿面地揮揮手，優雅地從這裡走出去，而你只能硬生生地吞下這個事實。」

36

克萊因科是郡政府的所在地，週一上午，座落在城市廣場的郡法院耀眼地矗立在清透的藍天底下，法院的紅磚建築和堆積在四周山巒上刺眼的白雪形成了強烈的對比。十點四十五分的時候，凱特琳和她的同事走進法院，準備出席德瑞克的傳訊。

凱特琳的腎上腺素因為德瑞克被捕和遭到偵訊而高漲，殘留的腎上腺素依然讓她充滿了活力。她衝在艾默里奇和雷尼之前跑上了法院的台階，彷彿要將大門的鉸鍊扯斷一般地拉開了法院的大門。

「我知道你還在氣德瑞克結束偵訊的方式。」雷尼說。「不過，冷靜點吧。」

他們走進法院。凱特琳看了她一眼。「他耍了我們。」

「他現在被關起來了，我們將會看到他提出申訴，然後被直接拖回牢房裡。這是一場勝利。」

「是啊。」凱特琳的語氣緩和了一些。

他們沿著走廊很快地走向法院。他們的鞋跟在發亮的瓷磚地板上發出喀噠喀噠的聲響。

「如果能看到他被拖回牢房時還被一頭牛痛刺屁眼的話就再好不過了。」凱特琳說完立刻舉起一隻手。「我是開玩笑的。」

「不，你不是。」不過雷尼的眼神在發笑。「你在偵訊他的時候表現得還不錯。」

「他什麼也沒有承認。」

「沒有嗎？」艾默里奇說。

當德瑞克要求要找律師的時候，他們就離開了偵訊室。艾默里奇一直維持著一種放鬆式的冷靜。這是一場持久戰的第一步，他說，幹得好。不過，凱特琳一直都在氣頭上。過了一天以後，她依然在生氣。缺乏耐心是她的一個缺點。

冷靜下來，她在心裡想著。

理智上，她知道那場偵訊是饒有成效的。但那並不是正在啃噬她的東西。

德瑞克的笑容似乎一直跟著她，無處不在，甚至在她閉起眼睛的時候也都存在。而且他知道。他感覺到她曾經在多年以前自殺過。感覺到那是她最大的恐懼。他在等她回去找他，和他討論這件事，好讓他將她誘入那些嚮往、那些慾望，那些隱藏起來的沮喪和憂鬱，以及想要結束一切的渴望。

她咬牙切齒地說：「他強迫年輕女子眼睜睜地看著她們的鮮血從自己的血管中流盡，然後在那樣的狀況下死去。不管是誰把他扭曲到這個模樣，讓他開始了這一切，他都把那些女人當成了那個人的替代品。那讓我感到厭惡。」

雷尼說：「專注在你要怎麼做。而不是試著去弄清為什麼。你無法治癒他，也無法阻止其他人變成他。」

「我知道。」

艾默里奇撫平他的領帶。「我們來這裡是為了確保他被關進監獄。希望我們的出席能幫檢察官提出最高保釋金的要求加分。」

他們繞過一個角落。早晨的光線從走廊盡頭一扇挑高的窗戶投射進來，刺痛了他們的眼睛。法庭的門就在前方。

艾默里奇慢下了腳步。「凱特琳？等一下。」他對著雷尼說。「我們馬上就進去。」

雷尼簡略地點點頭，逕自往走廊盡頭走去。艾默里奇走向那扇窗戶。凱特琳心想，哎呀，糟了。

他維持著中性的表情。「你最好把所有的事都告訴我。」

她在偵訊時保持的那張撲克臉對艾默里奇完全沒用。她知道她的臉頰當時漲到紅透了。

「那是陳年往事了。沒什麼大不了的。我……」

「不用現在說。不過，德瑞克企圖要激怒你。等我們有時間的時候，我需要知道是什麼事惹惱了你。這樣，你就可以找出讓他轉移方向的策略。」

「是的，長官。」

在他的凝視之下，她只能使勁地點頭。他饒有意味的停了一下，隨即再度拾起腳步走向法庭。

他幫她撐開那扇厚重的木門。法庭裡坐滿了人。他們在雷尼和特別探員艾琳達·塞耶斯旁邊的長凳上坐下來。塞耶斯還特別從佛雷格史塔夫開車趕過來。

公眾旁聽席的後半部坐滿了記者。一名公共辯護人坐在一張堆疊了一呎高檔案的辯護桌後面。郡刑事律師——檢察官——拖著一個沉重的公事包走了進來。他和法庭裡的警員們握了握手，然後再和FBI團隊握手。法庭記錄員也在此時進入法庭。

書記員從法官室走進來說道：「全體起立。」

在他們站起身的時候，法官走了進來，他的長袍閃閃發亮，當他審視著擁擠的法庭時，那張臉彷彿烙鐵一樣。他們又重新坐了下來。

法庭的門打開，那天上午要出庭的犯人全都被帶進法庭裡。群眾席上湧起一陣騷動。身穿寬鬆橘色衣服的犯人們被銬在一起。在穿著制服的警員押送下，他們拖著腳步來到走道上。群眾紛紛在座位上起身。記者們則匆匆地在寫著報導。一名法庭畫師開始急速地畫著素描。

凱爾．德瑞克走在那群步履蹣跚的罪犯中間，彷彿一個紈褲子弟般的王子卡在長途航班經濟艙的登機隊伍裡一樣。他挺著胸膛，戴著手銬的雙手交扣，鬆散地垂在身前。他看起來一副厭世卻又高人一等的模樣。

旁聽席上的女人以及少數幾個男人頭靠著頭，興奮地在交頭接耳。凱特琳聽到有人低聲在說：「喔，我的天，他好帥。」

法官敲了敲他的木槌。「法庭上請保持安靜。旁聽席不能喧鬧，不能發表評論，也不准交談。否則你們就會被趕出去。」

凱特琳身後的那些女人安靜了下來，不過，她依然聽到她們在椅子上蠕動，努力想要看清德瑞克。

這將會是一場馬戲表演。

德瑞克在聚光燈下的時間只有兩分鐘。當他的名字被叫到的時候，法警把他從那群被銬在一起的罪犯中解開。他從容地走過犯人欄的矮門，輕蔑地看了一眼他那名年輕的公共辯護人，然後站到辯護桌後面，彷彿被一群微不足道的傻瓜所圍困的先知。

書記員宣讀了他的案號。法官問他是否準備好要進行申訴。德瑞克抬起下巴，緩慢而堅定地說：「完全的。徹底的。無。罪。」

法庭裡響起了一陣竊笑和喧嚷。雷尼低聲說道：「願上帝慈悯，他以為他是O.J.[36]」法官再度敲了敲木槌。

檢察官提出了最高保釋金的要求。法庭指定的辯護律師對此完全沒有異議。德瑞克低下頭，哀傷地搖搖頭。凱特琳很好奇，不知道他為什麼不雇用他自己的律師。存款不足？或者他認為這是一場遊戲，他的律師並不重要？

她環顧著法庭。沒有看到艾瑪．藍恩在旁聽席上。不過，她清楚地看到在場有其他瞪大了眼

[36] 艾倫塔爾．詹姆斯．辛普森（Orenthal James Simpson）生於美國舊金山，簡稱O.J.辛普森。原為美式足球運動員，被譽為美式足球史上最佳跑衛，後成為影視和廣告明星，並擔任體育評論員。一九九五年，辛普森被控在一九九四年犯下兩宗謀殺案，殺害其前妻及好友，即轟動一時的辛普森案。

睛的女人。她們的神魂顛倒和興奮讓她調整了自己的看法。德瑞克被捕不會變成一場馬戲。而會是一場精采壯觀的演出。

法官裁定將他交付預審。

法警走上前來，抓住他的手肘，把他從辯護席帶向那群被銬在一起的罪犯。就在那個時候，德瑞克掃視了法庭裡的群眾。那些女人、那些記者、那股炒熱的氣氛，以及幾乎控制不住的瘋狂。

他企圖讓自己面無表情，不過，他的姿態似乎改變了。從凱特琳的座位看過去，他看起來彷彿真的變高了。

他的目光落在她身上。她無法判斷他在想什麼。不過，她感覺到了從他身上發射出來的那股寒意，她覺得自己宛如被扔進了一個雪堆裡。

法警讓他坐下來，再度將他和其他罪犯銬在一起。艾默里奇站起身。帶著其他探員離開了法庭。

一群電視記者正等候在走廊上。凱特琳步履蹣跚，這樣的場面出其不備，不過，艾默里奇繼續往前走。當一名國家通訊員把麥克風捅到他面前時，艾默里奇說：「克萊因科的警察部門很快會對各位發表聲明。」

凱特琳跟著他走出法院，登上一輛聯邦調查局的SUV。當他們坐進車裡時，她大聲地吐了一口氣。

艾默里奇說：「繫緊安全帶。這只是剛開始而已。」

37

艾默里奇和雷尼在週一下午飛回維吉尼亞，凱特琳則多留一天，和克萊因科警方以及檢察官辦公室商討後續。特別探員塞耶斯在佛雷格史塔夫執行了搜索令，對德瑞克下榻的汽車旅館房間進行了搜索，並且試著要和艾瑪・藍恩談話。不過，她並沒有發現什麼足以作為證據的東西。而艾瑪也拒絕開口。

週二早晨，凱特琳驅車前往鳳凰城搭機飛往華盛頓。她打算在兩週後回到亞利桑那，出席德瑞克的預審。

這天的天空晶瑩剔透。在前往鳳凰城機場的路上，她繞道去了克蘭德爾・麥吉爾公司的辦公室。

她在前台找到了莉亞・法克斯，莉亞那頭極短髮就像一台壞掉的電視螢幕一樣黑。

莉亞差點就從她的座椅上跳起來。「我留言給你了。你去了克萊因科。天哪。搞什麼。」

「我想要親自和你談談。」凱特琳說。

「誰？」

莉亞的目光越過凱特琳，望向外面的停車場。「你自己一個人來的嗎？有人跟蹤你嗎？」

「任何人。他的朋友。媒體。」

凱特琳實在很難相信莉亞總是一副提心吊膽和嚇壞了的樣子。就算在股票經紀人吸食古柯鹼的華爾街交易大廳，也沒有人會這麼慌張和神經質。

「沒有人跟蹤我。我是來謝謝你的。」

「謝我？」莉亞用刻意壓低了的聲音說道。「我曾經要求你對我的身分保密。」

「我有保密。」

莉亞的眼睛抽搐了一下。

凱特琳很確定，從她第一次和莉亞交談開始，她就相信莉亞隱瞞了什麼。而現在她也依然這麼想。

她放鬆了表情。溫和地開口說：「我是來表達我的謝意的。你的資訊至關重要，那讓我們逮捕了凱爾・德瑞克。不過，我擔心的是——有什麼事情困擾了你。德瑞克現在被關起來了。這應該能讓你安心，可是你並沒有因此放心。請你告訴我是什麼事。」

莉亞緊緊地抿住了嘴唇。她的眼睛和她的髮色一樣黑，她的瞳孔放大。看著她的瞳孔就彷彿凝視著一片虛無一樣。她再度掃視著停車場，然後朝著一間休息室對凱特琳點了點頭。

她把休息室的房門關上，然後交叉起手臂。「我打電話到德州給你之後發生了什麼事？我給了你艾倫的名字，但是被關在克萊因科的人卻是凱爾？」

凱特琳在一張桌子旁邊坐下，並且幫莉亞拉出一張椅子。「坐下來。」

莉亞重重地坐到椅子上。「你確定是凱爾・德瑞克。不是艾倫。」

「百分之百。不可能是艾倫。」

於是，她把艾倫在阿富汗發生的事情告訴了莉亞。莉亞聞言，一手蓋住了自己的嘴。

「可是，凱爾……」

「我逮捕了他，」凱特琳說。「在一次企圖綁架一名女子的行動中。」

「噢。我的天。」

凱特琳把細節告訴了她。莉亞聽得雙唇微啟，不停地搖著頭。

「你沒有告訴艾倫我現在用的名字。告訴我你沒有。也沒有對凱爾說。」

「沒有。德瑞克不知道你和FBI有聯繫，」凱特琳說。「我可以問一下嗎，你為什麼從來都沒有報警說有人跟蹤你？我是說真正的原因。我不在乎你做了什麼，我只是想弄清楚而已。」

莉亞停了幾秒鐘，垂下了肩膀。然後似乎做出了決定：管他的。

「我和一些高年級生住在一起。我們在我們的公寓裡開了一間藥局。」

凱特琳緩緩地點點頭。「大麻？阿德拉爾[37]？」

「還有贊安諾[38]。」

娛樂性藥局——是啊，那會讓人不想讓警察上門來。「你為什麼改名？」

---

[37] 阿德拉爾（Adderall）是目前國際上被稱為聰明藥的三種藥物之一，是一種中樞精神興奮性藥物，主要在治療注意力不足過動症。具有潛在藥物濫用、成癮性，可能導致猝死和嚴重心血管不良反應等副作用。

[38] 贊安諾（Xanax）屬於鎮靜劑，功效為緩解焦慮、放鬆神經，對助眠有一定幫助，但也有成癮性的風險。

「在火災和分手之後，我從藍帕特輟學，離開了休士頓。我整個大學生活都是一團糟。我想要重新開始。而且我想要遠離艾倫。」

凱特琳鼓勵性地點點頭。

「我不再用達莉亞。或者達莉。那有點變成了一個惹人厭的綽號。我再也不想聽到這個名字，」她說。「法克斯——幾年之後，我結了婚，就改用這個姓。」

凱特琳看了一眼她的無名指。

「我們的婚姻維持了十八個月。不過，我還是沿用了這個姓。」她聳聳肩。

凱特琳進一步推動她。「有別的事情讓你感到煩惱。」

莉亞的腳開始抖動。她閉上眼睛，不停地搖頭。走廊上傳來了一些聲音。莉亞從椅子上跳起來，將門鎖上。門把被轉動得喀噠作響。

她說：「清潔人員。等一下再回來。」

凱特琳站起身，走向她。「怎麼了？」

莉亞搖搖頭。

「如果你害怕的話，讓我幫助你。」凱特琳說。

莉亞回到桌邊，再次用力地坐到椅子上。凱特琳在她身邊坐下，拾起她的手捏了一下。

莉亞點點頭。「只是——一切都會被揭開。」

凱特琳緊緊握住她的手。「請告訴我吧。」

「這是私下的談話。全都不能被列入你的報告裡，」她說。「好。我背著艾倫和凱爾搞在一起。」

凱特琳保持著同情的表情。她的心裡在想：莉亞在這個時候提出這件事，還真是個不堪的驚喜。

「我在重新思考這一切。還有那天晚上。」莉亞的黑眼睛凝視著凱特琳。「我想，艾倫並沒有引發那場火災。我認為他昏過去了。我想是凱爾縱的火。」

「為什麼？」

這塊拼圖明確地嵌入了一個心理變態的性虐待狂的側寫，凱特琳直覺地認為不會有錯，但她需要聽到莉亞的解釋。

「凱爾就是那個把我叫醒、並且把我帶出公寓的人。」她露出了不寒而慄的表情。「我想，他企圖要殺了艾倫，並且『拯救』我。」

英雄和毀滅者。

凱特琳繼續握著莉亞的手。莉亞將目光停留在地板上。

「他那麼做是為了要贏回我。」她說。

「那場火災是在你和德瑞克上床之後才發生的？」

莉亞微微地往後仰頭。「愚蠢。和他上床實在是太愚蠢了。」

「在公寓大火後，你和艾倫分手，但是你也沒有接受凱爾再度的求愛。」

莉亞看著她。「沒錯。」

那場大學裡發生的災難在凱特琳的腦子裡比較清楚地成形了。莉亞背叛了艾倫．葛吉，而和他那個英俊體面的室友凱爾．德瑞克在一起。但是，她也結束了那段關係。

因此，德瑞克引發了一場火災，然後安全地救出了莉亞。艾倫．葛吉很幸運地醒過來，逃出了公寓，而沒有死於大火。艾倫有可能受到連帶的傷害，雖然他不是德瑞克縱火的目標，但是他也可能被燒死。不過，凱爾爵士的拯救行動並未能重新燃起莉亞對德瑞克的渴望。相反地，她的再度拒絕讓他感到痛苦。

莉亞抓著自己的手臂。「我想，凱爾可能是後來騷擾我的那個人。」

「我覺得這個推論很合理。」

「他殺了我的貓。」她站起身。「然後離開了那裡，之後就開始殺害女人。」

「是的。」

「天哪。」

有人敲了敲門。「你在裡面沒事吧？」

「等一下。再等一下下。」莉亞幾乎是用吼的。

凱特琳站起來。「接下來這件事可能很重要。凱爾曾經提到過自殺嗎？」

莉亞的胸口不停地上下起伏。「你是說那個遊戲？」

「什麼遊戲？」

「他喜歡我躺著不動，假裝我企圖殺了我自己。裝作我是用藥過量，或者槍殺了我自己，或者自己割腕了。」莉亞的臉色蒼白。「然後，他就會走進來，找到我。把我救活。」

「他喜歡這樣？」凱特琳說。

「他似乎一點都不喜歡性愛。那好像一直都讓他有挫折感。」

門上再度響起了敲門聲。莉亞焦慮地看著房門。「就這樣了。我不能再說了。」

凱特琳把自己的名片遞給莉亞。「如果你改變主意——即便是再小的事情，或者只是想要找人說話——請打電話給我。」

莉亞點點頭，抿著嘴唇，避開了她的眼神。她把門打開，護送凱特琳離開。

凱特琳在外面的人行道上將她的雷朋太陽眼鏡戴上。*耐心*。艾默里奇的聲音——她父親的聲音——在迴響，他們在告訴她，偵訊不是一步到位的。你得給它時間。

現在，德瑞克被關起來了。

暫時。

38

杜勒斯機場的到達出口擠滿人群，燠熱又嘈雜。低垂的天花板和絡繹不絕的人潮締造出一種痛苦不堪的景象。凱特琳站在一根柱子旁邊，身上的短大衣一路扣到脖子上，她覺得口乾舌燥，焦慮不安。她身邊的暗影豎起那對大耳朵，熙來攘往的陌生人、人群的騷動和空氣中各種不熟悉的味道，在在都讓暗影大為驚奇地頻頻轉頭。暗影站起身，黑色的細腿和白色的爪子按捺著想要奔跑的衝動。凱特琳拉緊了狗繩。

「坐下，小姑娘。」

暗影把尾巴重新垂落在瓷磚地板上，不過，牠看起來就像一名準備好要從起跑器上往前衝的短跑運動員一樣。凱特琳也有同樣的感覺。她頭頂上的螢幕顯示來自舊金山的航班已經抵達登機門了。

她已經回來四天了，幾乎沒有工作纏身，並且已經為出席德瑞克的預審而訂好了飛往亞利桑那州的回程機票了。不過，這個週末，接下來的這兩天是屬於她自己的。

還有尚恩。

當她看到他穿越大門走向她時，她幾乎就要跳起來了。她的笑容大到臉都痛了。暗影感染到她的興奮，也放棄了任何偽裝的服從。牠站起來，頭側向凱特琳，然後也看到了他。牠的尾巴立刻搖得像一根失控的鞭子一樣。

他肩上吊著一個行李袋，跨著緩慢的步伐大步走來。那雙棕色的眼睛在新剪的頭髮底下掃視著群眾，彷彿在勘查是否有任何的威脅一般，直到他看到了她，他所有的防禦、謹慎，在那一刻都化成了足以瞬間摧毀她的笑容。她原本想要故作靦腆，刻意表現得好像她經常在寒風凜冽的冬日裡閒晃在行李轉盤旁邊一樣，不過，她不僅沒有成功，反而還笑了出來，同時用雙臂緊緊地抱住他的脖子，完全沒有意識到他在持續吻她的同時，已經把她抱離了地面。即便有一堆家庭、行李員和機組人員從他們旁邊魚貫而過，即便暗影不斷地在他們的腳畔狂吠、跳躍和嗚咽，他們也不為所動。

她掙脫他的親吻，往後一靠地看著他。「你也該到了。」

「在我到達之前，你跳到了幾個男人的身上？」

「沒有。呃，也許有跳到那個法國航空的機長身上。還有華盛頓紅人的防守線球員經過的時候也有。」她再次親吻他。「我想你。」

「我也是。其他什麼都不重要。」

他用一隻手臂裹住她的肩膀，一起走進寒冷多風的航站外面。他在情感表達上的坦率、毫無遮掩，這是一種全新的面貌。尚恩向來都比較外向，比較善於表達自己的想法——不管是言語上或者肢體上——相較於她。不過，自從差一點喪命之後，他就不再那麼刻意地讓自己披上冷靜的外表。至少在她身邊時是如此。至於在工作上，根據她的猜測，他依然是那個冷靜又穩定的聯邦探員，一如他過去那樣。

不過，像這樣——幾乎是立即的放鬆、進入狀態、坦率——她喜歡這樣。

「旅途還愉快嗎？」

「現在比較愉快。」他捏了捏她的肩膀。暗影跟著在一旁叫了幾聲。

尚恩從凱特琳手中接過狗繩，他們神采奕奕地在聊天中走向停車場。凱特琳把德瑞克一案的細節告訴了他。他之前已經從新聞上聽到了短版本的故事，等到他們走到她那輛豐田Highlander時，她已經口若懸河地講到了逮捕的那一環。

「他相信他已經智取了我們。他很小心——不過，他的反監控能力也只是沒有受過訓練的平民程度。他不知道他租來那輛車的GPS已經被我們全程跟蹤了。那讓佛雷格史塔夫的探員巧妙地避開了他，並且在他下車之前，就先到達了那間當地的酒館。」她說。「塞耶斯探員。年輕、敏銳、積極。她的前途看好。」

「艾默里奇信任你。」

「是的。那也讓他得到了回報。」

她臉上的表情在說：感謝老天。她可以對他表現出鬆了一口氣的模樣。她知道跟蹤德瑞克到亞利桑那是一個冒險。如果她判斷錯誤的話，她的時間和他們這整個案子可能就會繞了致命的一大圈。

當他們鑽進那輛Highlander之際，尚恩透過車頂看著她。「你逮到他了。」

她停了一下，把手放在車頂上。「我他媽的逮到他了。」

他笑了笑。等到暗影跳進後座之後，他們立刻把車開出了停車場。

他們沿著九十五號州際公路開往她位於匡提科外圍的公寓。他們打開暖氣和音樂，尚恩對著暗影吹了聲口哨，暗影立刻爬過椅子，鑽到他的大腿上。那條狗舔著他的臉，將身體捲成一團球，十足開心的模樣。

「先把你的東西放下來，然後到喬治城吃晚餐，再到民主廢墟走走，然後放蕩一個晚上。」凱特琳說。「聽起來如何？」

「這樣，暗影就得待在家裡了。」

她聞言大笑。暗影狂吠了幾聲，用尾巴拍著尚恩的腿。他伸出手。凱特琳立刻握住了他的手。他看著冬日棕色的草地和樹梢糾纏在一起的禿枝沿著州際公路掠過車窗。

「謝謝你飛過來，」她說。「我需要你來這一趟。」

他捏了捏她的手。「我也是。」

她的胸口充滿暖流。那是一種放鬆的感覺，一種感激和一份單純的渴望。還有，儘管尚恩就在眼前——他的體溫、笑聲和對於未來的承諾——一股劇痛，那份潛藏在表面底下的憂傷，卻依然刺痛著她。他雖然在這裡，但是，很快地，他就會再離開。

「工作很繁重嗎？」她問。

「很有挑戰性。這個發生在蒙特雷的爆炸案。根據ATF的判斷，那不是海外的恐怖分子所為。沒有人出來宣布對此負責。沒有任何要求被提出來，沒有人發表宣言，也沒有人提出勒索。」

她從他的語氣進行判斷。「你認為他會再犯？」

「那個炸彈裡面裝滿了螺絲和剃刀。他想要造成最大的傷亡，」尚恩說。「而且他……或者她，或者他們……很小心地不在任何零件和成分上留下指紋。」

「那個炸彈客知道指紋在爆炸中會被留下來？」那暗示著攻擊者既老練又嚴謹。

「那個裝置有一個很簡單的觸發器，還有一個舊的外螺紋鋼管，都是一些常見的耗材。不過，那傢伙想要在這場爆炸中留下個人的標記，」他說。「那個炸彈被帶刺的鐵絲網包裹了起來。」

她看著他。「帶刺的鐵絲網。」

「一種個人特色。」

尚恩的聲音裡有著一股濃濃的寒意。凱特琳企圖要評估他有多麼擔心。

她說：「你認為……」

尚恩的手機響了。他從牛仔褲的口袋裡掏出手機。臉上立刻蒙上了冰冷的表情。

「老闆。」他接通手機。

她一邊開車，一邊在嗡嗡的輪胎聲響下，半是興奮半是憂慮地聽著他的對話。

「什麼時候？」尚恩僵住了。「舊金山警局——好。是的。我盡快。」

他結束了通話。然後目視著擋風玻璃，隨即面有難色地轉向她。凱特琳的胃立刻往下沉。

「又發生爆炸了？」她說。

「金融區。兩個小時以前。」

舊金山市中心。午餐時間。

「傷亡呢？」她問。

「確定一人死亡。七個人受傷。」

「可惡。」

暗影在尚恩的大腿上抬起頭，眼裡充滿了唯有狗才能表達的關切。

「炸彈被放在一間生物科技公司的大廳。炸碎了厚重的玻璃窗，碎片噴到了街上的行人。造成一名警衛死亡。」他看了一下手機。「佩雷塔正在把他們所掌握到的訊息發送給我。視訊會議會在四十五分鐘之後召開。」

凱特琳繃緊下巴，不過，她的手依舊穩定地握在方向盤上面。「你需要什麼？」

「可以使用SCIF地方。」

SCIF：機密情報隔離設施。在國家安全、國防和情報的術語中，這是一間可以防止電子監控和資料數據外洩的安全室。她很驚訝。需要動用到一間SCIF就意味著這個案子已經被升級到對國安有所影響的程度了。

「匡提科有一間。」她說。

「我們有時間把暗影先送回家嗎？」

「牠可以一起來。」

尚恩從擋風玻璃看出去，前方的能見度有一千碼。午後的陽光在他腦後形成了一條光帶，讓他變成了一道鮮明的剪影。他整個人已經離開一半了。

兩個小時之後，凱特琳坐在她的辦公桌上，暗影蜷縮地睡在她的桌子底下——她已經違反了一堆規則，不過，她不在乎，因為今天是星期六——尚恩從那間機密情報隔離設施走出來，在行為分析組的部門找到了她。她覺得很疲憊，以至於她只能看完半數的電子郵件和檔案報告。太陽已經西沉到地平線的邊緣，正在稻草人般的樹枝之間散發著濃烈的橘色光影。

尚恩目標明確地大踏步走來。當他來到凱特琳面前時，她知道那一定是壞消息。

「今天晚上？」她說。

他點點頭。「對不起。他們需要我到犯罪現場並且研判證據。」

兩名聯邦探員？我們會想出辦法的。

她笑不出來。

失去了他們的週末讓她感到失望，然而，他眼裡的那抹神情壓過了她的失望。不管這起爆炸事件究竟是怎麼回事，顯然都很嚴重。

她對暗影吹了一聲口哨。「我會開車送你回杜勒斯。」

他們一起走出了大門。幾分鐘之後，她已經開上了州際公路。

「我們有時間在你的公寓暫停一下嗎？」尚恩問。

她的目光充滿渴望、受傷和瘋狂。他也以同樣的眼神回視著她。

她在一個州立公園的出口轉下了高速公路。她朝著樹林裡長驅直入，那輛Highlander行經之處揚起了一片薄薄的塵埃。她把車開上草地，駛入一排排高聳的樹叢。然後猛然停車。

她熄掉引擎，把手停留在車子的啟動器上。「外面很冷。」

「也只能這樣了。」

他們下了車。關上車門。

他們在一棵粗壯的栗子樹遠端攫住了彼此。解開彼此的外套，笨拙地搜尋著拉鍊。尚恩赤裸的肌膚是那麼地滑順、熾熱，讓她從手指到手臂、一直到脊椎都竄過一陣顫抖。他的手滑到她的毛衣底下，來到她的牛仔褲後面。她將自己的嘴壓在他的唇上。她的呼吸急促。尚恩凝視著她，瞪大了雙眼——他從來不在性愛的時候閉上眼睛——然後靠在樹幹上，一把將她抬起來。她把雙臂纏繞在他的脖子上，她的呼吸在冷到刺骨的空氣中化為了白霜，她喘息著，瘋狂地抓著他，渴求著，極度地渴求著。

39

在凱爾．德瑞克預審的前一天，凱特琳來到了克萊因科，看到了四組電視轉播人員的車就停在哥德式的法院紅磚建築前面。一組來自於鳳凰城，一組來自於佛雷格史塔夫，還有兩組則是國家有線電視網。她開車繞著城市廣場，感受著現場的氣氛。一名記者站在法院的台階上，正在對著攝影機說話，並且不時用手中的筆記比劃著，來強調她的報導。穿著厚重冬衣的人們沿著廣場走過。法院對面的那家餐館高朋滿座。附近的排水溝裡堆滿了骯髒的積雪。

她把車停在警察局後面。空氣很乾淨清爽，陽光斜落在覆蓋著松樹林的山脈頂端，一路往東延伸。根據氣象預報，一系列的暴風雨將會在下週橫掃美國西部，不過，今天卻還是一個藍天白雲的豔陽天。她扣好身上的短大衣，往警察局的門口步行而去。

明亮的冬日陽光反射在警察局裡面磨損的油氈地板上。電話和電腦鍵盤敲擊聲此起彼落，不過，整個警察局裡卻很安靜。一名穿著制服的女警員從前台後面抬起頭來。

「發生了什麼事嗎？」凱特琳問。

「老樣子。無聊、焦慮、犯罪。我們的大明星一直都很規矩。」

那名警員的名牌上寫著薇拉莉。她朝著這棟紅磚建築的後面點了點頭，在那裡，克萊因科的六間牢房佔據了這棟建築物的一塊獨立區域。沒有窗戶，沒有辦法從裡面傳遞出訊息，除非有獄卒安排。

「真是一場表演。」薇拉莉說。

「說來聽聽。」

「你會以為他是個電影明星。你記得幾年前那個長得不錯的犯人嗎，他的嫌犯檔案照片裡有著迷人的嘴唇和深邃的淺色眼睛——在那張照片被瘋傳之後，人們就稱他為『美男重罪犯』。」

「深情凝視的壞男孩。」

「我們後面那位客人就是新版的美男重罪犯。」薇拉莉用頭指向牢房的方向。「十足迷人。雖然他耍不了我。不過，至少他不會尿在牢房的欄杆上，或者用不堪的字眼辱罵我。我們送進去的速食，他也吃得很高興。」

「和你平常的犯人不一樣。」

「正好相反。」

凱特琳點點頭，不知道德瑞克耍了多少手段來贏得獄卒的歡心。

薇拉莉嘆了一口氣。「犯人和警衛友善地聊天不是什麼問題。那些人才是大問題。」她意有所指地朝著前面的窗戶點點頭。

「新聞媒體？」凱特琳問。

「他們，還有其他人。那些追捧的人。」

凱特琳做了個鬼臉。「連續殺人犯的粉絲。真的有這種事。」

「在我們禁止之前，有幾名來自全國的記者到監獄來訪問他。那真的讓那些粉絲心跳加速。」

戶外，一群女人站在法院前面的人行道上拍照或者自拍，還闖入了電視記者的鏡頭內。

「她們在等看看他會不會到隔壁出庭。雖然今天沒有安排他到哪裡去，不過，那卻阻止不了她們。是我擋住了她們。」

「她們到這裡面來？」

「她們想要探訪他。還不只這樣。」

看來，專吃腐食的各式烏鴉全都集中到克萊因科了，對此，凱特琳並不感到驚訝。她早已看到有一些群體彷彿雨後春筍般地在臉書上冒出來，聲言德瑞克是無辜的。

「我想也是。壞男孩控——那是一種迷戀罪犯的行為。暴行能激起她們的情慾。」凱特琳說。「我猜，她們還為了配偶探視權而爭吵吧。」

「當我們把她們拖出去的時候，至少，德瑞克並沒有對我們大吼大叫。」

是啊，凱特琳心想：德瑞克是完美的化身。神奇麵包先生[39]，友善又順從。

警察局長從辦公室裡走到前台來。他朝著凱特琳伸出手。「聽說最新消息了嗎？」

「告訴我吧。不過，我猜——德瑞克愛死了這場馬戲表演。」

「你剛才只聽到了一小部分。到我後面的辦公室來吧。」

他可以聽得到他們。

從他牢房的床鋪，他可以聽到他們的聲音在冰冷的監獄欄杆之間迴盪。沉悶、模糊，不過，他們的聲調和語氣還是可以穿透過來。

凱特琳．韓吉斯回來了。大老遠從維吉尼亞飛越過兩千哩，來到這個農村小鎮。就是為了他。

她們就是無法遠離，女人們——她們就是做不到。

那些賤人。

他的女友，艾瑪，已經離開了。她只來監獄探視過他一次就離他而去了。她來的時候看起來彷彿坐在一個起司刨絲器上面一樣，臉孔扭曲，不管他叫了幾次她的名字，她都不願意和他四目相對。她確實擁抱了他，不過那只是在盡她的本分，她把深色的太陽眼鏡推到鼻梁上，訴說著警方和FBI到汽車旅館房間去搜索有多麼地可怕，對艾希莉帶來了多大的困擾和不安。

不過，他們沒有找到任何東西，他問，不是嗎？

於是，她看著他。注視著他，然後說：「我要回家了。」

算了。沒有任何媒體得知艾瑪的名字。沒有人會對她窮追不捨，企圖要從她口中套出什麼訊息。而她也不可能說任何關於他的壞話。是她自身的恐懼把她從他身邊趕走的。

---

39 神奇麵包（Wonder Bread）是美國著名的麵包品牌，誕生於一九二一年，一九三一年因販售機器切片白麵包而風靡全美。這種工廠製的白麵包被認為純淨、健康和安全。一時之間備受推崇，被視為代表了美國的進步和完美。不過，到了六〇年代，白麵包開始被認為口感單一，Wonder Bread也逐漸變成揶揄白人的貶義詞，隱含著無趣、因循守舊等負面意義。

無所謂。艾瑪走了，但是，想要對他示好的女人正排隊要取代她。

說也奇怪，那讓監獄變得讓人可以忍受。

起初，他曾經感到失控。發狂。被關在牢籠裡。他從來沒有被捕過。他想要發洩。只不過，他那不可思議的聰明頭腦和自律，讓他沒有對那些鄉巴佬口出穢言——也沒有具體攻擊那個剛剛走進來的賤人，韓吉斯。

不過，在他和那些FBI談過、並且看到他們在他要求要找律師時所露出的表情之後——他估計，他現在是那種懂得用找律師這種字眼的人了——他就從被拘押的經歷裡感受到了一股意想不到的自我領悟。

他是動物園裡的獅子。誠如獅子一樣，他可以發出獅吼。

因此，當那些想要對他示好的女人無法進來看他的時候——在第一次有人前來示好之後……在那個女人拉起上衣，對他展示了她的酥胸之後，那些獄卒就變聰明了——他透過他的公共辯護人發出了一個訊息，要求那些和法律機構、慈善機構、公益媒體以及社會正義團體有關的人來看他。而他們也來了。

由於來的人太多，以至於除了他的律師之外，監獄不得不為他設置一名聯絡人。那是一名來自於亞利桑那一個法律援助慈善團體的法律顧問。因此，他和外面的世界有了連結。如果他想要的話，那就是一個傳聲筒——如果他需要傳達什麼要求或者和外面的人說什麼的時候，那就是一個管道。

巡邏車的擋風玻璃上。結冰的樹枝在車頭燈下閃爍。穀倉就在眼前，他可以看到農具在晃動。屋子裡一片漆黑。他的頭燈閃過前窗。開著的大門宛如一個黑洞一樣。

他下了車，他的槍套已經解開，手也貼在槍尾上。

帕契科走上前廊，靠到大門邊上。「艾倫？」

艾倫．葛吉家的電話在屋裡大聲作響。電話公司已經恢復了通訊。不過，沒有人接電話。冷風吹過彷彿玻璃般晶亮的樹叢。在風聲底下，帕契科聽到了另一個聲音。不均勻的呼吸聲。他拔出他的槍，快步走進屋裡，用他的手電筒和槍枝同時掃過室內。屋外的雪已經吹進門內好幾呎。純白，沒有任何的腳印。屋裡的電話持續在響。帕契科的寒毛全都豎了起來。

艾倫．葛吉就躺在廚房的地板上。

他正在困難地喘息。手電筒的燈光照亮了裹住他的那一攤深色、濕粘的鮮血。他的襯衫上露出了被刀刺破的痕跡。

「艾倫。」帕契科按下電燈的開關，然而，電力還沒有恢復。他衝到廚房裡。「艾倫，那個傢伙還在這裡嗎？」

葛吉沒有回答。他的手抓著地板，不停地在鮮血中滑動，彷彿在用手指作畫一樣。「瑪姬……」

帕契科保持著紅色警戒，在葛吉身邊蹲了下來。

葛吉揮動一隻手，抓住了帕契科的外套。「瑪姬。我女兒。」

帕契科把一隻手放到葛吉的側臉。眼前這個人冷得像冰塊一樣。「艾倫。瑪姬在這裡嗎？」

葛吉用顫抖的手指向屋子後方。帕契科立刻揚起他的手電筒。隨即聽到了狗叫聲。

「等一下。」

帕契科站起身，他的雙腿不可思議地在顫抖，他悄悄地經過走廊。狗叫聲越來越響亮。他聽到那隻狗在扒門的聲音。他在走廊盡頭快速地轉進主臥室裡，然後走向浴室的門。浴室的門上了鎖。狗吠聲變得越來越激烈。

「瑪姬？」帕契科說。

他只聽到微弱、沉悶的啜泣聲。帕契科拿出他的巴克刀，撬開了門閂。

當門打開的時候，瑪姬．葛吉瞪大了那雙棕色的眼睛，眼裡盈溢著淚水。

她蹲在浴缸裡，毫髮無傷，雙手蓋在自己的嘴上，以免她的哭聲造成回音。那隻狗就站在她前面，齜牙咧嘴地豎起了耳朵。牠雖然在咆哮，不過卻沒有發動攻擊。汗水和嘴邊的泡沫加深了牠背帶周圍的毛色。帕契科的心臟在狂跳。

一聲清楚的口哨聲從廚房傳來。然後是艾倫微弱的聲音。「放鬆。」

那隻狗隨即往後退開。

「不要動。」帕契科說。

那隻狗喘息地服從了他的指示。

「你在這裡等一下，」帕契科對瑪姬說。「不會有事的。我是來幫忙的。」

他檢查著屋內，確定沒有其他人躲在屋裡，然後才對著他肩上的無線電呼叫緊急醫療救護。他回到浴室，把槍放回槍套裡，將瑪姬拉進他的懷裡。

「沒事了。」

那個小女孩顫抖地靠在他的懷裡。帕契科把她在起居室的沙發上放下來，脫下他的外套，將她裹在衣服裡。

「爹地。」她嗚咽地說。

「他在這裡。我會照顧他的。」

帕契科快步衝回廚房，把他的手電筒放在流理台上，好提供一點能見度，然後蹲到葛吉旁邊。電話終於安靜了下來。

葛吉面色蒼白地彷如一袋麵粉，他的嘴唇泛藍。「瑪姬．她……」

「她很安全。她沒事。」

帕契科扯開葛吉襯衫的釦子，隨即倒吸了一口氣。六道刺傷的傷口佈滿在葛吉的胸口上，每一道一吋半長的傷口都在滲出鮮血。帕契科從一個抽屜裡抓來幾條抹布，用力地壓在傷口上——然而傷口實在太多了。他蓋住其中一道傷口，緊緊地壓住，然後將艾倫自己的手壓在另外兩道傷口上。

「壓緊了，老兄。」他聽得到自己聲音裡的顫抖。「發生了什麼事？」

起居室裡輕輕地迴盪著瑪姬打嗝的哭泣聲。「爹地……」

一聽到她的聲音，葛吉彷彿立刻就從內心裡鬆開了手一樣。「瑪姬……」他吸了一口氣，似乎在祈禱。他看起來就像是他的每一個願望剛才都已經實現了一樣。「瑪姬……你很棒。」

「誰幹的？」帕契科問。

「不……」葛吉喘息地說。「不知道。」

「幾個人？」

葛吉試著嚥下口水。「一個。」

帕契科從流理台上拿了一只玻璃杯，在水龍頭底下裝滿水。他扶起葛吉的頭部，讓他啜了一口。

「奇薇……發出低聲的咆哮。我知道一定出了什麼事。」葛吉的話說得順了一點。

那隻狗一聽到牠的名字，立刻走進廚房裡。在一聲低沉而絕望的呻吟下，牠悄悄地走到他身邊，趴了下來。那雙棕色的眼睛在手電筒的燈光底下散發著悲傷。

「我……告訴瑪姬躲起來，不要出聲。又命令奇薇和她待在一起。」

帕契科把手按在那條廚房抹布上。抹布已經被鮮血浸濕了。他算了一下時間。緊急醫療救護應該還在幾哩之外。

「奇薇完全按照你告訴她的那麼做，」帕契科說。「牠真的做到了。牠守著瑪姬。牠完全沒有離開瑪姬身邊。」

葛吉點點頭。輕聲地說：「乖狗狗。」

導盲犬是工作犬。不是寵物。而奇薇剛才擔負了牠一生中最重要的一項任務。不過，當葛吉說，「乖狗狗」的時候，那條拉布拉多立即往前靠近，舔了舔他的臉。

帕契科說：「你可以告訴我任何有關這個襲擊者的事情嗎？」

「我割傷了那個傢伙，並且打算給他一記重擊，但是……」他疼痛萬分地停了下來。「我雖然擊落了他的刀子，但是，他還有另一把。」

「艾倫，你救了瑪姬的性命。」

帕契科的手都濕了，抹布也濕透了。他止不住不停湧出的鮮血。他再度靠向肩膀上的無線電。「緊急醫療救護在哪裡？我現在就需要他們。」

葛吉的呼吸越來越急促。

「繼續說，艾倫。和瑪姬說話。」帕契科說。「她一直都很安靜。她很勇敢。」

「最棒的……最乖的孩子。瑪姬……」

帕契科的雙手在冷冽的空氣中發燙，鮮血沾濕了他的手。「繼續和我說話，中士。」

廚房的流理台上，電話再度響了。

在克萊因科警察局裡，凱特琳在冷冷的日光燈和熱咖啡的味道下靠在手肘上，她閉著眼睛，把電話貼在耳朵上。那個號碼持續地在響。快點，接電話。在過去的半個小時裡，她每次打過去的時候，電話都一直在響，但是卻沒有人接聽。

她疲憊地放下話筒。就在她即將掛斷的時候，一個男人的聲音從電話那頭傳來。

「哪一位？」那個男人說。

她立刻挺直了背脊。「我是凱特琳．韓吉斯。」她認得那個聲音。那不是艾倫．葛吉。那是奧克拉荷馬林康的副警監，而他的聲音聽起來很不對勁。「帕契科副警監？」

電話那頭的背景有一些雜音。那是一個孩子的哭聲。她覺得肺裡的空氣瞬間被抽光了。

「副警監。」

他在開口前只停了一秒鐘，然而，那一秒鐘卻彷彿永無止境。

「我在。」他停了一下。「我來得不夠快。艾倫走了。」

47

凱特琳從警局漆黑的窗戶裡看出去。在日光燈之下，她憔悴的面容反映在窗戶的玻璃上。已經午夜時分了。某張桌上的電話正在響。警察局裡的人幾乎都走光了，只有一名男性警員還在前台。

大門打開。隨著一陣凍人的冷空氣捲入，艾默里奇走了進來。

「我聽說了。」他說。

凱特琳轉過身，雙手垂在身體兩側。「我們太慢了。」

「你已經盡力了。」

她把手指壓在眼角。「還不夠好。」

艾默里奇的黑色短外套上沾滿了雪花。他的反應很直率。「有時候就是如此。」

打起精神來，她聽到了他的意思。她點了點頭。

他的聲音很溫和。「這是一記重擊。不過，我們現在要做的是找到德瑞克。」

「是的，長官。」她猶豫地說。「關於攻擊葛吉的犯罪手法有點奇怪。」

正在角落裡工作的雷尼從她的筆電上抬起頭來。「凱特琳。希傑。」

雷尼把她的電腦轉過來。「林康警察局在視訊連線上。」

艾默里奇輕觸了一下凱特琳的肩膀。「等一下再說。」

他重重地蹬掉他登山靴上的碎冰，然後拉下外套的拉鍊。他們走向雷尼的那張桌子。立刻就在電腦螢幕上看到了比爾・帕契科那張嚴肅、疲憊的臉。

「副警監，」艾默里奇說。「你有什麼可以告訴我們的？」

「不多。暴風雪讓鑑識小組到不了犯罪現場。最快也要明天早上了。」

「如果你同意的話，我想要讓我團隊的一員加入他們。」

「來吧。我正式地邀請你們。」

凱特琳清了清喉嚨。「你知道些什麼，副警監？」

帕契科沉重的眼神落在她身上。「那個艾倫・葛吉是個英雄。他救了他小女兒的命。」

凱特琳想要點頭，想要回應，然而，她的喉嚨卻被鎖住了。

艾默里奇說：「你認為那個孩子是主要的目標？」

「不確定。不過，艾倫像瘋了一樣地抵抗。明知不可為，還是奮戰到了最後一刻。」

「你認為他傷了那個不明嫌疑犯？」

帕契科點點頭。「他說他砍傷了那個傢伙。他搶走了那個人的刀子。但是兇手還有另一把艾倫看不見的刀。他割傷艾倫的手臂，讓他倒了下來。」

雷尼和凱特琳交換了一個眼神。

帕契科注意到了。「你們那個逃脫的犯人。割腕是他的專長，不是嗎？」

「對那些被他制伏和限制行動的女人確實如此。」凱特琳說。

「我會說，今晚他的那個技巧也派上用場了。」

凱特琳的胃在緊縮。「有可能。」

「你懷疑嗎？」帕契科皺起眉頭。「德瑞克以前也這麼做過，在索勒斯，不是嗎？夏娜・克伯。在夜半時分偷偷潛入一棟偏遠的民宅。」

她的眼睛很刺痛。她沒有吃晚餐。也沒有吃午餐。她只靠著燒焦的咖啡和旺盛的腎上腺素撐到現在。

「這次的襲擊看起來很類似，」她說。「不過，那只是表面上的。這起謀殺並不符合德瑞克的做案手法。」

「我同意。不過，這是報復行為，不是性侵。報復是沒有規則可言的。」

艾默里奇的拇指輕敲著桌面。「德瑞克被捕是可能導致他爆發憤怒的壓力源。」他轉向凱特琳。「認為德瑞克可能會攻擊葛吉的人是你——為什麼你現在又不這麼想了？」

「我擔心德瑞克會攻擊葛吉的妻子和女兒，」她說。「德瑞克殺害女人，因為他認為她們是比較沒有價值、比較懦弱的東西。」

帕契科說：「我同意他可能是針對安來的，而且會對瑪姬做出什麼可怕的事，如果艾倫沒有讓他的銳氣受挫的話。」

她轉過身，和螢幕站成了直角。「德瑞克沒有殺害艾倫。他沒有那個膽識，敢去對抗一個男人。」

帕契科往後靠，看著天花板。

凱特琳進一步地說：「我知道，現在所有可能的動機和證據都指向了德瑞克。不過我要告訴你們，不是他。一定是別人。」

艾默里奇說：「葛吉遭到殺害極有可能不是巧合。如果不是德瑞克的話，那是誰？為什麼？」

「我不知道。」

帕契科搖搖頭。「等鑑識小組檢查完現場之後，我再和你們聯絡吧。」他看起來非常疲憊。「在暴風雪停止以前，安．葛吉都無法從奧克拉荷馬市回來。我得要去看看艾倫的小女兒了。」

這是凱特琳所能想像到的最空虛的結局。

帕契科切斷了連線。凱特琳依舊盯著空白的螢幕。她覺得很糟糕。她已經將了德瑞克一軍。但是現在，他卻把棋盤給翻了。

「你要我去奧克拉荷馬嗎？」她問。

經過一陣沉思之後，艾默里奇說：「我會去。這起謀殺和德瑞克的其他殺戮有關，不過，箇中的原由我並不明白。我需要充分了解掌握這件事。」

她點點頭。

他上下打量著她和雷尼。「妳們看起來很慘，兩個都是。我們明天再繼續吧。」

他們收拾好各自的東西，推開警局後門，走進了冷冽的夜裡。停車場裡只剩下凱特琳開來的那輛Suburban。

「你是怎麼到這裡的？」她問艾默里奇。

「搭了一輛鏟雪機的便車到連環車禍現場的邊緣。然後再一路走到這裡。」

回到汽車旅館之後，凱特琳關上自己的房門。她坐在窗邊，雙手垂在兩膝之間。疲憊讓她的眼睛感到刺痛。她知道她應該要找點東西吃，然而，她卻提不起精神走動。她覺得自己被擰乾了。

她得要振作起來。明天早上，她需要讓自己準備好再繼續戰鬥。

她的同事就住在隔壁的房間，但是，她卻覺得很孤單。一股被釋放出來的憤怒攻克了她，還有被拋棄和孤獨的感覺。艾倫．葛吉為了救他女兒而奮戰的畫面，彷彿一根利爪般地抓住了她。

她站起身，用手指掠過頭髮，開始在房裡踱步。過了一會兒之後，她從她的口袋裡掏出手機。打給了尚恩。

他沒有接聽。室外，狂風正在哀號。她一邊踱步，一邊捏了捏自己的鼻梁。

她改撥給蜜雪兒。

通常，她不會把壓力丟到朋友的肩膀上，但是，此刻的她需要聽到一個關愛的聲音。

電話響了三聲、四聲。「嘿。」

凱特琳感到一陣安慰。「嗨。」

「小妞。你還好嗎？」

「在一個寂寞的小鎮過了很漫長的一天。」

「等一下。」

凱特琳聽到電話那頭的背景裡有音樂聲。她不確定自己是不是打擾到蜜雪兒外出晚餐了。她聽到蜜雪兒走過一條走廊。音樂聲隨之減弱了。

「甜心，你聽起來很疲憊。」蜜雪兒說。

「很糟糕的一天。我只是想聽聽朋友的聲音。」

「沒問題。想要聊聊嗎？或者你只是要我罵你？」

凱特琳走到窗邊。「說點有趣的吧，拜託了。」

「你先說。」

音樂在門打開的時候又流瀉而出。凱特琳聽到莎笛的聲音，蜜雪兒隨即蓋住電話說：「你應該要上床睡覺了，親愛的。」

那首曲子聽起來很熟悉。那是小格里．克拉克[47]的〈麻木不仁〉。蜜雪兒又回到電話上。「抱歉。」

「你對歌曲的品味被我影響了嗎？」凱特琳問。

「什麼？」

「我只知道你喜歡嘻哈，」凱特琳說。「從來都不知道你喜歡藍調。」

然後，她明白了。

在背景，她聽到了尚恩的聲音。「莎笛，讓媽咪講電話。」

她感到震驚。她站在窗戶前面。透過電話，她聽到瓶子碰到玻璃杯的聲音，還有什麼東西被倒出來的聲音。一秒鐘之後，她又清楚地聽到叮的一聲，那是酒杯放在花崗岩流理台上的聲音。

蜜雪兒在尚恩家裡，正在和他喝酒。

「你在嗎？」她的朋友問。

「嗯。」

我當然在。

「我打擾到你了。」凱特琳說，她的聲音聽起來很空洞。

「完全沒有。我也過了很漫長的一天。」蜜雪兒說。「需要有個媽咪喘氣的時間，而爹地又很能幹。真希望你也能在這裡加入我們的行列。」

「我也是。」

蜜雪兒停頓了一下。然後，凱特琳也停頓了一下——她真的帶著刻薄的語氣說了剛才那句話嗎？

「小妞，辛苦的一週今天總算到了盡頭，我們正在看多莉去哪兒。又在看這個了。」

「嗯，我了解。」

❹❼ 小格里．克拉克（Gary Clark Jr.），一九八四年二月十五日生於德州奧斯汀的美國音樂家。他將藍調、搖滾和靈魂音樂與嘻哈元素融合在一起，並以此聞名。

凱特琳並沒有感到嫉妒——不完全是——不過，她覺得自己被摔出去了。該死，這居然像機械牛一樣地把她摔了出去，很直接地穿牆而出。她意識到自己正在盯著汽車旅館房間棕色窗簾上一個不明確的污漬。她別開頭。

「凱特琳。」

「我——只是今天過得不太好而已。」

「那不是你想說的。女人？別這樣。」

牆壁上也有污漬。在令人反感的一瞬間，她浮出了自己的身體，想像著一組穿著白色特維克防護衣的犯罪現場調查人員正在清查這間房間。他們噴著魯米諾[48]，用紫外線四處探照，看著床單、床頭板和天花板因為沾上了體液而在紫外線的照射下散發出藍光。

「如果你想要知道我今天在忙些什麼的話，打開新聞吧。」凱特琳說。

「什麼？」蜜雪兒說。

凱特琳緊緊地閉上了眼睛。她在做什麼？她相信尚恩。還有蜜雪兒。

然而，她覺得自己好像肚子被踢了一腳。

她不想呼吸，不想在這個難聞的房間裡呼吸。這裡的空氣似乎充滿了惡意。

她讓自己再試一次。「我在亞利桑那，」她說。「我飛來為德瑞克的預審作證，但是……」

「我現在正在看新聞。」蜜雪兒說。「天啊。」

尚恩的聲音從遠處傳來，「怎麼了？雪兒，你沒事吧？」

凱特琳靠在桌上。尚恩和蜜雪兒的親近——一直以來，那應該都很明顯。當她住在加州的時候，情況並不一樣。她每天都和尚恩在一起，每週都會和蜜雪兒一起跑步兩次。只有在接送莎笛回家的時候，才有可能遇到潛在的尷尬時刻。

現在，她不住在加州。

她在匆忙之中搬家來到了東岸。逃走的人是她。是啊，為了一生難得的工作機會。然而，遠離城市，一路來到維吉尼亞的人是她。

她現在的立場是什麼？她不知道。不過，她顯然處於一個家庭的組合之外，這個事實清楚地讓人心痛。

蜜雪兒說：「真是個噩夢。你沒事吧？」

「精疲力盡。」暴風雪刺骨的寒意不肯放過她。「我只是想要說嗨。等你不這麼忙的時候，我再打給你。」

「凱特——」

凱特琳掛斷了電話。

㊽魯米諾（luminol）又稱發光氨，是發光化學試劑，與適當的氧化劑混合時，會發出引人注目的藍色光。被廣泛使用在刑事偵查、生物工程等領域。

48

汽車旅館停車場裡的燈整晚都亮著，病態的黃色光暈透過窗簾縫隙溜進了房間裡。清晨三點鐘，凱特琳清醒地躺在床上，她的頭在發脹，全世界所有令人憂心的事全都爬進了她的腦袋裡，彷彿一堆蜈蚣一樣。

她打開燈。從床上坐起來。環抱著自己的膝蓋。

在這個時間點，她沒有辦法打電話給任何人。她不想打開電視。狂風正在戶外咆哮。

蜜雪兒今晚在尚恩家過夜嗎？

「不要再想了。」她大聲地說。

她知道那不可能。她知道蜜雪兒早就對尚恩的肉體失去了興趣。對該死的尚恩．羅林思、對他那六呎二吋（一八八公分）身材所有的部分、他那洗衣板似的腹肌，以及粗暴且毫不矜持的性愛偏好，完全都不再感興趣。

她下了床。房間裡很冷。她的戰士T恤和睡褲在山中的夜裡顯然過薄。她拿出她的筆電。她知道這是一個錯誤，這只會將她深深地吸入她對夜晚的執念和長期的恐懼，但是，她還是打開了電腦。

她強迫自己專注在這個案子上，她在腦子裡想著：莉亞．法克斯。

如果凱爾．德瑞克真的到了奧克拉荷馬，並且殺了艾倫．葛吉的話，那麼，莉亞就相對安全，因為那表示德瑞克逃向了東邊，以飛快的速度遠離鳳凰城。不過，如果不是德瑞克幹的——如果殺害葛吉另有其人的話……

她揉了揉眼睛。

如果德瑞克不是殺害艾倫．葛吉的人，那他就有可能在其他的地方。

黎明很早就穿透了窗簾。凱爾．德瑞克在路邊的汽車旅館裡睜開了眼睛。

他舒適地伸展著四肢，享受著舒服的床墊和柔軟的枕頭。乾淨的床單和溫暖的棉被在他赤裸的皮膚上感覺如此滑順。幾分鐘之後，他爬下床。從窗戶邊窺視出去。熱氣在停車場的地面上閃爍，沙漠的太陽已經開始在盡它的本分了。高速公路對面，樹形的沙漠仙人掌矗立在棕色的岩石地上，宛如觀光宣傳手冊上的道具一樣。沙漠看起來無邊無際，一直延伸到了紅土的山丘，然後又一路蔓延到了山丘後面的地平線。歡迎來到亞利桑那的安森。

他露出一絲微笑。

他把窗簾放下來，大字形地坐在床上，轉開晨間新聞。

瞧瞧那則新聞。

他把音量開大。「……依然沒有凱爾．德瑞克的蹤影，德瑞克在週四上午逃離了克萊因科法院。」

那是來自現場的實況報導。那名記者是個拉丁男子，穿了一件臃腫的滑雪外套，還戴了一頂有鳳凰城電視台標誌的帽子。他的語氣聽起來很嚴厲，一副氣勢洶洶的模樣。這些當地的無名小卒還真的把自己當一回事。那名男子拿著一支麥克風，站在克萊因科外圍高速公路那場大型交通事故現場的前方。救險車正在清理還殘留在路上的最後幾輛車。

德瑞克在想，這就好像在保齡球球道上扔出了一記好球。他們全都像保齡球瓶般地倒下了。

新聞報導轉換到一段檔案素材，那是媒體在他預審那天於法院拍攝到的畫面。他用手肘支撐在汽車旅館的床上，看著他自己。或者應該說，看著在他把頭髮剃短、換上看似卡車司機的衣服以前所存在的那個凱爾．德瑞克。在電視螢幕上，他看起來很鎮定。即便和那群渾身發臭的罪犯一起站在法庭裡，他也顯得高人一等。他的下巴揚起。他看起來正義凜然。他讓所有的人看到了他所承受的不公正是站不住腳的。

而他也沒有讓那樣的不公正站住了腳。他回復了笑容，這回笑得更開了。

他覺得不可思議。他自由了。

那則新聞報導追溯了他逃跑的路線，只見那名記者指著法院防火梯所在的側門。地上的積雪被踐踏得亂七八糟，根本不可能追蹤到任何腳印。新聞團隊訪問了克萊因科那些吃驚且屏息的鎮民，還有對他的逃脫大感興奮的法院粉絲。

他試著不要大笑出來。這真讓人感到愉快。

新聞切換到主街上的一間酒吧。一個當地的樂團寫了一首歌，名叫〈凱爾．德瑞克的芭蕾〉。那則報導給了正在台上大聲合唱的樂團一個簡短的鏡頭。然後，那名記者就將鏡頭切回了攝影棚裡。

在棚裡，那些化了妝、穿著廉價西裝的晨間新聞主播在攝影棚的燈光底下搖了搖頭。

「這太過分了。」一名頭髮上噴了髮膠的女人抱怨地說。

「這聽起來很有趣，不過，德瑞克很扭曲。」一個男子說。

「真是可怕的時代。」某人說。他們說他病態。說他危險。他們一個個都緊抿著嘴。

他咬著牙。他想要從屋頂上大吼，說他贏了。他從法院逃出來了。他智取了那些懦弱無能的FBI。

一股熱流在他的胸口燃燒。一股需求。一陣憤怒。

他站起來。艾倫．葛吉的死還沒有登上新聞。當它被報導出來時，那將會讓這些小丑都閉上嘴。他握緊拳頭，然後又鬆開。他想要攫取一把刀。攫取一個生命。

他在房間裡來回地走動。

有人對FBI舉報了他。他之所以知道，是因為凱特琳．韓吉斯在說明為何以重罪逮捕他的書面證詞裡，曾經提及了一個秘密線人。一個告密者。

自從被關進監獄以來，他就一直要弄清那個告密者是誰。某個工作上認識的人？教會的人？不可能。他一直都很小心。不可能是任何來自奧斯汀的人。那就表示是他過去認識的人。

他曾經在什麼時候不夠小心？在大學時代。誰曾經看到過他的弱點？艾倫．葛吉。葛吉是唯一一個知道他對白色睡衣有什麼情結的人。一定是他。那個酗酒的混蛋對他、對他的生活、他的需求完全不在乎。沒有其他人能夠那麼輕易地把他的事透露給FBI。

在葛吉的家被闖入之後，他更確定了這點。因為他現在有了更多的訊息。他拿到了葛吉的手機通訊紀錄。那支手機是在葛吉倒地之後從他的口袋裡被取走的，而那支手機也讓他知道了一個很有趣的故事。它告訴了德瑞克，達莉亞一定和這件事有關。

德瑞克停下腳步，儘管他渾身赤裸，他依然可以感覺得到那股排山倒海而來的熱流。他握緊拳頭，隨即又伸展了手指，彷彿爪子般地伸張著他的十指。他走向浴室，凝視著鏡中的自己。

達莉亞。

在某種程度上，他完全不在乎她。即便達莉亞註定是他的。過去，當她對他的妙語開懷大笑時，他曾經在她的身上看到這個事實。他看到她無法把眼光從他身上挪開。

以及她屈服在他誘惑底下的模樣。那曾經是那麼完美。

然而，她卻拒絕了他。說那是一個錯誤。說他不成熟、自私，叫他不要再煩她。她看著他的樣子彷彿他是一個輸家。

他，不成熟？

他放火燒了那間公寓，然後救了她。

他，自私？他是一個英雄。

但是，她卻不想再和他有任何牽扯。因此，他寄了一些微妙且具有威脅性的卡片和禮物給她。他，輸家？他曾經那麼熟練地跟蹤她，以至於她根本不知道那就是他。他曾經具有那麼大的操控力。去他的。達莉亞對他來說什麼也不是。

給我一把刀。

他的手機在臥室裡響了，那支放在他的肯德基午餐盒裡，被偷渡到他牢房裡的拋棄式手機。有人傳來了簡訊。他靠在浴室洗手台上，打量著他自己。

是啊，他智取了他們所有人。

他帶著厚厚的一疊現金逃離了克萊因科。在來到亞利桑那之前，他已經從他奧斯汀銀行的保險箱裡取出了那筆錢。在他被捕之後，他企圖要說服艾瑪把錢偷偷帶進監獄給他，說他在監獄裡需要用到那筆錢。她心不甘情不願地在極度的緊張下幫了他。而那也變成導致艾瑪棄他而去的最後一根稻草。

算了。雖然艾瑪向來很體貼，小艾希莉也很崇拜他，不過，艾瑪顯然不會為了他而奮戰到底。到頭來，她還是一無用處。

這也沒有什麼損失。他現在有了來自一個忠實粉絲的最新助力。某個沒有拖油瓶般的孩子、而且不管他提出什麼要求，都熱切為他完成的人。一個和他一樣痛恨法律、並且視他為不同凡響、崇拜著他的信徒。

某個會追隨他的人。

他轉向側面，評估著令他滿意的上半身，然後走回到床頭櫃旁邊，打開了那則手機簡訊。

哈，他心裡在想，真是想不到。

他關掉電視。在沖完澡之後穿好衣服，拿起一條毛巾把房間裡所有東西的表面都擦拭過。他拿起那把和手機一起被偷渡到監獄裡的鑰匙，離開房間，走向他的車子。在克萊因科的時候，那輛車就停在距離法院幾條街的地方，等著他隨時去開走。他啟動引擎，朝著南邊駛去。

那則簡訊上寫著：鳳凰城。

就在四十哩之外。

49

新聞怎麼都不肯閉嘴。廚房的電視、臥室的電視、莉亞．法克斯車裡的收音機，全部都在播報這則新聞。早上六點半，她的香菸抽光了，於是，她去了一趟7-11，在匆匆趕回家的路上又聽到了收音機裡傳出的報導，這則新聞真的是無所不在。德瑞克。德瑞克。德瑞克。

克萊因科酒吧樂團的那些傻瓜以為凱爾．德瑞克是比利小子[49]。臉書團體也都失控了。有些評論員認為凱爾的越獄是自洛杉磯警方在高速公路上追逐O.J.辛普森的事件之後，最令人興奮的事情。他們還張貼了他的照片。以及他們自己和他緊抱在一起的圖畫。他們也張貼了斜線小說[50]。其中有些描寫凱爾綁架並且報復了那名逮捕他的FBI探員，而那名探員——在故事的結尾——達到了她生命中最大的高潮。大部分的故事都以作者自己為主角，描寫他們和這名逃犯一起逃亡，在海邊過著永無止境的纏綿日子。只要有人對凱爾的清白表達質疑，就會招來一片叫罵，並且被斥為異教徒和賤人。

[49] 比利小子（Billy the Kid）原名亨利．麥卡蒂（Henry McCarty, 1959-1981），是美國舊西部的法外之徒和槍手。據說他曾經殺害過21個人，並在21歲時遭到槍殺而亡。據稱他大部分的時候都很優雅友善，因此具有「惡名昭彰的歹徒」和「深受愛戴的人民英雄」兩種截然不同的形象。

[50] 斜線小說（slash fiction）是同人小說的一種類型，通常涉及虛構人物或名人之間的同性浪漫或性關係。

人們到底怎麼了？

上午十點鐘，在打電話請了病假之後，莉亞抽完她的第二包香菸，捻熄一根香菸屁股，然後從緊張不安的不知所措突然付諸瘋狂的行動。她從走廊的櫥櫃裡拉出一個行李箱，發了瘋一樣地開始打包。她在行李箱裡塞滿衣服、化妝品、一整個架子的醫生處方藥品、足夠替換兩週的內褲，以及一瓶夏布利白葡萄酒之後，將那只帶輪子的行李箱拖進起居室。她發了簡訊給她妹妹艾蜜莉。然後環顧四周。她不知道自己會離開多久。她又把行李箱的拉鍊拉開，從牆上和茶几上拿下照片，盡可能地多塞幾張到行李箱裡。當她重新拉上拉鍊時，箱子已經鼓起來了。

她從走廊的櫥櫃裡拿出貓籠，然後咋了咋舌，直到拉鍊發出喵喵聲，從客房裡小跑出來。她把拉鍊趕進籠子裡，噓了幾聲，然後將籠子放到她的車上，再回來拿她的電腦包和行李箱。

她把行李箱拉過門檻。然後站在前門的台階上看著四周。又一個鳳凰城的豔陽天，晴朗無雲、乾燥又荒蕪。她鎖上公寓的門，笨手笨腳地握著她的鑰匙，突然，她的手機響了。

區域號碼是580。林康，好。

是艾倫。

她的手還放在鑰匙上，而鑰匙也還插在鎖孔裡，她停下動作，既感到焦慮，又覺得鬆了一口氣。並且，坦白說，也對這兩種情緒感到了錯愕。

直到兩週以前，她都無法想像會再度和艾倫說話。她逃離大學，因為她以為艾倫是個心理變態的跟蹤狂。她搬到了亞利桑那。她躲開了他。然而，那個心理變態的跟蹤狂，那個她害怕了那麼多年的人，並不是艾倫。完全不是。

兩週前，當凱爾・德瑞克被捕的時候，她的世界撼動了。她原本以為自己所知道的那些事，竟然是個謊言。那就好像有一把大鐮刀橫掃了她的過去，將她的過去砍斷，暴露出了一個全然不同的風景。

因此，她打了電話給艾倫。清除了隔閡。填補了那些空白。

她得悉他過去十七年的生活——聽到他在軍中的歲月、他如何失去視力的可怕故事，以及發現他有了一個妻子——那讓她感到了天旋地轉。她甚至得承認，在他告訴她說他有一段幸福的婚姻時，她感到了一陣悲痛。他的聲音依然如昔。不過聽起來更清醒、更低沉，也更成熟。她試著要說服自己對他告訴她的一切感到高興。知道了真相，並且告訴他說她對懷疑他做了他沒有做的事情感到抱歉——那麼做讓她頭頂上的一片烏雲消散了。

不過現在，凱爾從監獄裡逃了出來。艾倫一定和她一樣擔心。他還有一個小女兒……她的心揪在了她的胸口。

她把電話放到耳邊。「艾倫。」

沒有聲音。電話依然在線上；她聽到電話那頭有一些雜音。車流。

「艾倫？哈囉？」

她把電話從耳邊拿開，檢查著螢幕。電話是連線的。

當她看著螢幕上的顯示時，電話震動了一下，另一通電話打了進來。這次的區域號碼是

804。匡提科，維吉尼亞。是FBI。

她說：「艾倫，等一下……」

一道影子籠罩在她的肩膀後面。她身後的空氣溫度涼了下來。她轉過身，在一眨眼的瞬間看到了一抹高大的剪影。一名男子，雙臂大開，彷彿要給她一個擁抱一樣。然而，他的右手拿著一把輪胎扳手，那把扳手正疾速地向她掃過來。一記重擊落在她的頭側，讓她直接撞上了已經關閉的公寓大門。

50

凱特琳掛斷電話。還是語音信箱。她無法聯繫到莉亞．法克斯。在克萊因科城市廣場的一家速食店裡，女服務生把一個棕色的紙袋放在櫃檯上，讓櫃檯上的咖啡杯震動了一下。

「好了，親愛的。」

凱特琳從她的牛仔褲口袋裡掏出零錢。那個紙袋還很燙：兩個煎蛋三明治，兩杯大杯的熱咖啡，還有收銀台旁邊那只碗裡最後的幾顆蘋果。店外，天空藍得讓人心痛，彷彿在對這個城鎮遭到暴風雪襲擊說抱歉。民眾也忙著在鏟雪。

那名女服務生把一支鉛筆插在她往上梳的馬尾上。「你們要離開了？」

凱特琳把現金拿給她。答非所問地咕噥了幾句。她不需要讓本地的人緊盯著她們團隊進出的動態。德瑞克已經把這個地區的執法方式研究得很透徹了。

不過，她還是對女服務生笑了笑。她需要咖啡。她的睡眠不足。她不想再去思考蜜雪兒和尚恩一起喝酒的事情。

那名女服務生叮地一聲打開收銀機，從抽屜裡抽出紙幣。「你們要去找他嗎？」

「我們是這樣打算的。」

那名女服務生把零錢遞給凱特琳，面無表情地說：「很好。」

凱特琳拿起那個紙袋。「不用找了。」

她推開店門，走進白茫茫的雪裡，整個世界只剩下一片刺眼的藍色和白色。她的呼吸在空氣裡化成了裊裊上升的霧氣。雷尼把她們的Suburban停在路邊等她，讓車子繼續暖車。凱特琳跳上那輛SUV，把她們的早餐放在中控台上。

「還是沒有接聽，」她說。「莉亞打電話請了病假，但是她家裡電話卻沒有人接。她也沒有回我的簡訊或者電子郵件。」

「你覺得她是故意不回應嗎？」

「有可能。不過，感覺怪怪的。」

在她們的頭頂上方，一架州警直升機嗡嗡地飛過城市廣場，朝著東邊的山頂而去。克萊因科警方和州騎警正在攀越山頭。他們沒有發現德瑞克的蹤跡。鎮上沒有人報警說車子被偷。也沒有人報警說有人闖入民宅，雖然有些偏遠山區的房子都只作為度假之用，在非週末期間通常都沒有人住在裡面，而且警方也還沒有去搜查過。

如果德瑞克在過去兩天的暴風雪中露宿在外，只是穿著一件粗花呢外套和牛仔褲的話，他一定已經死了。然而，凱特琳不認為他會露宿在外。

雷尼把車開上路，地面上的積雪在她們的輪胎下發出清脆的聲音。那場連環車禍的現場終於清理完畢，不過，路上大部分的積雪卻依然存在。她們開往FBI在鳳凰城的駐地辦事處。艾默里奇還留在克萊因科警察局，幫忙協調搜尋德瑞克的行動。他計畫與她和雷尼在鳳凰城碰頭。凱特琳估計，他的資源豐富，應該可以弄到雪地摩托車離開，或者可以徵用一頭馴鹿。

「道路積雪，我們有辦法可以開離這裡嗎？」她問。

雷尼把車開到街上，SUV的車尾在路面上晃動。她點了點頭，駛過城市廣場。「他們。」在她們前方，一列鏟雪車就排在高速公路的路肩，黃色的警示燈不停地在旋轉。雷尼把車開到它們後面，閃了閃車頭燈。凱特琳露出一抹微笑。開路先鋒隊。

那些鏟雪車以每小時二十哩的車速，帶領著她們開出了克萊因科，一路將路中央的積雪鏟到路肩，拋出了一道又一道白色的圓弧線。在緩慢地開過十二哩之後，凱特琳試著再次撥打莉亞·法克斯的電話。

「還是沒人接。」她說。

雷尼一直等到路況改善了，才開始吃她的早餐。她從那只棕色的紙袋裡取出已經涼掉的三明治。「打給鳳凰城的警局，要求他們開車過去看看。」

這似乎有點過分小心了，不過其實並不是。高速公路往下降成一條斜坡，她們終於來到了積雪已經被清乾淨的一段路。雷尼再次閃了閃頭燈表示謝意，隨即繞過鏟雪車的隊伍，加速而去。覆蓋著厚厚一層雪的松樹從車窗外疾馳而過。凱特琳撥打了電話到鳳凰城警局。

在她提出要求的二十分鐘之後，鳳凰城警方回電了。她面無表情地聽著，然後掛斷了電話。

「巡邏車按照要求，順路去了莉亞的公寓大樓社區。她的車停在她公寓外指定的停車位上。但是她並沒有應門。」

雷尼看了她一眼。「他們進屋了？」

「貓被關在貓籠裡，放在她車子的前座，在不停的喵喵叫聲中扒著籠子想要出來。他們在花床裡發現了莉亞的鑰匙。公寓大樓的管理員讓警員進屋。但沒有人在家裡。」

她們正在鳳凰城南邊二百哩之處。雷尼把她剩餘的三明治塞回那只棕色的紙袋，然後讓時速表飆到了每小時八十五哩。

當凱特琳和雷尼抵達那座鳳凰城的公寓大樓時，氣溫已經高達華氏七十五度（約攝氏二十四度），金色的太陽正在她們的頭頂上方燃燒。現場的警察都穿著短袖。兩輛警察巡邏車和一輛沒有標示的警探車停在莉亞．法克斯的公寓外面。

凱特琳和雷尼脫掉外套，大步走到人行道上。莉亞的公寓並沒有面對大街。焦慮讓凱特琳的胃湧起一陣胃酸。

雷尼環視著整座社區。「要在非週末近午的時間抓住她很容易，因為開車送孩子上學的時段已經結束了，而她大部分的鄰居也都已經在上班了。」

她們出示了她們的證件，穿著制服的警員立刻就讓她們進入屋裡。

雷尼在公寓的門內停下腳步。「是啊。她正準備逃走。」

只見走廊上的櫥櫃打開，裡面掛著空蕩蕩的衣架。牆上的照片已經不見了。只剩下灰塵的痕跡和掛照片的鉤子。顯而易見地，莉亞在準備離開這座城市的時候被抓走了。

凱特琳氣餒地搖搖頭。「德瑞克是開車離開克萊因科的。他不是走路離開的。」

「搭便車，或者從一間度假屋偷了一輛車之類的。」

雷尼走到一張茶几旁邊。茶几上還留有幾張照片，全都正面朝下地蓋在桌上，彷彿是在莉亞匆忙收拾之間被撞倒的。

「他是怎麼找到她的？」凱特琳說。

鳳凰城警探在這個時候走了進來。

凱特琳問：「有目擊者嗎？」

「我們正在詢問社區的人。我們也會把附近的監視器錄影帶調過來，看看是否可以發現什麼。」

雷尼把茶几上的照片放好。「韓吉斯。」

她拿起其中一張照片。裡面是莉亞和一個活潑的少女，兩人笑容燦爛地緊緊擁抱在一起。相框上寫著：母親節快樂。愛你，艾蜜莉。

「她有一個女兒。」雷尼說。

「天哪。」凱特琳的雙肩往下沉。「我知道她在隱瞞什麼，但萬萬沒想到是這個。」

雷尼的寒意降到了零度以下。「如果德瑞克發現的話，他可能會訴諸某種原始的衝動。我們有麻煩了。」

51

心理變態者會展示出原始的嫉妒。他們不只渴望他們想要的東西。當別人擁有他們渴望的東西時，他們也會憎恨那個人。如果一個心理變態者得不到他想要的東西，他就會毀了它。

凱特琳知道，心理變態者鄙視一切和愛有關的東西。暴力的心理變態者會殺害吸引他們的東西。

「在冷血[51]裡，」當她們走向FBI的鳳凰城辦事處時，雷尼說道。「兇手槍殺了四個人，基本上是因為被害人是一個幸福的家庭。兇手無法忍受自己所感到的那種強烈的嫉妒，因此，他們就摧毀了這些被害人。」

德瑞克一直都在殺害莉亞．法克斯的替代品，而莉亞就是他無法承受的那個慾望。多年來，她一直都是他憤怒的主要目標。但是現在，他們得要假設他已經發現了她有個女兒。

「他那股想要摧毀的渴望不會在莉亞身上宣告結束。」凱特琳說。

「他會企圖殺了她所愛的一切。」

鳳凰城辦事處位在一棟由石頭和藍色玻璃築成的現代建築裡，外面還圍繞著一圈鐵柵欄。凱特琳找了一張空桌，面對著樹形沙漠仙人掌、閃爍的車流，以及被棕色山脈切割成鋸齒狀的地平線。她聯繫了匡提科的尼可拉斯．凱斯，請他幫忙尋找莉亞．法克斯的女兒。雷尼則在開放式辦公室的另一頭與亞利桑那的州警通電話，調整著搜捕德瑞克的計畫。明顯地擴大了行動。

宣言式的殺戮。這個念頭宛如一把鋼刀在凱特琳的腦海中劃過。

艾默里奇也到了，他依舊穿著他那雙登山靴。陽光斜射進窗戶，映照在他的眼睛上。「關於稍早發生、有可能是德瑞克犯下的那幾起襲擊事件，我們剛剛收到了兩個消息。」

雷尼結束她的通話走過來。只見艾默里奇開啟了一個螢幕畫面。

「德瑞克的DNA將他和七年前發生在路易斯安那州的一宗性侵案連結在一起。還有五年前在德州拉雷多外圍被發現的一具無名女屍案件。」

他調出一張在停屍間裡拍攝的那名被害女子的照片。年輕、白人、鮮血流盡。凱特琳感到手指一陣刺癢。雷尼則緩緩地吐出了一口氣。

「她也在那些拍立得照片裡？」凱特琳說。

艾默里奇點點頭。「我們會發布那張照片。希望能有人出面指認。」

獲得實證——從具體證據得到了連結——應該很令人興奮才對。然而，在德瑞克消失的情況下，他們卻都沉浸在一片沉重的緘默裡。

艾默里奇看了看手錶。「我在飛往奧克拉荷馬之前還有兩個小時。我們現在都知道些什麼？」

51《冷血》（*In Cold Blood*），美國作家楚門．柯波帝（Truman Capote）於1966年出版的非虛構小說，詳述1959年發生在堪薩斯一座農場的滅門血案。曾經數度被改編成電視和電影，入選藍燈書屋「百年百大經典文學」、美國書評家協會「20世紀最偉大圖書」，並榮獲愛倫坡獎。

凱特琳吸了一口氣。「莉亞．法克斯一個人獨居。她租那間公寓已經有四年了。管理員說她從來都沒有室友，更別說有個女兒住在那間公寓裡了。」

說著，她把莉亞和那個少女的照片遞給他。「我們會找到她的，可是……」

他研擬著那張照片。那是一處崎嶇不平、毫無長物的海灘，背景還有一座點綴著冷杉的懸崖。「這是在距離鳳凰城很遠的地方拍攝的。也許是度假的時候拍的。或者，這個女孩不住在本州。」

凱特琳點點頭，嘴唇緊抿。

艾默里奇把照片交還給她。「法克斯不讓我們知道這件事。她竭盡全力在隱瞞。」

凱特琳覺得自己的雙頰漲紅了。她心裡在想：也許這個女人有什麼不得不這麼做的理由？

「莉亞嚇壞了，」她說。「然而我卻告訴她說，他不會去找她。」

「我們正在調查他是怎麼發現她的身分的。在德瑞克為了準備他的預審而接觸到的任何文件裡，都沒有出現過她的名字。我們的團隊在克萊因科時，也沒有人提到過她的姓名。我們並沒有資料外洩。然而，不知道為什麼，他不只聯想到她，而且還查到了她家的地址。」

「州警也知道了。」雷尼說。「我剛剛和鳳凰城警局很快地通了一個電話。莉亞的一個鄰居今天早上看到一輛陌生的車子停在靠近莉亞家的地方。藍色的，『日本車』。警察正在把那個社區方圓一哩之內的監視器錄影帶都調出來。」

「很好。」艾默里奇說。

那些動作都需要時間。不少的時間。凱特琳用手指掠過自己的頭髮。

艾默里奇轉向牆壁上一幅美國地質調查局的巨型亞利桑那州地形圖。「在艾倫・葛吉被殺之後那麼快就抓走了法克斯——但是，這兩個地方卻相隔了三個州？」

「是啊，」雷尼說。「德瑞克是怎麼辦到的？」

凱特琳的筆電發出了聲音。她轉向桌子。螢幕上是匡提科的尼可拉斯・凱斯。

他近距離地傾靠在螢幕前面。他把他臉上那副厚重的鏡框推到鼻子上方。

「找到你要找的女孩了，」他說。「那個女兒。」

凱特琳的聲音突然提高。「在哪裡？」

「艾蜜莉・艾琳・哈特，」凱斯說。「十七歲。她是奧勒岡波特蘭格林斯平大學大一的學生。」他按著鍵盤。「我現在把她的個人資料發給你。」

凱特琳打開凱斯發過來的檔案。她看到了那張母親節照片裡的少女。棕色的捲髮、生氣勃勃的雙眼和自信的氣質。那張大學學生證的照片笑得十分燦爛。

「謝謝你，凱斯。我不知道你是怎麼辦到的，不過謝謝你。」

「魔術。」凱斯抬起目光。「提醒你一下，在你斷線之前——記得那段德州電影院的監視錄影帶嗎？」

「勁爆美式足球。」

「我有告訴過你，那個軟體在那段影像裡標示出了一些奇怪的記號嗎？我不知道要怎麼理解這件事，不過，我已經把模擬狀況運算了九十次，所以我很確定。當那個不明嫌疑犯穿過複合電影院的大廳，準備要攔截被害人的時候，群眾裡有人一直在盯著那個不明嫌疑犯。」

「什麼？」凱特琳說。

「錄影帶裡有另外一個人，只能斷斷續續地看到——比較矮，看起來像個女人——這個軟體顯示出她會調整自己的位置，讓她一直都看得到那個不明嫌疑犯。」

「她的腳下也有一個彩色的圓圈？」

「紅色的。我會再看看我能怎麼做，」凱斯說。「如果你需要更多的資訊，就讓我知道。」語畢，他用鉛筆尾端的橡皮擦敲了一下鍵盤，結束了連線。

凱斯的消息讓凱特琳感到既困惑又好奇，她拿起電話打到波特蘭。

艾默里奇說：「你得讓艾蜜莉知道要怎麼做……」

「如果莉亞或者德瑞克聯繫她的話，她應該要怎麼做。我會的。」

艾默里奇用指關節輕叩著桌面，然後走向房間另一頭的雷尼。凱特琳找到了波特蘭警局的電話號碼。

凱特琳和波特蘭警方通過話之後，撥給了艾蜜莉．哈特。電話響了幾次，那個女孩才接了起來。

「喂。」電話那頭傳來一個少女氣喘吁吁的聲音。

卡特琳把電話轉成免持聽筒。「艾蜜莉．哈特？」

「你是哪一位？」

「特別探員凱特琳．韓吉斯，FBI。」

艾蜜莉震驚的沉默讓凱特琳聽到了電話那頭的背景裡有練習運動的聲音。某種戶外運動。然後有一聲哨音響起。

「什麼？FBI？什麼？」

凱特琳早已學會要如何用最實事求是的方式說出壞消息。特別是在電話上，當你沒有機會當面抓住對方的注意力時。直接了當地說出來。然後閉嘴。確定對方了解你的訊息。然後聆聽他們的反應。

「你母親失蹤了，艾蜜莉。我們認為她被綁架了。」

艾蜜莉的聲音轉為尖銳。「喔，我的天。」

背景又響起一些喊叫聲。隨即是一道歡呼，然後是狂奔的聲音。

「你確定嗎？」艾蜜莉說。

「確定。」凱特琳回答。

艾蜜莉幾乎喘不過氣來地說：「莉亞簡訊我說她要出城。她說，等她上路之後她會再向我解釋。她聽起來很……喔，我的天哪。害怕。」

另一個聲音，一個明亮的女高音在背景響起。「小艾？怎麼了？」

艾蜜莉蓋住話筒。「告訴教練我會……喔，天啊。」

凱特琳說：「艾蜜莉？」

「事情不妙，」艾蜜莉說。「喔，我的天。」

「你叫你媽媽莉亞？」凱特琳問。

「什麼？莉亞。我是……喔，老天。」她似乎吸了一口氣。「我……很抱歉。莉亞是我的生母，我是說，她是我媽媽，但我是被我祖父母養大的。莉亞的父母親。我成長的過程中一直以為她是我姊姊。一直到幾年前，我才發現莉亞是我的生母。在我高中的時候。」

這讓凱特琳明白了莉亞是如何企圖要對FBI隱匿她有一個孩子的事實。

艾蜜莉說：「她很年輕，還沒準備好要有孩子。她曾經有過一段很艱苦的時光，她的男友……」她倒抽了一口氣。「喔，我的天，是他？那個傢伙？」

艾默里奇走了過來。

艾蜜莉的聲音破了。「我要到鳳凰城幫忙你們。我明天就可以到那裡。」

艾默里奇搖搖頭。然後在一張便條紙上寫下：德瑞克也許正在指望這個。埋伏著等她出現。

他開了口：「艾蜜莉，我是主任探員希傑．艾默里奇。FBI和鳳凰城的警方都在尋找你母親。不過，你最好留在奧勒岡。」

「我們得要找到她。」

「那是我們的工作。你需要留在原地。波特蘭警方和校園公共安全部門會就人身安全的問題和你聯繫。」

「人身安全問題。」艾蜜莉的聲音聽起來突然老了十歲。「你認為這個人也會來找我？」

凱特琳接口說：「有可能。現在，我們沒有證據指出他知道你在哪裡。不過，他非常非常的危險。我們要你採取一切可能的預防措施。」

「我明白了。」

又一聲哨音響起。

凱特琳說：「你在哪裡，艾蜜莉？」

「我在練習橄欖球。」

凱特琳再看了一眼這個女孩的學生證照片。她看起來很結實——不過還沒有強壯到足以阻截對方球員。

凱特琳說：「等練習結束時——」

「我會讓教練陪我走到我的腳踏車……」

「不行。」

「對。我會讓教練和兩名隊友陪我回家。」

「那就對了。」

隨著每一句話的溝通，艾蜜莉似乎開始了解事情的嚴重性。她雖然深受震撼，但是，她聽起來很理智，也很穩定。

「你一回到家之後，就不要再開門。」凱特琳交代。

「我向你保證，除了警察，我不會對任何人開門，也不會在沒有人護衛下獨自走過校園。」

「很好。我們會讓你知道我們是不是有什麼最新的消息。」

「趕緊找到莉亞。」艾蜜莉說。

「我們正在盡一切的努力。」

凱特琳掛斷了電話，那個女孩很安全，而且已經有了警戒，這讓她鬆了一口氣。但是，他們還在竭盡全力要重新逮捕德瑞克。每一分鐘的流逝都宛如沙漏裡正在往下掉落的沙子一樣。

52

週六，太陽高掛在距離科羅拉多河以東四哩的US九十三號公路上方。高速公路穿越了蒼白的沙漠，彷如一道黑色的線條。公路上空蕩蕩的。只有灌木蒿叢在風中顫動。

那輛Corolla停在高速公路的路肩，引擎蓋高掀。車子的駕駛靠在車側，雙臂交叉，引頸眺望著道路。終於，一輛皮卡從東邊爬上了坡路的頂端。時間是正午時分。

那名年輕的女子伸出了她的拇指。

皮卡從她身邊呼嘯而過，揚起一片灰塵。她張開雙臂，彷彿在說，*老兄，這是幹嘛？*

不過，五分鐘之後，終於有一輛藍色的速霸陸跨界休旅車緩緩地經過，然後停了下來。她跑向那輛車。

保險桿上的一張貼紙寫著，*歡迎詢問我的鷹級童軍故事*[52]。坐在方向盤後面的男子看起來很友善，也很能幹。他把乘客座的車窗降下來。

「需要我幫你看看引擎嗎？」

[52] 鷹級童軍（Eagle Scout）是美國童軍的童軍階段計畫中所能拿到的最高成就或進程。只有4%的美國童軍在經過漫長的審核過程後才能晉級。

她搖了搖頭。「風扇皮帶壞了。只要載我到最近的加油站就可以了。」

男子瞄了一眼後視鏡，然後轉過頭看了看她的車子。收音機的聲音在他的速霸陸裡震天價響。她聽到新聞播報裡的幾個字。男子按下收音機的開關，直接讓收音機閉上了嘴。

那則新聞是關於發生在克萊因科的越獄事件。

男子苦笑了一下。「你很聰明，知道要擔心，不過那不是我。我是一名下了班的警察。」說著，他從身後的口袋裡掏出他的皮夾打開，讓她看到裡面的警徽。

那枚警徽很亮眼，上面那顆星星看起來也很正式。

她把她的手放在窗框上。他似乎很真誠。她挺直背脊，朝著東邊看了看，然後又望向西邊。一輛大貨車疾馳而過，隨即在駛過坡路頂端之後消失了。也許不會有另一個機會了。

「嗯，好吧。」她跳上車。「我很感激。」

他閃著方向燈，讓車子重新上路。後視鏡上一個松樹形狀的空氣清新劑也跟著來回搖晃。車子的後座堆滿了露營用具。

「抱歉，車子裡很亂，」他說。「我正要去拉斯維加斯，不過，我可以把你在博德市放下來。如果你不介意和我一直開到內華達的州界。」

「沒問題。我很高興車子裡很暖和。外面的風太刺骨了。」

她把她的一頭金髮甩到肩膀後面。「我還不知道你的大名。」

他加速踩下油門，然後轉頭看著她。她伸出手企圖要和他握手。

一副手銬突然映入眼簾，剎那間緊緊地銬上了。

在林康，暴風雪終於停止了。奧克拉荷馬的平原一片雪白，樹梢的冰也在閃閃發亮。艾默里奇把車開上艾倫．葛吉家樹木繁茂的碎石子車道。一輛警察巡邏車和一輛郡方的罪證化驗室廂型車已經停在了屋外。他下了車。一名穿著林康警察局外套的男子從屋裡走出來和他打招呼。

「帕契科副警監。」艾默里奇說。

那名男子脫下橡膠手套，和艾默里奇握了握手。「犯罪現場小組已經快要完成他們的工作了。歡迎你來檢視。任何有助於我們追蹤殺害艾倫那個混蛋的建議，也都歡迎你提出來。」

艾默里奇從他的車裡拿出一只鋁製的手提箱，隨即跟著帕契科走進屋裡。房子很小，不過卻很整齊，乾淨俐落的動線很適合眼盲的屋主。或者說曾經很適合。廚房的地板上，一道濃濃的血跡標示著那名退伍軍人死去的位置。

艾默里奇讓自己熟悉著房子裡的動線。「襲擊事件發生之後，有什麼東西被移動過嗎？」

「沒有。根據艾倫告訴我的，以及我們對血跡路徑的追蹤看起來，他是在走廊上和兇手對抗的。」帕契科比劃了一下。

艾默里奇立刻就看出來了：葛吉守住了底線。那名攻擊者沒能越過他去找到他的女兒。

「葛吉告訴你說他割傷了那個兇手。」他說。

「他感覺到刀子劃過肌肉。他會知道的。他曾經受過近距離戰鬥的訓練。」帕契科看了廚房裡的血跡一眼。「艾倫奮力地對抗。真的很拚命。」

艾默里奇走向走廊。硬木地板上的血跡已經變乾，留下了漩渦般的污漬，這證明葛吉和兇手曾經在地板上扭打。不過，牆上還有一些殘留的血跡——那應該是刀子或者一隻流血的手臂在揮舞中濺到的。

他可以想像那場格鬥是如何展開的。葛吉在走廊上遇到了兇手。他們一路纏鬥到起居室，最後葛吉在起居室被刺中。在兇手逃逸之後，葛吉拖著重傷的身軀來到廚房，企圖要撥打電話。

一隻被劃傷的手臂。六道刺傷。那些穿透性的傷口很明顯地異於德瑞克其他的殺戮模式。這場打鬥顯示出犯罪手法的不同，但是，艾默里奇並不認為這能解釋什麼。

一名犯罪技術人員走了進來。

艾默里奇朝著走廊點點頭。「你們有採集了血液樣本，看看這些噴濺的血跡之中，是否有任何一部分是來自於那個兇手？」

那名年輕男子說：「有。樣本會被送到實驗室去。」

「要多久才會有結果？」

那名男子搖了搖頭。他不知道。今天是不可能的了。

艾默里奇把他的鋁製手提箱放到廚房流理台上。他打開箱子。「讓我來做幾個非正式的測試。也許我可以把可能性縮小。」

已經快下午五點了，西斜的太陽散發著冬日夕陽的溫暖光芒，一群漫步在胡佛水壩頂端的觀光客紛紛駐足欣賞水壩驚人的高度和規模。在水壩的北邊，米德湖正在落日中閃爍。而在水壩的南邊底下——遙遠的下方——豐沛的科羅拉多河彷彿一條深藍色的森王蛇，從峽谷赤裸的岩壁中滑過。

傑瑞米．鍾拿起吊掛在脖子上的相機。他和他的妻子以及孩子從聖路易來到這裡過寒假，希望可以曬曬太陽，在拉斯維加斯欣賞幾場表演，也許小賭一下，吃吃喝喝——噢，百樂宮酒店那些吃到飽的自助餐——並且造訪一下胡佛水壩。對於像傑瑞米．鍾這樣一名土木工程師而言，胡佛水壩就是他的麥加。他這一輩子一直都渴望能夠親眼看到胡佛水壩。而在他四十七歲的現在，他終於來到了這裡。

他拿起他的尼康相機，按下快門，拍了幾張照片。

「這是一座拱形的重力壩，」他告訴他十幾歲大的兒子。「七百二十六點四呎高。六百六十萬噸的混凝土。在它的底部，每平方呎所承受的水壓是四萬五千磅。」

太陽正在西沉——魔幻時刻開始了，而他很幸運能夠捕捉到這一刻。

凱莉和孩子們走在他的前面。他放低了手中的相機。

「各位。轉過來。」

他想要抓好構圖，讓家人的位置稍微偏離畫面中央，才好將他們身後線條優雅的水壩納為背景；而在水壩的後方，黑峽谷上直指藍天的崎嶇山丘，以及彷彿哨兵般聳立在山巔的高壓電塔，他也全都想要納入畫面裡。

他們聽話地轉身。每個人看起來都很配合。傑瑞米很喜歡他的相機。他充其量只是個二流的攝影師，不過，攝影卻是讓他走到戶外的一項嗜好。他揮著手，示意他們彼此靠近一點。

他一邊透過相機的觀景窗看出去，一邊用兩根手指指揮他的女兒擠進畫面。奧莉薇亞嘆了一口氣。不過依然保持著微笑。

「完美。」鍾說。

當他們擺好姿勢時，他又檢查了光圈的設定。他把相機湊向眼睛，卻在動作只做了一半時停了下來，遠處有些動靜吸引了他的注意力。

大約在一千五百呎之外的下游處，承載著US九十三號公路的奧卡拉漢－蒂爾曼紀念大橋穿過河上的峽谷——那是亞利桑那和內華達之間的州界。橋和河流之間的距離有八百八十呎——比金門大橋的高度還要高出四倍以上。橋上的車流很少。不過，看起來似乎有點不對勁。

「爹地，」艾略特說。「現在的機會很好，快點拍吧。」

一輛車子停在了橋上。路標明白地顯示禁止在橋上停車。那麼做太危險了。而狀況看起來不像是車子故障。車門打開。有人沿著乘客座那邊在移動。

「傑瑞米？」他的妻子叫道。

鍾感到自己的腳幾乎不由自主地在移動。他朝著水壩的混凝土橋墩走過去。

「不，」他咕噥地說。「在……」

在他上方的遠處，一個身影翻過了橋上的欄杆。

鍾大喊了一聲，「不要啊！」

他的家人全都轉過身看著那座橋。每一名原本在水壩上散步的旅客也都轉過了頭。

「噢，天啊。」鍾大喊著。

然而，他的距離太遠。已經來不及了。

遠處那道身影包裹在一條白色的床單裡。它從橋上直接跌落。八百八十呎，直接掉了下去。

他身邊的人開始尖叫。鍾在尖叫。他的女兒也在尖叫。他抓住她，把她的頭拉到他的胸口，蓋住了她的眼睛。

那個身影不停地往下跌落。床單在它後面飄動，彷彿天使的長袍一樣。

原本停在橋上的那輛車很快地開走了。

艾默里奇再三檢查了他剛做的那兩個非正式測試。測試的結果無庸置疑。他拉下他的橡膠手套，走到艾倫．葛吉那棟小屋外面的陽台上。

他按下布麗安．雷尼的手機號碼。

「老闆？」她說。

一條蜿蜒的河流彷彿紅色的疤痕，穿過了眼前那一片白茫茫的平原。他的呼吸在空氣裡化作了一道霧氣。

「那不是德瑞克。DNA和比色測定的結果都沒有爭論的餘地，」他說。「殺害葛吉的兇手是女性。」

胡佛水壩底下一哩處，那個裹著白布、從橋上直落下來的身影被沖到了科羅拉多河岸邊。拉斯維加斯大都會警察局的搜索和救援小隊將船駛向佈滿岩石的岬角，被害人就卡在那裡。兩名警員從船上跳進及膝的藍色河水裡，開始涉水走向岸邊。他們慢慢地往前進。其中一名警員朝著船上做了一個手勢，他在船上的同事立刻開始拍照。

很明顯地，這是打撈任務，而不是救援行動。不過，他們還是得檢查一下。

「準備好了？」那名警員說。

他的搭檔點點頭。

那張床單完全纏繞住那具軀體，床單的尾端浮在水面上，彷彿水流裡的苔蘚一樣。他們把手臂撐在那具身軀底下，將它抬到岸上。他們咕噥了一聲。那比他們預期的還要重。

太陽已經沉到峽谷山壁的邊緣底下。氣溫在太陽照射不到的地方變低了。一股不安的感覺讓那名警員覺得現在比白天還要冷。

他拆開纏繞在那個軀體上的布。

他的搭檔說：「該死。」

被害人的手腕和喉嚨都被割開了。那具軀體曾經被刺，還被泰瑟槍電擊過好幾次。

那是一名穿著格子襯衫和牛仔褲的男子。當他們從他身後的口袋裡抽出皮夾時，他們看到了那個警徽。

「他是一名警察，」那名搜索和救援小隊的警員說。「這是他媽的怎麼回事？」

在胡佛水壩，傑瑞米．鍾和他的家人沮喪地等著消息。終於，接到他撥打九一一電話的那名警員——也接到其他人撥打的九一一電話——把無線電放在他的巡邏車裡，然後走了過來。他的臉色很嚴肅。

「沒有機會，是嗎？」鍾說。

「沒有，」那名警員說。「我可以看一下你的相機嗎？」

鍾把相機的吊帶從脖子上拿下來，再將觀景窗轉個方向，好讓那名警員可以滑看他拍的照片。當那具軀體從橋上掉下去……被丟下去……跌落下去時，鍾的本能在他的腦子裡啟動，告訴他快點拍下來。

「掉下來的那個人……」鍾說。

那名警員繃緊了下巴。「他死了。」

「他？」

那名警員點點頭。

鍾搖了搖頭。「我很確定我所看到的那個站在欄杆旁邊的人……那個人有一頭金色的長髮。

那是個女人。我很確定。」

那名警員檢視著照片。鍾拍下了那輛車在橋上快速開走的瞬間。那輛速霸陸往西開進了內華達，朝著拉斯維加斯的方向而去。

在鳳凰城，凱特琳的電話響了。每個人的電話都響了起來。

53

在FBI鳳凰城辦公室裡，凱特琳站在那幅巨大的亞利桑那州地形圖前面。她正在檢視拉斯維加斯警方發來的照片。

那些照片包含了科羅拉多河岸的犯罪現場照片。以及被害人的駕照：大衛・諾丁格，四十三歲。還有一張失焦的照片，那是一名遊客在胡佛水壩頂端上面拍攝的——諾丁格的車子被開走的當下。

那張駕照上顯示諾丁格身高五呎七吋（一七〇公分），體重一百四十五磅（六十六公斤）。屬於中量級。看來，把他從欄杆上丟下去的那個女人勢必很強壯。他躺在峽谷山壁下那堆河岸石頭上的照片顯示出他手腕和喉嚨上的刀痕傷口不僅很深，而且下手的時候毫不猶豫。

「割傷和刺傷。」她自言自語著。就像艾倫・葛吉一樣。一名女子參與其中。就像艾倫・葛吉的案子一樣。

在房間的另一頭，雷尼正在電話線上。她在記事本上潦草地寫著些什麼。她的聲音聽起來——以她來說——帶著一股不尋常的興奮。「謝謝你。」

她掛斷電話，手裡拿著一個平板電腦走向凱特琳。「州騎警在US九十三號公路上發現了一輛引擎蓋打開、被棄在路邊的車子，就在科羅拉多河以東四哩之處。一輛藍色的Toyota Corolla。」

凱特琳的眉毛頓時揚起。「藍色，日本車。就像莉亞・法克斯的鄰居在她公寓大樓看到的一樣。」

「一名卡車司機看到關於諾丁格警員遭到殺害的新聞，於是打電話給警方——他說他曾經在US九十三號公路上經過那輛拋錨的車子。當時，諾丁格的速霸陸就停在那輛車的前面。一名金髮女子站在車窗旁邊和他說話。」雷尼的眼睛在發亮。

「還有別的消息。是什麼？」

雷尼把平板電腦轉向凱特琳。「鳳凰城警局拿到了法克斯公寓大樓那條街上的加油站監視器錄影帶。」

她按下播放鍵。錄影帶顯示著加油站外面一早的交通狀況。遠處，一輛車子從莉亞公寓大樓的車道上開了出來。一輛藍色的Corolla。

「那是同一輛車，」雷尼說。「是他。德瑞克，這次的謀殺案——全都有關。」

凱特琳看著牆上那幅地形圖。胡佛水壩在鳳凰城外二百七十哩之處。距離奧克拉荷馬的林康幾乎有一千二百哩。

「到底是怎麼回事？」她說。

內華達的傑斯特座落在拉斯維加斯北邊三百哩，是一座沒落的礦業城鎮。在高海拔的沙漠裡，當夕陽完全西沉之後，空氣稀薄而寒冷。一張廣告牌上面寫著，傑斯特——通往內華達幽靈城鎮的入口。矮小的灌木叢點綴在高速公路的邊緣。棕色的山巒覆蓋著一片岩石，看起來十分蒼涼。地平線上的橘色和粉紅色逐漸被寶藍色的天空所取代。星星正在天空裡閃耀。

一輛車子駛過市區限速的路牌，沿著主街開去，車頭燈在逐漸加深的黃昏裡看起來十分明亮。

傑斯特的特色包含停止營運的礦坑、有十二台吃角子老虎機的銀幣酒館，以及兩個沒有廣告宣傳的當地景點：一個是年代久遠的墓園，裡面是被岩石和沙子包圍的墳墓和歪斜老舊的木頭十字架。在一八〇〇年代後期來此拓荒的家庭被埋在了這裡。還有被壓死、渴死，或者在銀幣酒館玩牌作弊而被槍殺的礦工，也都被埋在這座墓園裡。墓園的大門在呼嘯的風中嘎嘎作響，墳墓上的砂礫也不時被風捲入空中。作為永遠的長眠之處，這裡只能以蒼涼來形容。

第二個景點是墓園旁邊的馬戲團旅館。旅館那塊被陽光曬到發白的招牌上有一名白臉的小丑，永遠都在斜眼地看著高速公路。

兩名來自紐約市的遊客開著一輛租來的車，緩緩地靠近旅館，看到旅館辦公室的窗戶上顯示著還有空房，他們不禁鬆了一口氣。對於那些喜歡俗氣美國文化的人來說，馬戲團旅館可說是一個傳奇。

莉西和桑德．貝利把車停好，雙雙下了車。他們在伸了伸懶腰之後，很快地在冷空氣中把身上的外套拉緊。傑斯特的海拔有六千呎之高，在這樣的冬夜裡，沙漠冷到令人難以招架。

桑德從容地穿過停車場，張大了嘴。「太不真實了。」他大笑著說。

莉西則拍著手。「終於。」

他們計畫這趟西部的公路之旅已經好幾個月了。傑斯特是他們行程中的必訪之地。他們曾經看到朋友在社群媒體上張貼的馬戲團旅館照片，因此決定他們不能只是在路過時拍張照片打卡。他們必須要下榻在這裡。

根據他們的粗略指南，這家汽車旅館所有的房間都以黑色天鵝絨的小丑畫作為主題。他們希望他們的房間可以眺望到墓園，好充分體驗毛骨悚然的感覺。

他們在走向辦公室的途中經過了空蕩蕩的游泳池。泳池的池底長滿了風滾草，在微微吹過的風中不停地顫動。除了他們的車之外，停車場裡只有一輛車。放眼所及，沒有一間房間是亮著燈的。

「我猜，我們不需要擔心這個地方客滿。」莉西說。

辦公室外面有一台洗衣機。透過前面的窗戶，他們可以看到櫃檯上有一台正在播放著情境喜劇的電視機。一陣風刮過，附近墓園的大門發出了砰的一聲巨響。

桑德幫莉西開了門。一只鈴鐺叮咚地響了一聲。他們一踏進旅館，立刻就停下了腳步。

莉西十指交叉地把手壓在下巴上，差點透不過氣來。這是真的：整間房間裡都是小丑娃娃、小塑像、畫作和面具。牆上的架子擺滿了玩具小丑。角落裡的一張長凳上，栩栩如生地坐著四具色彩鮮豔的流浪漢人體模型。

「願望清單上又可以刪掉一項了。」桑德說。

辦公室裡空無一人，只有日光燈發出的嗡嗡聲。儘管門上的鈴鐺發出了叮噹聲，卻沒有人從櫃檯後面的專用辦公室裡走出來。電視發出了咯咯的聲音，那是一陣預錄好的罐頭笑聲，用來締造出虛假的歡樂氣氛。

桑德按了按櫃檯上的鈴。沒有人出現。他們頭頂上的日光燈閃了閃，持續地發出嗡嗚聲。

「哈囉？」桑德喊道。

莉西走近櫃檯。「人都到哪裡去了？」

然後，她發現那些日光燈管並非嗡嗡聲的唯一來源。

她的聲音彷彿耳語一樣。「桑德。」

他在她身邊僵住了。

他們緩緩地轉過身。角落裡的那些人體模型之中，有一群蒼蠅在湧動。

莉西試著要弄清自己看到的是什麼。桑德則發出了窒息般的喉音。彷彿他就要嘔吐了一樣。

那些蒼蠅覆蓋在一名女子的眼睛和嘴巴上，女子身上穿著白色的睡袍，臉上化著濃妝，被擺在了那些小丑之中。她已經死了。

貝利夫婦爆出了一陣尖叫。

54

他們搭乘的那架灣流專機轉了個彎，朝著傑斯特外五哩處的一條狹窄的簡易跑道開始下降。沙漠在他們底下飛馳而過。鋒利的山巒在晨光底下的地面上投下了長長的影子。凱特琳心想，從空中看起來，這座城鎮就像一組兒童積木，掉落在了位於一千平方哩空曠沙漠中的一條黑色高速公路上。

就在他們的噴射機準備要最後進場時，艾默里奇的手機發出了啾啾的聲響。他看了手機一眼。「兇殺組的警探會在汽車旅館和我們碰面。」

噴射機在閃光中落地，反推力裝置在耳邊咆哮著。飛機朝著機庫和用來充當跑道操作基地的一座單體貨櫃屋滑行。一輛租來的汽車已經在等待著他們了，租車公司的人緊張地用食指轉動著鑰匙。

噴射機終於停了下來，引擎也跟著減速，從駕駛艙跳下來的副駕駛打開了主要的艙門。雷尼抓起她的東西。凱特琳也跟在她身後跳下梯子。

早晨的陽光燦爛，冷冽的藍天清朗無雲，不過，她的視線邊緣似乎有一絲漆黑的裂縫在旋轉。她知道在鎮上等著他們的是什麼。

白人女性，三十多歲。棕色眼睛，褪色的金髮。身體健康，沒有什麼足以識別的生理特徵。

艾默里奇從租車人員手中接過車鑰匙，說了聲謝謝。他們坐上車。艾默里奇隨即開上空蕩的高速公路，以七十哩的時速奔向鎮上。

雷尼檢查了一下她的手機留言。她緊抿著嘴，聽著電話裡的語音。

「是來自克萊因科警察局長的留言。他們已經知道德瑞克是如何和外界溝通的——以及他是怎麼離開那個城鎮的，」她說。「有人把一支手機和一把車鑰匙偷渡進監獄裡。一名當地肯德基的收銀員大嘴巴地告訴了他的幾個朋友——他說，一個女人給了他一支手機和一把鑰匙，要他把它們裝進一只大餐盒裡。」

沙漠在車窗外掠過。馬欄。貨櫃屋。全都一閃而過。

凱特琳說：「德瑞克的午餐幾乎每天都是肯德基。我在他牢房的地上看到過一個空盒。」

「一名警員會幫犯人買午餐。很顯然地，德瑞克的一個粉絲跟蹤那名警員到肯德基。說服收銀員把那支拋棄式手機和鑰匙塞進餐盒裡，放在包著油膩膩炸雞的吸油紙底下。然後，收銀員再把餐盒放在一個大塑膠袋裡，交給那個警員。由於塑膠袋很重，所以，那個警員沒有察覺餐盒變重了。也沒有搜查餐盒。至少沒有一路檢查到盒底。」

艾默里奇說：「那個收銀員收錢辦事？」

「一百元，」雷尼說。「他現在已經被捕了。」

「那個女人長什麼樣子？」

「白人，二十幾歲，很熱情。她有一頭黑髮，不過有可能是假髮。她穿了一件有帽兜的短外套，戴著滑雪帽和太陽眼鏡，」雷尼說。「克萊因科警察局正在檢查訪客登記紀錄和錄影帶，看看她是否曾經去監獄探訪過德瑞克。不過，他們也已經假設她會偽裝，並且使用假的證件。」

「警方的人像繪畫師呢？」

「他們正在把人像繪畫師從佛雷格史塔夫當地辦公室帶過去。」

車子駛過路上的一個凹洞。艾默里奇聲音乾澀地說：「有女人出現在克萊因科。有女人出現在林康。也有女人出現在胡佛水壩。都是同一個人嗎？」

他們在高速公路上飛馳，然而凱特琳卻覺得他們遠遠落後了十步。不管是路障，還是發布全州的全面通緝，都沒有查獲到任何東西。德瑞克正在橫越這片遼闊又空曠的沙漠——也許開著偷來的車輛，也許靠著搭便車——但他們就是無法困住他。無法困住他們。

他們翻過一座丘陵，抵達了傑斯特的主街。街上散佈著褪色的紅磚建築。現金貸款。我們收購金銀。烈酒。槍枝和彈藥。家庭旅遊團礦坑之旅。

馬戲團旅館的停車場被黃色的封鎖帶圍了起來。一支鑑識小組正在現場工作。

當地警察局的兇殺組警探已經從一百五十哩外的郡政府所在地科岳提帕斯趕到了。那名身穿牛仔褲和滑雪外套的男子從一輛 SUV 上下來。他嚴肅的神情和汽車旅館招牌上那個俗麗地笑看著底下的小丑，恰好構成了強烈的對比。

他自我介紹說是大衛·培瑞茲，然後和其他人握了握手。「被害人的屍體已經被運送到當地的殯儀館。法醫病理學家已經從卡松市出發，以進行驗屍。等他從被害人的手裡蒐集到什麼殘留的痕跡之後，他就會採集指紋，希望到時候我們可以確認被害人的身分。」他瞇起眼睛，聲音不帶什麼感情。「太兇殘了。」

凱特琳已經看過了屍體的照片，那是屍體被移動之前在汽車旅館大廳裡拍攝的。被害人的頭部和臉孔曾經遭到毆打，她被勒斃，手腕也被割裂。鮮血濕透了她身上的那件白色睡衣。

艾默里奇說：「他把犯罪的權力往下釋放了。」

這不是有組織犯罪和無組織犯罪的二分法。這兩者之間是逐漸演變而成的。而且，德瑞克已經越來越得心應手了。

「那代表他會繼續加快行兇的速度？」培瑞茲說。

「對，」艾默里奇說。「而且，他至少有一個同夥。一名女子。」

「怎麼會發生這種事？」

「可能是在他入獄時迷戀上他的狂熱追隨者。」

「狂熱追隨者通常不會加入他們偶像的殺戮狂歡。」

「是很少，不過這種現象並非沒有過——激進的壞男孩控，對罪犯有迷戀的癖好。邦妮和克萊德症候群[53]。」

[53] 邦尼和克萊德症候群（Bonnie and Clyde Syndrome）俗稱壞男孩控，得名於電影《雌雄大盜》。意指癡迷於惡意犯罪者、崇拜超級罪犯，並由此獲得興奮感的女性。

德瑞克的新共犯是最危險的一種粉絲——一名合作者。她不認為他是無辜的。她不是在追求一種接觸監獄裡的兇手所帶來的刺激感。她被慾望和亢奮——也許——還有對他的懼怕所驅使，因而加入了德瑞克的犯罪行列。

凱特琳說：「她是一個尋求刺激的人。」

「看起來她找到她的機會了。」培瑞茲說。「武裝而且危險，我想。」

「一個殺害警察的人。」

這讓他們的對話冷卻了下來。培瑞茲幫他們做了進入現場的登記，然後拉起黃色的警戒帶，領著他們穿過汽車旅館的停車場。

雷尼環顧四周地說：「沒有找到旅館的櫃檯人員嗎？」

「沒有。」培瑞茲的臉色凝重。「旅館的經理雷諾在休週末長假。他讓他的外甥負責櫃檯。」他從口袋裡掏出一本裝有螺旋線圈的筆記本。「伊薩克爾・佛萊，二十歲。從昨天下午六點開始就不見了。我們檢查過房間、大型垃圾桶、游泳池。他不在旅館的腹地範圍裡。」

聽起來不妙。

凱特琳觀察著現場。「沒有監視器？」

「最近的一支監視器設在半哩外的加油站。」培瑞茲朝著鑑識人員點了點頭。「他們在一個小時前從科岳提帕斯趕到這裡。那是最近的實驗室。」

他們經過年久失修的游泳池。一道鐵絲網柵欄圍繞著游泳池——也許是為了要圈住長滿泳池底部的風滾草。停車場的遠端是凱特琳見過最荒涼的墓園。

培瑞茲帶著他們走向辦公室的門。在把門打開之前，他看了他們一眼。

凱特琳通常不太會在犯罪現場感到毛骨悚然。她的工作是剖視和分析證據，幫忙指認和起訴犯罪者。此外，她並不相信鬼魂、惡鬼，或者要到這個世界來偷取靈魂的異次元力量。

她踏進大門，走進馬戲團旅館的大廳。

她猛然停下腳步，導致她身後的雷尼直接撞上她。她渾身冰冷。如果她是一條狗的話，她現在一定已經在用爪子刨地，兩耳下垂，一邊後退一邊咆哮。

雷尼繞到她旁邊。「老天爺。」

一百具小丑瞪著她，它們狂躁的眼睛和骷髏般的笑臉彷彿X光一般地檢視著這個房間。那股人體腐爛的味道沾在了牆壁、地板、天花板和傢俱上。

凱特琳屏住氣息地說：「噢，我的天哪。」

艾默里奇看了她一眼，隨即走向屍體被發現的那個角落。原本被擺放在那裡的三具成人大小的小丑娃娃，已經被從長凳上挪開了。

培瑞茲從他的手機裡調出照片，那是在屍體被挪走之前拍的。「有一點。你可以在這張照片裡看得到。那個兇手……」

他表情嚴厲地把手機遞給艾默里奇。

艾默里奇將照片放大。「他做了什麼？」

「我們認為那是一個咬痕，就在她右手腕的傷口旁邊。」

凱特琳感到一陣頭重腳輕。「你認為他吸了她的血？」

「那似乎是她死了之後發生的。不過，他可能有把舌頭探進傷口裡。」

艾默里奇抬起頭。「如果是這樣的話，那就會有DNA留下來。」

培瑞茲點點頭。「她死了不到二十四小時。還沒有發生屍僵。她身上那些蒼蠅都是成蟲，不是從蛆孵化而成的。」

他拿回手機，滑了滑螢幕，然後舉起手機，讓他們看蒼蠅在被害人臉上的一張照片。

凱特琳搖搖頭。她已經看過那張照片。所有的照片她都看過了。儘管化上了小丑妝，儘管那名女子的臉上曾經遭到暴力攻擊，儘管還需要採集指紋做正式的鑑定，但是，她已經知道了。

她很確定那是莉亞・法克斯。

那道黑色的裂縫又在她的視線邊緣旋轉了。裂縫越來越大，繞住了她的喉嚨。她吸了一口氣，強迫自己保持冷靜。

她的眼睛瞥見那些小丑娃娃上方的一個架子，只見架上有三具彼此靠在一起的小型小丑娃娃。

「那是什麼？」

那三具小丑已經被重新擺放過，看起來就像一隻人形蜈蚣，一個接在一個的後面。每一個的額頭上都有一個深紅色口紅寫下的字母。為了看清楚那是什麼字，她往前走近。

F-B-I。

「很明顯。」

那道黑色的裂縫逐漸淡去。她可以更清楚地看清現場了。她透過鼻子呼吸，因為她終將會對房間裡的味道感到麻木。

「這個做法太大膽了，」她說。「而且很不尋常。在此之前，德瑞克會把他的被害人藏起來。藏到他可以……私下欣賞她們的地方。」她的聲音裡露出了憤怒。「但是，這回卻如此公然。這是不顧後果的行為，但是他不在乎。他已經越界了。」

艾默里奇說：「他把這當作一個玩笑在展示。不過，他的憤怒已經到了難以抑制的程度了。」

「他在打臉我們，」凱特琳說。「而且是藉由謀殺來打我們的臉。」

培瑞茲說：「你看起來有點蒼白。你還好吧？」

「沒事。」她把雙手握緊在口袋裡，好讓自己不要發抖。

「可能是海拔的關係。由於我們處在一座高原的盆地裡，所以你不會察覺到。不過，傑斯特的海拔比丹佛高。喝點水，吃點早餐吧。」

她想要跑到室外去呼吸沒有瀰漫著腐臭味的空氣。不過，她只是點了點頭地說：「我們可以去看看他犯罪的那個房間嗎？」

培瑞茲簡略地點點頭，回應著她突如其來的要求，然後帶著他們走到外面。

犯罪現場的界定向來都是一個很謹慎的決定，而兇殺組的警探必須要做出正確的判斷。如果界定的範圍太小，調查人員不僅可能會忽略掉證據，還可能讓現場無法受到保護，並且遭到污染和破壞。如果界定的範圍太大，搜查行動就可能減少——在有限的時間裡，如果企圖要涵蓋最大的面積，將會導致人力資源太分散。

在這裡，培瑞茲警探把整個汽車旅館的腹地範圍都界定為犯罪現場，並且包含了旅館前面的街道和旁邊的墓園。凱特琳認為那也許是對的。不過，那代表著他們有兩畝地和四十二間旅館房間需要搜索，一吋一吋地搜尋著指紋、腳印、足跡或車輛軌跡、纖維、DNA，以及任何騷亂過的跡象。

一名穿著白色連身工作服的犯罪現場技術人員正沿著汽車旅館後面的柵欄認真地在搜索證據。另一名技術人員則在游泳池的淺水區來回走動，慢慢地朝著堵滿風滾草的深水區在進行檢查。

培瑞茲帶著他們穿過停車場走到四號房。打開的房門被東西頂住，以免再度被關上，一名技術人員正在裡面。

培瑞茲從房間外面的一只實驗室箱子裡拿出手套和靴子。「可以踏進房裡，不過不能再往裡走。」

凱特琳點點頭，在套好手套和靴子之後跨進了門檻。

那間房間看起來很陰暗，但卻很乾淨。沒有人在床上睡過。不過，床罩卻皺巴巴的，枕頭上也有凹陷。很好——躺在枕頭上就意味著會留下頭髮，而如果那根頭髮上有毛囊的話，就會有DNA存在。牆上掛著的那幅畫裡有一個扮著鬼臉的悲傷小丑。

她可以聞到血液的味道。

凱特琳雙手垂放在身體兩側，轉向浴室。浴室的門是開著的。過分鮮豔的化妝品把洗手台弄得髒兮兮的。浴簾也被拉開了。

從牆壁瓷磚上的血跡看來，那些血應該是從頸動脈噴濺出來的。凱特琳吸了一口氣。隨即又把氣吐出來。

她退到門外。在那短暫的瞬間裡，她無法思考。她只能感覺到那名被害人——當然是莉亞——在凱爾．德瑞克強迫她進入浴缸，然後拿出一把刀的時候是什麼樣的感覺。她的恐懼、她的悲傷、她的痛苦。

她轉過身，不再面對房間。培瑞茲什麼也沒有說。

凱特琳再度吸了一口氣，室外，金燦燦的陽光刺痛著她的眼睛。停車場對面，那名技術人員依然在空蕩蕩的游泳池裡來回走著。高速公路上，一輛載著石礫的卡車緩緩駛過，駕駛座上的司機傻乎乎地看著現場。凱特琳從眼角餘光看到雷尼向她走來。

游泳池後面的墓園無精打采地座落在清冷的陽光底下。十字架以各種莫名其妙的角度傾斜，彷彿是好萊塢的鬼屋一樣。灰塵在地面上飛快地掃過。在墓園最遠的邊緣，一把風滾草被卡在一座十字架的頂端，不停地在風中顫動。

雷尼走了過來。「那是什麼？」

凱特琳皺了皺眉。「不知道。」

那把風滾草不斷地扭動，彷彿試著要從十字架上掙脫開來。一條緞帶——一條銀色的布條——糾纏在風滾草乾燥的枝葉之間。

「那是布膠帶嗎？」雷尼說。

語畢，她和凱特琳大步穿過停車場。她們走進墓園，在傾斜的十字架和被太陽曬到褪色的木製墓碑之間蜿蜒前進。

「可惡。真的是布膠帶。」雷尼朝著風滾草小跑過去。那條膠帶被固定在了十字架頂端，所以才無法被風刮走。

「布膠帶是德瑞克綁架的工具之一，」凱特琳說。「那是個訊息。」

「給誰的訊息？我們嗎？」

凱特琳三百六十度地環顧著現場。她掃視著沙漠，然後翻過墓園的鍛鐵圍欄，檢視著地面。她身後的雷尼吹了一聲口哨，聲音既尖銳又響亮。

「艾默里奇。」雷尼叫道。

一秒鐘之後，她翻過圍籬，加入凱特琳的行列。空曠的地面沿著墓園的邊界延伸了一哩左右，才連接到起伏的棕色山坡。雷尼小心翼翼地勘測著地上的沙土，持續地往前走。過了一會兒之後，她伸手指著。

「輪胎痕跡。」

她蹲了下來。凱特琳也來到她身邊。她們聽到艾默里奇大步跑向她們的聲音。

輪胎軌跡起始之處沾上了兩塊草皮，彷彿那輛車是從靜止中突然加速一樣。她們直接跑過沙地，奔向山坡。

「我知道他做了什麼，」雷尼說。「他們做了什麼。」她站起身，回頭望向汽車旅館的停車場。「他們從游泳池抓了一些風滾草，用布膠帶把風滾草纏在車子的後保險桿。拖在地上的風滾草會在車子開上沙地的時候，將地面上的車輪痕跡掃掉。」

凱特琳眉心糾結地說：「但是他們把布膠帶拆掉——或者至少拆掉了一條——然後纏在那個十字架上。」

「對。因為他們希望最終有人會過來查看，然後發現他們往哪個方向走。」

「為什麼？」

艾默里奇跑了過來。

「車痕，」雷尼說。「我們需要攝影師。還有，那些技術人員得在這些輪胎痕跡被風吹散之前盡快做出模型。」

艾默里奇的目光跟隨著橫越沙漠的輪胎痕跡。「他們直接朝著山坡去了？」

山坡處有一個方形的開口，赤褐色的沙土襯著黑色的洞口。岩石和泥土從洞口一路往山坡下延伸。

凱特琳想起了掛在城鎮邊緣的招牌。*家庭旅遊團礦坑之旅*。

「礦井。」她說。

艾默里奇飛速轉身，大聲叫培瑞茲帶著那些技術人員和一輛四輪傳動車過來。

雷尼立刻拔腿跑了出去，彷彿在跑越野賽一樣。「那個失蹤的櫃檯人員。」

等到他們爬上山坡的時候，雷尼已經氣喘呼呼了，她的臉在汗水下發亮。她的辮子也從頭上的髮髻散落，沾黏在她的臉上。艾默里奇也在緊張地喘息。凱特琳覺得自己的腿搖晃得像剛出生不久的幼馬一樣。那座礦井已經荒蕪了，它的支架即便沒有完全裂開，也全都腐爛了。當地的警員手持武器逼近入口。

「在這裡等著。」培瑞茲警探說。

他用手中的美格光手電筒掃過礦坑的隧道，然後帶著一名穿著制服的警員走了進去。凱特琳試著要看清強烈的陽光所照射不到的陰影處。

培瑞茲的身影在隧道裡變成了一抹灰階。他的呼吸聲和腳步聲逐漸遠去。過了幾分鐘之後，那名警員的回音在礦井裡響起。「警探，這裡。」

一陣重重的腳步聲朝著隧道更深處而去。手電筒的燈光也在牆上不停地搖曳。

「探員們！」培瑞茲大聲地喊道。

艾默里奇壓低了頭衝進隧道，凱特琳和雷尼緊跟在後。

隧道內五十碼之處，那名櫃檯人員，伊薩克爾．佛萊身形扭曲、面部朝下地趴在地上。他是一名留著髮辮的年輕黑人，他的臉上沾滿了泥土。他的牛仔褲和T恤因為乾涸的血漬而發僵。培瑞茲將他翻過身，讓他仰躺在地上。

他整個人都呆住了。「噢，天啊。」

艾默里奇的手電筒照亮了那個櫃檯人員的身體。培瑞茲趴到那名年輕男子的身邊。佛萊還在呼吸。

55

在上坡上那座廢棄的礦井裡，傑斯特消防隊的護理人員把一只護頸圈套在伊薩克爾・佛萊的脖子上，並且幫他注射點滴。佛萊腹部被刺，一隻手腕遭到割傷，不過傷口很淺。他還在意識的邊緣徘徊。從隧道內部地面上的血跡和拖曳的痕跡看起來，他曾經被丟棄在隧道的深處，然後試著在失去意識之前爬回到出口。

凱特琳站在礦井入口處外面的斜坡上，任憑熾烈的陽光灑落在身上。消防車、一輛救護車和警長的SUV，全都擠在山坡底下。護理人員把佛萊固定在擔架上帶出了礦井，再用一具繩索滑輪小心翼翼地將他搬運到山坡底下的谷底。隨後，他們把擔架抬上了救護車。

培瑞茲警探從籠罩著陰影的礦井口走出來。「那孩子會活下來的。德瑞克為什麼會這麼草率？」

艾默里奇轉過身。「我懷疑攻擊佛萊的是德瑞克的粉絲。」

「你認為他們必須要匆忙離開現場？或者她以為佛萊已經死了？」

一名護理人員在他們下方的谷底，從救護車後門跳下車。他招著手。「警探。」

培瑞茲半跑到斜坡底下，其他人也跨著側步跟在他身後，踩著石礫和泥土走下山坡。培瑞茲和護理人員說了幾句話，隨即爬進救護車裡。當凱特琳走到那裡的時候，培瑞茲正欠身靠向佛萊，一手放在他的肩上，轉過頭聆聽那個年輕人微弱的低語。

培瑞茲點點頭，捏了捏佛萊的肩膀，然後又爬下了救護車。那名護理人員用力把車門關上。等他坐進駕駛室之後，救護車閃爍著車頂燈，加速駛過砂石地，揚長而去。

培瑞茲瞇著的雙眼帶著寒意。「他們有兩個人。一個男的把他綁起來。女的則用刀刺傷他。等他們把他丟棄在礦井裡時，又將他鬆綁。」

艾默里奇說：「他們希望他逃出來。」

培瑞茲點點頭。「那個男人留給他一則訊息。『她不能讓自己閉嘴。所以，我就讓她閉上了嘴巴。』」

艾默里奇鬆開雙拳。他的目光似乎穿透了警探。過了一會兒之後，他說：「殯儀館在哪裡？」

培瑞茲皺起眉頭。「距離汽車旅館四條街。」

艾默里奇跑向警探的SUV。「我們走。」

培瑞茲花了兩分鐘把他們送到他們租來的那輛車，再花了另外兩分鐘把他們帶到殯儀館。他們進門之後，直接被引導到準備室。當他們穿過對開的滑門時，那名法醫病理學家和一名殯儀館的助理都已經穿戴好了白袍和手套。兩人驚訝地轉過身。不鏽鋼的準備桌上擺了一個黑色的屍袋，袋子上的拉鍊尚未被拉開，空氣裡瀰漫著濃濃的防腐劑味道。

「警探？」那名病理學家說。「我們正要開始。」

艾默里奇大步走向那張桌子。「我能打開這個袋子嗎？」

法醫對他做了一個手勢，示意他自己來。艾默里奇抓住拉鍊的拉環，一把將袋子拉開。

被害人的臉孔瞬間暴露在燈光底下。沒有生命的雙眼睜開，嘴唇微啟，鬆弛的臉孔上塗抹著彷如鬆餅般厚厚的一層白色化妝品。那頭淺金色的短髮似乎最近才被用力漂染過。她身上穿了一件透明的吊帶睡衣。在黑色的塑膠屍袋襯托下，她看起來就像一張相片的負片。

那是莉亞．法克斯。

她的雙唇之間有著一公分的空隙。艾默里奇往前靠近。

「有東西塞在她的嘴裡。」他戴上手套。「醫生？」

那名病理學家將一把鑷子遞給他。只見艾默里奇抽出了一張發皺的拍立得照片。

他把照片放在一個不鏽鋼盤裡，再將它拉開。那是一張舊照片——很舊很舊了。照片上是一名在灑滿陽光的一所休士頓大學校園裡野餐的金髮少女。

凱特琳看著那張照片。她和雷尼曾經在艾倫．葛吉家看到過一張幾乎一樣的照片。

那道黑色的裂縫又開始旋轉，威脅著要將凱特琳的喉嚨裹住，讓她無法呼吸。她把一隻手放在自己的脖子上。透過嘴巴來呼吸。

培瑞茲的電話響了。他走到室外，把電話接了起來。

艾默里奇向病理學家表達謝意，感謝他讓他打擾了驗屍的過程。隨即朝著那扇對開的滑門走去。雷尼也跟在後面。

凱特琳猶豫著。現在，她幫不了莉亞．法克斯什麼了。無法安慰她，也無法向她保證。甚至無法觸摸她，以免污染了屍體。

然而，她可以找出德瑞克，阻止他再對任何人下手。她伸出手。用她的指尖輕輕地刷過屍袋的外層。然後眨了眨眼睛。

她對病理學家點點頭，隨即轉身離去。

室外，冬日低垂的太陽在地上投下了短劍般的影子。艾默里奇、雷尼和培瑞茲警探站在培瑞茲的SUV旁邊。培瑞茲已經把他的筆電打開，放在了引擎蓋上。

艾默里奇對她招招手。「在胡佛水壩遭到殺害的那名警員，他的車被找到了。」

電腦螢幕上有幾張照片。那名警員被偷的車子，就是保險桿貼有歡迎詢問我的鷹級童軍故事的那輛速霸陸，被丟棄在太浩湖北邊的一座拖車停車場。被害人的血液濺在了座椅上。車內的儀表板上以及車窗裡面，全都貼滿了拍立得照片。有的照片是那名遭到謀殺的男警。其他的則是莉亞·法克斯被擺在馬戲團旅館大廳長凳上的照片。電腦螢幕裡盡是那些齜牙咧嘴的小丑娃娃。

方向盤上貼了一張泰莉·德林科的照片，那個在達拉斯停車場失蹤的女人。

照片裡的泰莉是活著的，不過，凱特琳有一股疲憊不堪的感覺。她知道泰莉已經死了。而且，她很確定德瑞克張貼這張照片是對她個人的一項譴責，因為她那天在監獄裡曾經質問過他關於泰莉的事。

這個事實打破了她長久以來所建立的那道已經出現裂痕的屏障，一個拒絕接受現實的屏障。她的眼睛在刺痛。有那麼一秒鐘的時間，她所試圖要保持的那些屏障似乎出現了千瘡百孔。她感覺得到雷尼把手放在了她的肩膀上。她心裡在想，雷尼錯了。*我需要的是更堅固的壁壘。而不是讓內心更加開放。*她吸了一口氣。

艾默里奇說：「這是一個嘲諷。」

沒錯，凱特琳心想。德瑞克在告訴他們，*你們輸了。被害人會繼續死去。*她在自己的腦袋裡聽到了他的聲音。*你應該要親自上陣的。你會希望你有那麼做。*

SUV裡的無線電發出了靜電的嗡嗡聲。培瑞茲坐進車裡，抓起無線電發射器。一分鐘之後，他從車上下來，手裡多了一張地圖。

「那個警察的速霸陸被丟棄的拖車停車場？有人報警說有一輛車在那裡被偷了。」

培瑞茲在引擎蓋上打開那張地圖。太浩湖位於傑斯特以北二百五十哩。

「德瑞克可以從太浩湖往任何一個方向去，」培瑞茲說。「他可以走八十號州際公路到雷諾。再從那裡前往鹽湖城或者舊金山。或者，他可以往北。那個方向是一片足足延伸了三百哩的荒原。」

凱特琳把手插進她的口袋裡。「我們知道他往哪裡去。」

雷尼點點頭。「沒錯。」

凱特琳戳著地圖。克萊因科。鳳凰城。胡佛水壩。傑斯特。太浩湖。每一次綁架，每一次謀殺，每一站的殺戮和嘲諷，德瑞克的路線越來越靠近太平洋西北地區。

「他要去波特蘭，」她說。「德瑞克要去找艾蜜莉．哈特。」

艾默里奇思考了一會兒，他的目光銳利。「他知道我們會去。在這場謀殺之後，他在傑斯特所做的每一件事都是刻意的。讓那個櫃檯人員活下來，讓我們看到如何發現他的輪胎印，留給那個年輕人一則訊息，好引導我們到殯儀館去。」他抬起頭。「他想要拖緩我們的速度。」

凱特琳掏出她的手機打給了波特蘭警方。艾默里奇原本打算要和培瑞茲握手，不過卻已經匆忙地朝著他們自己的車走去。

在他們抵達傑斯特之後的幾個小時，艾默里奇、雷尼和凱特琳就又奔回了那條簡易的跑道。灣流專機的登機門已經打開，飛行員正在駕駛艙裡進行起飛前的檢查。

當艾默里奇在停機坪邊上的機庫外面重重踩下煞車時，他收到了一則簡訊。他一邊看著簡訊，一邊下車。

「那輛在太浩湖拖車停車場被偷的車子——它可能早在昨天晚上七點就被偷了。」他看了看手錶。「德瑞克有可能徹夜開車。」

凱特琳說：「太浩湖距離波特蘭有多遠？」

「五百七十哩。他可以在十個小時內抵達。」

德瑞克不只趕在了他們之前。他可能已經在那裡了。

他們拿著各自的行李，大步穿過寒冷的停機坪。艾默里奇把一只行李袋甩過肩膀，跳上了噴射機的階梯。當他低頭穿過機艙門時，他大聲地告訴飛行員。

「我們都到了。」

副駕駛在凱特琳和雷尼登機時和她們打了招呼。他收起階梯，關上機艙門。然後回到駕駛艙內。他才鑽進駕駛艙右邊的座位，機長就啟動了引擎。

艾默里奇坐在面朝前面的位子。「已申報的飛行計畫是七百二十哩。」

凱特琳把她的行李收好，在走道另一邊的座位坐下來。她從身後的口袋裡拿出手機。在前往機場的路上，她已經和波特蘭警方以及格林斯平大學的校警聯繫過，安排了一名穿制服的警員陪著艾蜜莉．哈特，直到FBI團隊抵達為止。現在，她得要打一通更困難的電話。

艾蜜莉立刻接起了電話。「韓吉斯探員，我媽呢？你們找到她了嗎？我聽說……」

機艙外，噴射機的雙引擎正在嗡嗡啟動。

凱特琳吸了一口氣，準備說出莉亞死亡的消息，然而，一陣痛苦向她襲來。不行。一個十七歲的孩子，獨自一個人——她不能在這種情況下告訴艾蜜莉。不能在電話上說。不能在艾蜜莉需要保持專注、冷靜和頭腦清醒的時候。凱特琳需要等到親自和她見面的時候。

「抱歉。我還不能告訴你任何事情。」她說。

「那你為什麼打給我？」

「你在哪裡？」

「化學實驗室。」艾蜜莉的聲音裡多了一點強硬。「為什麼這麼問？」

「你的教授在那裡嗎？有教職員在嗎？大樓的警衛呢？」

「我的助教在。怎麼了？」

雷尼已經調出了一張衛星地圖。化學系的實驗室位在校園最後面的一棟附屬建築物，就在一條死巷裡。

「艾蜜莉，這很緊急。我需要你留在實驗室裡等波特蘭警方。他們已經在路上了。告訴你的助教。警察會帶你到警察局。你得在警察局裡待到我抵達為止。」

「他就要來了，對嗎？」

「我們不想冒任何風險。」凱特琳說。

噴射機的引擎開始加速。機長在駕駛艙裡輕推著油門桿。他們很快地轉向，開始在跑道上緩緩滑行，好前往跑道的最南端做準備。雷尼還在和波特蘭警方通話。

艾蜜莉的聲音裡帶著一絲緊張。「他知道我在格林斯平念書？他知道我住在哪裡？」

「我們得做這樣的假設。」

「那麼——我姐妹會的姐妹們要怎麼辦？」

一道冷冷的光線打在凱特琳的眼睛上。「姐妹會？」

「我剛答應了西澤塔[54]。這個週末我會搬進去——我已經把所有需要地址的資料都更改過

[54] 姐妹會是美國大學最有特色的學生社團之一。姐妹會的名字一般由1-3個希臘字母組成。西澤塔的西（Xi）是希臘字母中第14個，澤塔（Zeta）則是第6個。姐妹會的入會需要通過一些篩選，如學業成績、種族、家世背景等，對一些人來說是拓展人脈的好機會。每一個姐妹會有一棟會館，提供成員們日常居住、活動派對之用。

了。」艾蜜莉說。「如果這個人知道了的話，我姐妹會裡的姐妹們會發生什麼事？」

凱特琳的指關節滑過自己的前額。

「她們也需要警方的保護，」艾蜜莉說。「這棟屋子裡有一半的女生都是我橄欖球隊的隊友。不過，有後援總是比較好。」

凱特琳差點笑了出來。艾蜜莉對她隊友的信心實在很可愛，感覺情同姊妹，而且可以相互扶持，不過，在現在這樣的情況下，也很可笑。她想到了那棟姐妹會的會館。那裡會有值班的工作人員，還有一些警衛。不過，艾蜜莉說得沒錯：如果德瑞克得知她已經承諾了西澤塔的話，只有那些工作人員和警衛就不夠了。她們需要警方的支援。

「我們會安排的。」凱特琳說。

「很好。太棒了。謝謝。」

坐在她對面的雷尼也和波特蘭警方確認了這個計畫。

「警方已經在趕去化學實驗室的路上了，」凱特琳說。「當你到達警察局的時候，就乖乖坐在那裡等**FBI**。」

「我會的。一定會的。」

噴射機沿著狹窄的跑道滑行。窗外的景色一片安詳。沒有車流，沒有其他的飛機起飛或降落，空中似乎也沒有小鳥在飛翔。只有一片空蕩蕩的藍天以及荒蕪的大地。而德瑞克已經逃出了這座荒蕪的城鎮。

「保持警覺，艾蜜莉。堅持住。我們這就過來了。」

「我會等你們的。」

凱特琳掛斷了電話。她從機艙的窗戶望出去。只有一片灌木叢和沙地。

德瑞克抓走了莉亞。凱特琳不會讓他把莉亞的女兒也抓走。

噴射機在跑道盡頭煞住，然後轉了一百八十度，準備起飛。太陽在機艙裡投射出一道弧形的光線。她繫緊了她的安全帶。

她的手機收到一則簡訊。她瞄了一眼：是蜜雪兒發來的。

我們之間沒事吧，小妞？

凱特琳的胃早已在翻攪。她滑著螢幕打算回覆——然而，她的拇指卻停留在鍵盤上方不動。

引擎空轉了幾秒鐘。飛行員在駕駛艙裡將油門桿往前推動。動力快速地運轉。飛機已經準備就緒了。

凱特琳把簡訊重新讀了一遍。隨即關機。

蜜雪兒會知道她已經讀過了那則簡訊，並且猜想凱特琳是否不打算理睬她。

飛行員鬆開煞車。引擎咆哮了起來，噴射機在跑道上飛馳，全速往前衝。

讓蜜雪兒去猜吧。凱特琳現在無法處理她自己的個人生活。德瑞克依然領先著他們。噴射機在加速之下，驟然升空了。

56

下降到波特蘭的過程十分動盪。當他們飛過喀斯喀特山脊，進入最新一波從太平洋吹入的冬季氣流、抵達奧勒岡中部時，天氣已經變壞了。他們的小噴射機快速穿越局部的降雨，來到威拉米特河谷上方。飛機底下是一大片綠色的森林。凱特琳在飛機的震盪中繫緊了安全帶。

雷尼看著西邊的雲層。「今天會很冷。」

強風衝擊著機身。透過右手邊的窗戶，可以看到在蔓延的城市之外是一片綠色的農田，而農田六十哩之外，則是白雪皚皚的胡德山。那座火山宏偉地盤據著地平線，彷彿一尊孤獨的神。

飛機猛然地偏航。凱特琳不禁緊緊地抓住了座位的扶手。

雷尼說：「你知道如果凱斯在這裡的話，他會說什麼。」

身為前空軍的雷尼有一個鑄鐵般的胃以及對亂流不以為意的反應，即便是最強的亂流。走道另一邊的艾默里奇埋首在他的筆電上。頭都沒有抬一下。

凱特琳看著雲層飛過。雨滴在窗戶上留下了一條條的水痕。冰晶也不時敲打著窗戶。「凱斯會告訴我們下降的速度，那座山的高度，甚至連幾吋都會交代得很清楚，並且讓我們知道它上一次噴發是什麼時候。」

「還有它再度爆發的可能性。」

艾默里奇在電腦鍵盤上按了幾下。「胡德山。成層火山。海拔一萬一千二百五十呎。上次爆發是在一九〇七年。」

凱特琳低聲地笑了笑。雷尼也露出一絲冷笑。在飛機傾斜飛行之下，凱特琳得以從傾斜的角度瞥見波特蘭市區。西邊是森林茂密的山丘，威拉米特河岸擠滿了摩天大樓、橋梁和船隻。他們的噴射機做了一個大轉彎。她可以聽到飛行員在駕駛艙裡和空中航管人員在對話。

艾默里奇闔上他的筆電。「不用擔心胡德山。或者它在河對岸的姐妹山。今天不是擔心這種事的時候。」

當他們下降到最低的雲層底下時，暗藍灰的哥倫比亞河映入了眼簾。而聖海倫火山就矗立在河岸另一邊的華盛頓州。

「我不會的。」今天，火山是他們最不擔心的事情。

他們在飛機和河流保持平行的狀態下降落了，大片的水花噴濺在機翼和輪胎上，在推力反向器震耳欲聾的響聲中，凱特琳的身體不由自主地往前衝抵在她的安全帶上。他們轉了個彎，滑行過機場的兩座商用客運大樓，又近距離地經過飛往西雅圖、芝加哥和東京的噴射客機機翼。當他們抵達通用航空航站時，兩名來自FBI波特蘭辦公室的探員已經開著兩輛Suburban在等候他們了。

機長減低了引擎速度，然後打開了機艙門。一陣冰冷潮濕的寒風迎面而來。

一名探員從其中一輛SUV上下來和他們打招呼，他身上那件雨衣的縫線被他的肩膀撐到緊繃。艾默里奇迎上前去，完全沒有慢下腳步。

「最新狀況？」

那名探員帶著他們走向車子。「波特蘭警方在十分鐘前知會了我們。那輛從太浩湖拖車停車場偷來的車子，有人看到它出現在格林斯平大學的校園裡。」

凱特琳的胃立刻緊縮。

艾默里奇神色銳利地問：「有人看到？」

「那輛車停在殘障車位上，不過車上卻沒有殘障標示。學生通報校園的公共安全處，讓他們來把車拖走。並且把車牌號碼告訴了校園的車輛調度員。果然是那輛車。」

「但是？」

「等到校警抵達的時候，那輛車已經不見了。」

凱特琳的手機叮地響了一下。是艾蜜莉．哈特發來的簡訊。

我在西澤塔。

凱特琳的下巴差點掉了。「天哪。」

我知道你要我在警察局等你，但是，我不能那麼做，因為我姐妹會的姐妹們都還在這棟房子裡。警察很生氣，不過，我是個成人了。西澤塔現在封鎖了，還有兩名警員在這裡。

艾默里奇轉過身。「韓吉斯探員？」

「是艾蜜莉。」

她把狀況告訴了他們。艾默里奇聽著她的說明，臉上露出曾經經歷過家有青少年的父親式表情。

「我會和這幾位探員到校園去，」他說。「你和雷尼趕往那棟姐妹會的會館。」

語畢，他爬上其中一輛Suburban。那名波特蘭探員把另一輛車的鑰匙扔給雷尼。艾默里奇隨即出發，火速奔向校園。凱特琳和雷尼將她們的行李丟進了另一輛Suburban裡。

雷尼跳上駕駛座。凱特琳重重地關上車門之後，立刻打電話給艾蜜莉。沒有人接聽。她檢查了一下GPS，然後發出一則簡訊。

我們正在離開波特蘭國際機場。在前往你那裡的路上。留在姐妹會封鎖的會館裡。我們預計四十五分鐘後抵達。

雷尼用力地踩下了油門。

57

奧勒岡的夜晚在低垂的雲層下早早就降臨了。冰冷的雨水傾盆落在威拉米特山谷。在波特蘭西北的格林斯平大學，艾默里奇和兩名波特蘭FBI探員沿著蜿蜒狹窄的道路前進。他們在停車場停下車，就是德瑞克從太浩湖偷來的那輛車被人看到的那座停車場。兩輛閃爍著警燈的校園警車已經在那裡等他們了。

這座校園座落在山坡上，建築物被高大的黃杉所包圍。艾默里奇一下車，雨夾雪直接就撲上了他的臉。他和那名資深的校園警官握了握手。

她的名牌上寫著路易絲。「我們以扇形的展開方式進行搜尋，正在找那輛被偷的車。」

校園的設計圍繞著一連串的行人徒步區。在街燈下，他們所在的停車場空無一人——雖然天氣狀況很糟，不過，這樣的冷清還是超乎了艾默里奇的預期。

「我們已經啟動了校園緊急警報系統。簡訊、電子郵件和錄音的呼籲訊息都已經發送給學生了，通知他們有一名危險的在逃嫌犯出沒。那些訊息裡包括了那輛被偷的車子外型和車牌號碼。圖書館、實驗室，特別是學生宿舍的助理都已經收到了警報，並且正在指導學生就地避難。」

「很好。」

艾默里奇很慶幸格林斯平的校園緊急應變計畫很完善。然而，大學需要封鎖的事實卻讓他的胸口彷彿被一支螺絲開瓶器鑽過一樣。他自己的女兒就是維吉尼亞大學大二的學生。

路易絲巡邏車裡的警方無線電響了。她把頭探進車裡，對著無線電說了幾句話，然後帶著一臉警覺的神情，把無線電發送器放回原位。

「有學生剛在科學院所的中庭外攔下我們的一輛巡邏車。說他看到那輛被偷的車子開進了一座停車場。」

「那輛車還在那裡嗎？」艾默里奇問。

「那個學生說，駕駛下車之後，走進了生物系大樓。白人男子，看起來像個卡車司機。」

艾默里奇掃視著停車場。「我們需要支援。」

座落在兄弟會和姐妹會會館區的西澤塔會館位於格林斯平校園外一哩之處。在雨水變成雨夾雪之後，雲層遮蔽了夕陽，讓下午的時光陷入在灰炭般的陰暗裡。艾蜜莉・哈特在起居室的窗戶前面徘徊，看著街上的車燈。山坡上的黃杉在風中前後不停地搖擺。她打包好的行李袋就放在門邊。

一輛波特蘭警方巡邏車就停在路邊。一名警員坐在駕駛座上。他的搭檔則在會館的廚房裡加熱一杯咖啡。

會館是一棟老舊的殖民式建築，裡面住了三十六名姐妹會的成員。這棟高大牢固的建築物對艾蜜莉而言就像一座堡壘。晚餐已經準備好了。廚師也下班離開了。幾個女孩已經從冰箱裡拿出了傍晚的點心。她們正在和那名年輕的警員聊天。她們的聲音也刻意壓得很低。在樓上，電視頻道不停地在艾黛兒的轉播和世界體育中心[55]之間轉來轉去。飯廳裡，有人正在背誦著元素週期表。正常來說，會館裡總是充滿活力。然而今晚，空氣裡卻瀰漫著焦慮的氣氛。

一陣下樓的腳步聲從樓梯上傳來。女舍監妮娜·格羅斯讓帶著她的皮包和外套走進房間裡。

「有什麼最新狀況？」

艾蜜莉拿起她的手機。「那些FBI探員已經在路上了。」她看著格羅斯讓太太穿上她的外套。「你要去接嘉柏莉？」

「是啊。Triple A[56]沒有辦法像我這麼快就趕到她車子故障的地點。我不希望她一個人站在路邊。」不過，格羅斯讓太太看起來很為難。「艾蜜莉，如果事情沒有那麼緊急的話……」

「去吧。嘉柏莉一個人在外面。我沒事的。」艾蜜莉說。「廚房裡有個警察，門外五十呎也停了一輛警車，而FBI也確實已經在過來接我的路上了。」她捏捏格羅斯讓太太的手臂。「謝謝你讓我在這裡等。」

格羅斯讓把圍巾繞過自己的脖子。在那一瞬間裡，她的內心柔軟了下來。她是一個務實的人，身為這棟會館的總監，她把這份工作視為就像在管理一間專供年輕人住宿的小旅館。她拍拍艾蜜莉的肩膀。

「你是姐妹會的成員。你當然可以待在這裡。」她扣上外套。「FBI到的時候，記得打電話給我。」

「好的，女士。」艾蜜莉說。

格羅斯讓匆匆走進廚房。她的車子就停在屋後的停車場。

那名警察把他手中的咖啡放到流理台上。「我陪你走到外面。」

冷冽的空氣頓時穿過走廊，直到他把後門緊緊關上為止。艾蜜莉吐出一口氣。她轉回到前窗旁。雨雪越來越大了。

在校園裡，艾默里奇和當地的探員開車跟在兩輛格林斯平警車後面，沿著一條濕滑的道路經過主要的中庭，前往生物大樓外面的一座停車場。他們在那裡和另一輛車碰頭。車子在無聲中接近停車場：沒有燈光，沒有警笛。冰冷的雨水讓車頭燈前面的視野範圍變成了一片白茫茫的世界。

那輛被偷的車子是一輛很普通的灰色Camry。那是停車場裡唯一的一輛車子。艾默里奇下

55 世界體育中心（SportsCenter）是每天播出的體育新聞電視節目，是美國有線和衛星電視網路ESPN的旗艦節目和品牌。

56 Triple A（American Automobile Association, 縮寫為AAA），美國汽車協會，專門提供會員駕駛人道路資訊和救援服務的機構。

車，走進悲慘的雨夾雪之中。路易絲警員小心翼翼地靠近那輛Camry，同時用她的手電筒照亮了那輛車。

車裡沒有人。艾默里奇轉動著他自己手中的手電筒，望向車內。車子裡面看起來很乾淨。沒有個人物品。也沒有血跡。

「鑰匙在啟動器上。」他說。

路易絲看了他一眼。「我們有什麼理由可以不用等拿到搜索令就先行動嗎？」

他搖搖頭。「被偷的車。加上緊急狀況。」

他戴上手套，拉開車門，拿下了車鑰匙，然後走到後車廂。在不安之下，他拉開了後車廂的門。

裡面是空的。

路易絲肩膀上的無線電發出了雜音。她把頭湊向無線電，在講完話之後又抬起頭來。「波特蘭警方的機動部隊已經到了。」

那棟生物大樓是一座三層樓的磚房建築，座落在科學院所的中庭前面。艾默里奇用一隻手遮在眼睛上方，擋住不斷吹在他臉上的凍雨。大樓大廳的燈光是亮著的，不過，只有幾間辦公室的窗戶裡透出了光線。整棟建築物看起來死氣沉沉。

「建築物的格局？」他問。

路易絲伸出手指向前方。「大廳，樹枝狀的走廊圍著整棟建築物，然後在後面又匯合起來。升降電梯、樓梯。後門的出口處有幾級台階，往下連接到一條小徑，可以通到中庭的後面。」

「中庭後面是什麼？」

「後門的出口通往宿舍，以及兄弟會和姐妹會的校外會館。生物大樓為任何想要前往學生宿舍的人提供了遮蔽和捷徑。」

「你來帶路。」艾默里奇說。

路易絲再度對著她肩上的無線電說話。然後才說：「跟著我。」

校警和FBI排成一列地走向建築物。他們無聲地進入大樓裡。生物系辦公室的門不僅關上，也鎖上了。他們以縱隊的隊形穿過建築物。

每一扇辦公室的門都緊緊關著。警員們的橡膠鞋底安靜地踩過瓷磚地板，來到一個角落。路易絲示意他們停下腳步，隨即環顧四周，再往後退回來。

她低聲地說：「他在走廊中間，正朝著建築物的後面走去。」

她再度探向角落，然後給了他們一個走吧的信號。他們往前走，立刻就看到了那名男子正朝著他們的反方向走去。男子身穿一件法蘭絨襯衫，頭戴一頂棒球帽。他消失在了下一個轉角，朝著後門的出口而去。

路易絲再一次靠向她的無線電。「他過去了。」

他們很快地沿著走廊移動。然後在遠處的轉角停了下來。在聽到外面有一扇門被推開的聲音之後，路易絲查看了一下，示意他們繼續前進。建築物的尾端是一間帶有厚重玻璃門的小廳。只見那名穿著法蘭絨襯衫的男子站在建築物外面，小跑步地走下通往宿舍的台階。

在夜色的掩護下，部署在樹叢之中的波特蘭警方機動部隊隊長大喊了一聲：「不要動。」

58

凱特琳和雷尼的車蜿蜒在校園附近的山坡路上。在昏暗的傍晚裡，雷尼小心翼翼地駕駛在光滑的路面上。通往姐妹會會館的路線沿著一連串之字形的山路，將她們帶到了大學背面的山坡上。擋風玻璃上的雨刷不停地掃除泥濘的雪水，一刻都不得停歇。

凱特琳的手機響了。當她從口袋裡掏出手機時，她突然想起她還沒有回覆蜜雪兒的簡訊。這通電話是尼可拉斯．凱斯從匡提科打來的。

「有什麼消息？」她問。

「剛拿到人像畫師完成的那個女人的畫像，就是在德瑞克被關在監獄裡時協助他的那個女人。也就是那個把手機放在他的肯德基餐盒裡偷渡給他的女人。」

凱特琳把電話轉成免提通話。

「在帽T、假髮和那副巨大的太陽眼鏡下，她看起來就像大學航空炸彈客[57]，」凱斯說。

「這沒有什麼幫助。不過。不過——我懷疑她和勁爆美式足球式的那段錄影帶裡的女人是同一個

[57] 泰德．卡辛斯基（Ted Kaczynski），美國數學家、無政府主義者。在1978-1995年期間，針對被他認為是推動現代技術和破壞環境的人郵寄或放置炸彈，對象包括美國境內的大學教授、企業主管和航空公司，因而被FBI稱為「大學航空炸彈客」（Unabomber：University and Airline Bomber的簡稱）。

人。就是在索勒斯的電影院裡，當德瑞克還沒有綁架他的被害人之前，一直在電影院大廳裡四處跟蹤德瑞克的人。而且，我越是運算那段錄影帶，運算出來的數據就越讓我相信德瑞克並不知道她在跟蹤他。」

凱特琳和雷尼交換了一個眼神。雷尼說：「把畫像發過來。」

「謝謝，凱斯。」

「那不是我打這通電話唯一的原因，」他說。「艾蜜莉．哈特的社群媒體上有她和姐妹會的新姐妹在西澤塔的照片。我假設德瑞克也知道了。」

「波特蘭警方在現場。」凱特琳查看了一下GPS。「我們還有半哩路就到了。」

雷尼減速繞過另一個急轉彎。凱特琳緊張地掃視著道路和威拉米特河谷上方樹林茂密的山坡。

「小心點。」凱斯說。

「警察。不要動。」

在生物大樓後面，那名穿著法蘭絨襯衫的男子在台階底下靜止不動。波特蘭警察持槍從陰影中衝出來。艾默里奇、當地的FBI探員以及校警，全都手持武器地從大樓後門衝進了雨雪之中。他們跑下台階。兩名波特蘭機動部隊將男子摔在了地上。

男子面部朝下地摔倒在人行道上，發出了一道悶響。十幾支手電筒的光線全都集中在他身上。警察立刻在他的手腕銬上了手銬。

艾默里奇把他的槍收回槍套裡，趨前將男子翻過身來。在手電筒冰冷的光線底下，男子脖子上的脈搏不停地在跳動。他的眼睛瞪得彷彿發亮的銀幣。艾默里奇摘下他頭上的棒球帽。

那不是德瑞克。

那名男子面色發白，渾身癱軟——看起來不超過二十二歲。他躺在自己被銬的雙手上，張大了嘴。他的眼神不停地在艾默里奇和那些警察之間來回移動。

「不要傷害我。」

艾默里奇往後退，在濕漉漉而慘澹的夜色中環顧四周。濕冷的風悄悄地滲進了他外套的衣領底下。

「這是怎麼回事？」那名男子問。

路易絲警官蹲到男子旁邊。「你是誰？」

「凱文．雷德。」

「你在這裡做什麼？」

「我又沒有做錯什麼。」

「你為什麼在生物大樓裡？」

「那個人。」

艾默里奇問：「哪個人？」

「那個人給了我一百塊錢，要我把一個信封送到生物系辦公室。我沒有做錯什麼。我只是把那個信封塞進辦公室的門底下而已。」

路易絲把那名男子轉向他的側面，從他身後的口袋裡掏出一只皮夾。裡面有一張嶄新的百元大鈔。她抽出男子的駕照。

「凱文·雷德。」她說。

雷德瑟瑟發抖地躺在人行道上。「遞送一個信封並沒有犯罪。不要把你們的槍對著我。」

在路易絲點頭之下，警察紛紛將他們的槍收進了槍套。路易絲把雷德拉起身。她的警員抓著雷德的手肘，將他帶開去進行問訊。艾默里奇掃視著陰暗、蓊鬱的校園。

路易絲的呼吸在空氣裡化成一團白霧。「怎麼回事？」

艾默里奇感到一股深深的寒意。「轉移注意力。在亞利桑那的時候，我們的探員跟蹤德瑞克接近他下手的目標，因而逮捕到他。他從中學到了教訓。他這是在聲東擊西。」

路易絲說：「那他到底在哪裡？」

當西澤塔的門鈴響時，艾蜜莉正在廚房裡喝著一杯牛奶。透過屋後的窗戶，她可以看到停車場。格羅斯讓太太的車已經不見了。原本停車的位置只剩下一塊方形的深色柏油地面，還沒有被逐漸加大的雨雪所覆蓋。

艾蜜莉把杯子放在水槽裡，向前門走去。

在起居室裡，兩名她的姐妹會姐妹從沙發上跳下來。另外三個則跑下樓梯，躲進前廳裡。艾蜜莉走向前門，不過，她們立刻招手要她回來。

「不—不要，」茱莉亞．陳說。「待在這裡。」

幾個年輕的女子在艾蜜莉身邊圍成了一個保護的壁壘。她覺得自己彷彿一顆處在兩支爭球隊伍正中央的橄欖球。茱莉亞和她的室友漢娜緊張地靠近大門。那是一扇沉重結實的木門。茱莉亞握緊拳頭，透過貓眼看出去。

「是一個穿黑色西裝的女人。」她轉向艾蜜莉。「拿著**FBI**的證件。」

艾蜜莉鬆了一口氣地說：「沒關係的。」

那道堡壘這才讓她穿越過她們，於是，她打開了門鎖。

「特別探員韓吉斯。」

陽台上的那名女子把裝著徽章的皮夾放下來，然後把證件收進口袋裡。「哈特小姐。」

艾蜜莉站到旁邊讓她進門。那名女子很年輕，有著一頭茂密的金髮。她看了一眼其他的女孩。

「我需要單獨和艾蜜莉談談。請你們各自回房，待在那裡等著。我會在幾分鐘之後個別和你們面談。」

女孩們帶著好奇和不情願離開了。那名金髮女子轉向跟在她身後進門的男子。「這是主任探員艾默里奇。」

那名有著一頭深色頭髮和灰色眼睛的男子關上大門，隨即鎖上了門閂。

59

雨雪在Suburban的擋風玻璃上劃出斑斑的痕跡。雷尼轉過最後一道急轉彎，爬上山坡的頂端。在茂密的黃杉之中，屋子的燈火在冰凍的雨水下隱約可見。狹窄的街道上停滿了車。沒有人在這種天氣裡出門。

凱特琳指著那棟建築。「就是那裡。」

雷尼降低車速，壓低了頭，透過堆積在擋風玻璃上的雨雪看出去。那棟西澤塔會館是一幢老舊的殖民式建築物。在陽台的燈光下，屋前覆蓋著冰雪的草坪看起來一片慘白。一輛波特蘭警方巡邏車就停在路邊。

屋子裡的窗簾拉到窗戶以上。在看似起居室的房間裡，穿著一件暗藍色帽T的艾蜜莉清楚可見，幾縷棕色的捲髮已經從她散亂的馬尾上垂落了。她雙臂交叉，正在對房間對面的某個人說話，不過，那個人所在的位置超出了她們的視線範圍。

「她們沒有把窗簾放下來。」雷尼說。

艾蜜莉在和誰說話？她們往前開近屋子。一名女子走進了她們的視線範圍，她背對著窗戶而站。透過雨雪，凱特琳可以看到那名女子有著一頭垂到肩膀以下的金髮。是舍監嗎？不——她穿得太正式了。那名女子穿著黑色的西裝和白色的襯衫。就像一名餐飲業的經理或者醫院的保險聯絡員。或者一名FBI探員。

「韓吉斯。」雷尼叫了她一聲。

她打開車子的遠光燈。只見停在她們正前方的那輛警察巡邏車裡空無一人。駕駛座的窗戶是降下來的，冰雪不停地捲進車裡。

凱特琳的胃一緊。「天啊。」

在屋裡，那名女子用食指指著艾蜜莉。她一邊對著身後的艾蜜莉說話，一邊走向窗戶，拉下了窗簾。在那千分之一秒的瞬間，她的臉出現在了她們的視線裡。

「老天，你看到她……」

在拉下來的窗簾上，那名女子的身影依然可見。她轉過身。女子一把抓住艾蜜莉的手臂，將她的手肘扭到她的背後。

「他們已經在裡面了。」雷尼說。

屋裡的燈光突然熄滅。

凱特琳等不及她們的Suburban停下來就已經跳下車了。

凱特琳握著她的格拉克手槍，在冰冷的雨中跑過屋前的草坪。那輛Suburban在她身後緊急停了下來。車門重重地被關上，雷尼的腳步聲隨即響起。

她們衝上姐妹會館屋前的台階，在大門兩邊各自就定位。雷尼抓住門把。門鎖上了。

她從身後的口袋裡掏出手機。手機螢幕因為來電而發亮。她接起電話，發亮而銳利的目光掃視著黑暗的屋子和草坪。

「艾默里奇，」她說。「德瑞克在姐妹會的會館裡。波特蘭警察不見了蹤影。我們需要支援。」

凱特琳示意她要從後面進入，隨即繞過了屋子的側面。她跑進陰影之中，無視於打在臉上的冰雪。她聽到雷尼打破一扇窗戶，從前面爬進了屋裡。

她差點就被躺在地上的那個人絆倒。

那是一名警員。她蹲下來，把兩隻手指貼在他的脖子上。脈搏還在跳動。他還在呼吸。

她把手縮回來的時候，手指已經沾上了溫熱的鮮血。她在牛仔褲上擦了擦手，然後掏出手機，打給了波特蘭警方。她沉著而快速地把自己的FBI警徽號碼和所在位置告訴了對方。「有警員倒下了。重複一次，有警員倒下了。」

她自己的脈搏正在加速，她站起身，躡手躡腳地走向屋後。在沒有遮擋之下，她可以看見一座露台、草坪和建築物後面的矮樹叢。她奔向大開著的後門。

凱特琳舉起槍踏進屋裡，她一邊轉過角落，一邊上下掃動著手裡的槍，以確保門口附近淨空。她發現自己所在之處是個廚房。

她離開門邊，將她的手槍從廚房左邊掃向右邊。她的眼睛已經適應了漆黑的室內。流理台和水槽在窗戶底下。大型的中島在廚房中間。冰箱和櫥櫃內嵌在牆壁裡。她左右滑動著腳步，以扇形的走位方式確認廚房裡沒有危險。她的心臟不停地在怦怦作響。

她找到了電燈開關。扳起開關。什麼作用也沒有——德瑞克或者他的搭檔切斷了電源。

她一步步往廚房裡面走去，卻差點因為踩到什麼滑溜的東西而腳底打滑。她穩住自己，打開手電筒，驚恐地看到了一灘鮮血。

一名穿著格林斯平大學運動衫的年輕女子動也不動地躺在中島一角的地板上。她的後腦在重擊下嚴重受傷。凱特琳蹲下身，將手指輕觸女孩的頸動脈。脈搏已經停止了跳動。

凱特琳的呼吸急促了起來。沾血的腳印從那名年輕女子的屍體通往了廚房的樓梯。

雷尼的聲音從起居室傳來，「這裡安全了。」

凱特琳站起身，繞過中島，將她的手電筒燈光掃過廚房。「廚房安全了。雷尼——樓上。」

她關掉手電筒，衝上廚房的樓梯。她的靴子重重地踩過木頭的階梯。在她抵達樓梯頂端之前，她蹲下身，舉起槍，心臟在胸口狂跳。她緩緩地起身，手中的槍直指前方的走廊。

在樓梯頂端的走廊上，另一名年輕的女子趴在地板上。染血的足跡沿著走廊繼續往前延伸。

凱特琳在驚駭之下心想，德瑞克那場宣言式的殺戮已經不限於艾蜜莉了。

姐妹會對他來說充滿了誘惑，讓他無法放過這個目標。他要毀掉這棟房子，就像一個在高速公路上咆哮著用棒球棒砸毀一堆信箱的鄉巴佬一樣。

雷尼奔上樓梯。「沒有看到艾蜜莉或剛才在樓下的那個女人。」

「後門是大開的。」

帶著一股令人作嘔的確定感，她知道發生了什麼事。那個穿著黑西裝的金髮女子，也就是德瑞克的共犯，已經把艾蜜莉抓走了。

「德瑞克在最後一刻改變了計畫，」她說。「他沒有帶著艾蜜莉逃走，他留了下來。」

走廊盡頭的一間房間傳來了一陣呻吟，然後是尖叫。凱特琳和雷尼舉起了各自的手槍。雷尼在前，凱特琳一手搭在雷尼肩膀上尾隨在後。她們來到臥室門口。雷尼抵靠在左邊的牆壁上就好定位。凱特琳則負責右邊。

凱特琳轉動著門把。門被鎖上了。

她大喊了一聲：「FBI。」

一個女孩在房間裡大聲求助。凱特琳往後退開。雷尼立刻把她的槍對準房門以掩護她。凱特琳站穩之後，抬起腳踢向門閂。房門卻沒有動靜。

「離開門邊。」她再次大喊。

門內傳來一陣拖著腳步走路的聲音。一個年輕的聲音隨即響起：「離開了。」

她調整自己的角度，和房門保持著一個銳角，然後朝著門閂四周開了四槍。當她再度踢門時，這回門被踢開了。

房間裡，一名年輕的女子坐在地上，抱著她受傷的室友。

雷尼快速穿過門口，將她的武器掃向右邊。「右邊安全了。」

凱特琳緊跟在她身後，對準了左邊。「左邊安全了。房間安全了。」

冰凍的雨水打進房間裡。窗戶是打開的，紗窗已經被踢掉了。

地上的那名年輕女子從那頭深色的頭髮底下抬起目光。她指著窗戶。「他跳下去了。」

雷尼在那個受傷的女孩旁邊蹲了下來。她很快地呼叫了護理人員和空中支援。

凱特琳探出窗戶。屋外沒有德瑞克的蹤影。

她打電話給艾默里奇。「他跑了。」

「我還有十分鐘就到，還有一支波特蘭警方的機動部隊也會一起抵達。其他人應該在五分鐘之內會趕到。」

「德瑞克的共犯抓走了艾蜜莉。她可能會去和他會合。」窗戶底下是一座混凝土的露台和壞掉的露台椅子。「他重重地撞到了地上。他可能受傷了。」

「小心點，」艾默里奇說。「但得把他找出來。」

雷尼蹲在那名受傷的年輕女子身邊。那個女孩已經失去了意識。

「她還在呼吸。她的脈搏很有力。」雷尼轉向女孩的室友。「你叫什麼名字？」

「茱莉亞。」

「茱莉亞，這棟屋子裡還有多少人？」

「也許……二十幾個？全都在她們自己的房間裡；他們叫我們上樓……」

「援助已經在路上了。等我們離開之後，把門關上，然後把梳妝台推到門前面，不要開門，直到你看到穿著制服的警察帶著護理人員進到房子裡。你能做到嗎？」

「可以。」那個女孩用力地點點頭。

凱特琳和雷尼跑回走廊。臥房的門在她們身後關上，隨即是梳妝台刮過地板的聲音。

當她們跑過走廊時，有幾扇門打開了幾吋。雷尼大喊：「待在你們的房間裡，鎖上房門。警方已經在過來的路上了。」

她和凱特琳衝下樓梯。屋外，透過雨雪，藍色和紅色的燈光正在遠處閃爍。警察從校園趕過來了——從這條路的一哩之外、翻過山坡頂端過來了。雷尼將她的手電筒燈光掃過草坪。只見泥濘的足跡參差不齊地朝著樹林而去。

「他的腳跛了。」凱特琳說。

「那把雷明頓。」雷尼跑過街道，打算從她們的Suburban裡拿出那把步槍。

凱特琳把她的手電筒對準了樹叢。德瑞克的腳印消失在了糾纏不清的杜鵑花叢裡。

在強勁的風雪中，一道聲音從她身後傳來。一陣低沉的隆隆聲。然後逐漸加大成引擎的咆哮聲。車頭燈突然亮起。

一輛黑色的SUV正朝著停在街上的那輛Suburban加速駛去。

凱特琳想都沒有多想，就朝著那輛 Suburban 奔去。「雷尼。」

車頭燈照亮了正在接近 Suburban 的雷尼。那輛黑色的 SUV 直接對著她疾馳過去。雷尼猛然跳開，企圖閃過 SUV 的路徑。那輛 SUV 撞上了她。

她被撞飛到車子的引擎蓋上，然後摔向擋風玻璃，撞碎了玻璃。隨即往下滑落，滾到了人行道上。

那輛 SUV 持續往前衝。那是一輛黑色的雪佛蘭 Tahoe——幾乎可以視為那輛 Suburban 的孿生兄弟。它擦撞到那輛 FBI 的車。然後緊急轉向姐妹會會館，開上路邊，直接衝到了草坪上。它的車頭燈大亮，讓凱特琳在目眩之下什麼也看不清。她心想：我死定了。

她原地旋轉過身，那輛雪佛蘭 Tahoe 立刻撞到了她的側面。

雖然撞偏了，不過那股力道依然讓她失去平衡，面部朝下地沿著人行道滑了出去。

那輛 Tahoe 失去了摩擦力，在草坪上停了下來，它的駕駛座正對著凱特琳。車頭燈在街上投下了鮮明的燈光和一道道的陰影。

凱特琳在震驚和顫抖中抬起頭。她隱約地看到幾張臉孔湊近會館樓上的窗邊。隔壁的露台上有一道身影——不過立刻就躲進了屋裡。藍色和紅色的警燈穿過山坡頂端的黃杉林。她聽到遠處傳來了警笛聲。

那輛 Tahoe 駕駛座的車門打開了。車頂燈跟著亮起。艾蜜莉就在後座，明顯地被綁了起來——被手銬或者拉鍊綁在了車門內的把手上。她努力地想要掙脫束縛，不過卻徒勞無功。

車子的駕駛爬了出來。是那名穿著黑色西裝的金髮女子。她看了動也不動、躺在路上的雷尼一眼，然後轉向凱特琳。那名女子的眼神十分冷酷。宛如河裡的石頭，光滑、無情、同理心已經被侵蝕殆盡。

即便躺在地上，凱特琳也認得出那抹神情。她曾經見過這個表情——在奧斯汀，在德瑞克的城堡灣房產辦公室外面的街上，這個女人曾經瞪著凱特琳，彷彿要將凱特琳像小鹿般地開腸破肚。就是那個前台。那個認為德瑞克很不可思議的女人。布蘭蒂．查德斯。

一把刀在她的手中閃爍著寒光。

凱特琳翻過身，摸索著她的格拉克手槍。布蘭蒂已經向前衝過來了。

空氣裡響起一道槍聲，子彈正中那個女人的胸口。

槍聲瞬間被強風蓋過，不過，沒有什麼能取代十二口徑的鉛彈正中心臟的畫面。布蘭蒂白色的襯衫、蒼白的皮膚，以及淺金色的頭髮，瞬間變成了一團紅色的霧氣。她倒了下來，彷彿身上的線繩被割斷一般地倒在了草坪上。

草地上的雪水在她的身體底下被染成了深紅色。她靜靜地躺在了那裡。

只見雷尼站在街道上，手持著那把雷明頓。她握著那把步槍，槍口對準布蘭蒂，就那樣持續站了兩秒鐘，以防萬一。然後才往後靠在那輛Suburban側面，一屁股坐到柏油路面上。

凱特琳踉蹌地站起身。踢開布蘭蒂手中的刀子，確認她已經沒有了脈搏，才拾起刀子，蹣跚地走向雷尼。

渾身覆蓋著鮮血和玻璃碎片的雷尼抵著 Suburban，癱坐在地上。那把步槍還在她的手中劇烈地震動著。凱特琳來到她身邊，單腿跪了下來。

雷尼說：「我沒事，沒事的。」

事實並非如此，不過，雷尼的雙眼很清澈，當凱特琳抓住她的手腕時，她的脈搏還很有力。雷尼點了點頭：她可以撐得住。凱特琳把布蘭蒂的刀子遞給她，隨即站起身。閃爍的燈光越來越近，警笛也越來越清楚。

她眨眨眼睛。在通往大學的那條路上，一輛皮卡橫向地停在了狹窄的街道上，前格柵和後擋板幾乎就要碰到停在街道兩邊的車輛，直接擋住了馬路。

就像在德瑞克逃出法院之後，在克萊因科高速公路上擋住一整個車道的那些垃圾桶一樣。

她轉身看著那輛 Tahoe。透過傾盆的大雨，她看到一個影子衝向那輛 SUV 的另一邊。隨即傳來艾蜜莉的尖叫聲。

德瑞克。凱特琳舉起她的手槍，瞄準那輛車子。德瑞克跳進了那輛 Tahoe 的駕駛座，發動車子，朝著街道駛去。凱特琳的槍指著車子，然而，艾蜜莉就在火線上。她沒有機會開槍。

那輛 Tahoe 駛上濕滑的路面，撞到了一輛停在路邊的車子。德瑞克急速地轉動著方向盤。他轉過身，兩眼發亮地看了凱特琳一眼。然後沿著街道加速前進，遠離了逐漸接近的燈光和警笛。

凱特琳朝著那輛FBI的Suburban跑了兩步。車子已經被撞爛了。

雷尼抬起頭。她的聲音穿透了冷風。「用跑的。」

60

凱特琳追在那輛Tahoe後面，沿著人行道飛奔。她的肋骨在痛。她的肩膀在痛。她的左腿感覺像一團瘀青的肉。雨雪不斷地打在她的臉上。

警笛在她身後越來越響。她回頭望去。雷尼依舊蜷縮在那輛Suburban旁邊。閃爍不停的警車燈已經出現在了山坡頂端。很快地，他們就會加速衝下那條狹窄的街道，然後發現那輛皮卡擋住了他們的去路。那輛卡車擋不了他們太久——一分鐘最多了——然而，一分鐘可能已經太久了。德瑞克正在加速離開這個社區，朝著主要的馬路和五號州際公路駛去。如果凱特琳失去他的蹤影，他就會消失在陰沉的暴風雨裡。

如果真的如此，艾蜜莉就死定了。

那輛Tahoe的車尾燈在大雨中越來越遠。凱特琳的喉嚨緊縮。她永遠也無法徒步趕上一輛SUV。不可能。

就在此時，她萌生了一個念頭：我當然可以。

為了要抵達山坡底下，德瑞克必須要繞過四道急轉彎。她可以攔住他。

她猛然轉身，往回跑向姐妹會的會館，衝進了後院。在後院的尾端，她撥開了灌木叢。灌木叢的後面是一道林木茂密的陡坡。她聽到了那輛Tahoe在遠處逼近髮夾彎的聲音。她拔腿奔跑，失去平衡地往下衝，企圖要趕上他。

在沿著滑溜的山坡往下衝過一百碼之後，透過樹叢，她看到了覆蓋著白雪的柏油路面。車頭燈正在逼近。她加快了腳步。

就在她趕到馬路之前，那輛Tahoe已經疾馳而過了。

「可惡。」

她強而有力地告訴自己：什麼都不要在乎。被車撞到的疼痛。那些瘀青。那些刮傷。不要管打在她臉上的冰雪。用力跑。全力以赴吧，公主。她努力地奔跑。那輛Tahoe的車尾燈已經在前往下一個髮夾彎的半路上了。

她開始喘氣。她不能停下來，不能慢下來。她至少還要以這樣的速度再繼續跑半哩。她還可以更快。她幹嘛要節省她的精力？

她越過馬路，從山坡的另一頭往下繼續奔馳。她聽到那輛Tahoe再次轉彎。她用雙臂擋在面前，衝過灌木叢和樹枝。看到了馬路就在她的下方。

那輛Tahoe的車頭燈掃過來，再度從她面前經過。她衝上馬路，這回只比那輛車晚了幾秒。車子繼續往下一個彎道前進。它的煞車燈亮起——有點遲了。只見那輛Tahoe偏離了車道，擦撞到護欄，差點就錯過了那個轉彎。

德瑞克似乎受傷了。凱特琳拋棄僅剩的最後一點謹慎，越過馬路，縱身一跳，在黑暗中衝下了山坡。在她身後的姐妹會會館，那些閃爍的警車燈已經在風雨中變得模糊不清了。她聆聽著那輛Tahoe的引擎聲。

她的腳絆到一根藤蔓。讓她往前跌了出去。

她縮成一團地摔倒在地，雖然企圖要往前翻滾，然而，摔跤的力道卻讓她喘不過氣來。她在震驚的叫喊聲中，從泥土、砂礫和樹葉中滑下了山坡。她再次翻滾，很快地在失去重心中重新爬起身，然後繼續往前跑。她又聽到了那輛Tahoe的引擎聲。車頭燈在遠方掃過那道急轉彎。

那輛SUV來到了彎道。這次，她領先了。

她衝出樹叢，踩到路面上，舉起了她的格拉克手槍。

德瑞克朝著她加速而來。冰冷的恐懼向她湧來。她的手指緊緊地抵在扳機上。等待。她打算瞄準車子的散熱器連續開槍。她手上握的是一把半自動手槍。為了要擊中目標，她必須要和她的目標離得夠近。

車頭燈刺痛了她的眼睛。她瞄準車燈之間，扣下了扳機。

開槍，她聽到子彈反彈的聲音。然後再次扣下扳機。

沒有反應。她的格拉克手槍沒有發射出子彈。

老天。

那輛車向她咆哮而來，刺眼的車燈越來越近。她衝向路邊。那輛Tahoe疾馳而過。她火速轉身，心臟狂跳得有如一隻野兔。她用她的手電筒照著那把格拉克。該死。拋殼口在她滑下山坡時沾滿了泥土。導致手槍發生了雙給彈的狀況。她的槍卡住了。

她錯過了。德瑞克安然通過了。

那輛 Tahoe 繼續駛下山坡。最後一道急轉彎就在它的前方。她只剩下最後一次機會可以利用捷徑從山坡直接衝到底下的馬路去阻止他。

她把細長的手電筒塞進嘴裡。然後鎖住格拉克的滑套，拔除彈匣。再將滑套拉動三次。她從皮帶裡掏出一只新的彈匣插入，最後再拉了一次滑套。

然而，子彈無法推入定位。她拍打著彈匣底部，又拉了一次滑套，但是，她的槍依然不對勁。天知道有什麼東西卡在了彈簧、彈膛和槍管裡。她沒有時間、也沒有工具可以清理她的手槍。只能把槍收回槍套裡。

她看了一眼正在急速開下坡的那輛 Tahoe。它已經幾乎要抵達急轉彎了。她轉向那條捷徑，等著煞車燈亮起。

煞車燈並沒有亮起。

冰冷的雨水落入她的眼眶，讓她不自主地眨了眨眼。她一邊喘氣一邊低聲說：「喔，天啊。」那輛 Tahoe 的車頭燈照亮了它的前方。樹叢、一道護欄、黃色的警示牌。然而，它並沒有減緩速度。

老天爺。它在那條蓋滿雪水的路面上偏離方向，錯過了轉彎的彎道。

那是一聲尖叫，彷彿一個開瓶器在金屬上劃過一樣。那輛 Tahoe 在護欄上刮出一道切口，從路面上俯衝了出去。

凱特琳爬過斷裂的護欄。在護欄的後方，那座陡坡彷彿被那輛Tahoe的俯衝犁過一樣。那輛SUV已經衝下了山坡，穿過了一片小樹叢和蕨類。她聽到一陣湍急的流水聲從山坡底下那一片黑暗裡傳來。

她用手電筒掃視著山坡的下滑線。輪胎的軌跡在陡坡上留下了兩道深溝。軌跡在六碼之外變得不規則，然後消失在了黑暗裡。她咬了咬牙。那輛Tahoe已經轉向、翻滾了下去。

她繼續走下山坡。湍急的流水聲越來越大。她在打滑的泥土上滑行過最後的十呎，終於在手腳並用下停了下來。

那輛Tahoe毀損地躺在一條水流洶湧的混凝土洩洪渠道裡。

在她的手電筒燈光底下，水流在激烈的衝擊下激起一大片白色的泡沫。流水不停地撞擊在那輛SUV的前格柵上面。車子半淹沒在水裡，駕駛座那一側朝下，引擎蓋和車頂面對著她。一具依然亮著的頭燈還在水面之上。

凱特琳不停地喘氣。她的呼吸在冰冷的雨水裡，彷彿煙霧般地把她圍繞了起來。那條洩洪渠道有二十碼寬。大部分的日子裡，渠道中間也許只有一吋深的水流涓涓流過。然而今晚，一股劇烈攪動的激流不斷地沖刷著渠道歪斜的堤岸。她的手電筒燈光四下掃過現場。在那輛Tahoe十碼外的下游，那條渠道急遽地陡降到了主要的河流裡。她可以聽到如雷的水聲就在底下。

「喔，我的天。」

那輛SUV的前輪被一堆殘骸卡住。一根樹枝、鋼筋，還有其他亂七八糟的東西。是那些東西讓那輛Tahoe免於被激流沖走。

暫時而已。渠道裡的水流高度正在往上升。

凱特琳把手電筒瞄準了Tahoe的擋風玻璃。車裡一半的空間已經被水淹沒了。駕駛座上沒有人。

透過那輛SUV的天窗，凱特琳看到了艾蜜莉。那個女孩很明顯地被束線帶綁在了後乘客座車門裡的門把上，就在駕駛座正後方的那個座位。那扇車門貼在了洩洪渠道的底部。在車內的積水已經到達中線的情況下，艾蜜莉只能勉強把臉保持在水面上，掙扎著呼吸。

凱特琳拿出她的手機，打給了艾默里奇，把自己的方位告訴他。「我們需要消防救援。立刻馬上。」

「兩分鐘。」艾默里奇說。

水已經淹到了艾蜜莉的下巴。

「她沒有兩分鐘可以等了。」她沒有辦法等到消防救援抵達。

她在口乾舌燥和顫抖之中收起手機，從雜草叢生的山坡踏到洩洪渠道傾斜的混凝土堤岸上，然後一吋一吋地往下移動。空氣裡充斥著冰冷的水花和雨雪。

當她還是一名巡警時，她曾經看過車輛在街道的洪水中被沖走——當時的水深是兩呎。而眼前的水看起來比那場洪水還要深。這會是一股怪獸般的力量。

那輛Tahoe裡傳出了一陣擊打聲。凱特琳把手電筒照向天窗。艾蜜莉的前額正在流血，鮮紅色的血液流過她的濕髮和臉頰。為了引起凱特琳的注意，她用頭撞擊了天窗。車裡的積水噴濺在艾蜜莉的臉上。

凱特琳一明一暗地閃爍著手電筒的光線回應她。「我馬上就來。」

她把手電筒塞到身後的口袋裡，蹣跚地往上游走了大約四十碼。她吐出了幾口急促的氣息，然後大叫一聲地跳下堤岸邊緣。

她掉進了深及大腿的水流裡。

「我的老天。」

冰凍的水溫並未立即將她吞噬——而是宛如電擊般地讓她差點休克。她的雙腿立刻變得僵硬。一股喘不過氣來的痛楚一路飆竄到了她的大腦。

快。

她把雙腿岔開穩住自己，同時伸出雙手保持平衡，然後朝著那輛SUV移動。每踏出一步，她都在滑倒的邊緣掙扎著。那股嚴峻的寒意和水流的沖力都讓她感到巨大的恐懼。如果她失去控制的話，即便只是很短暫的一下子……

她想到了尚恩。想到了她父親。*天啊，老天爺，但願他們現在就帶著救援設備、繩索和背帶出現在這裡。*

艾蜜莉拚命地把她的頭往後傾斜，努力地想要呼吸。老天，喔，天哪——*管他的。*她得救艾蜜莉。要不就是救出她，要不就是兩人一起沒命。快。

凱特琳涉過滾滾的水流，冰冷讓她的雙腿彷彿在燃燒。四十呎、三十、十五——她伸出手，抓住了那輛Tahoe的前格柵。

水流的力道將她壓在前格柵上。她用力將冰冷的雙手貼在那輛SUV上，困難地從水裡爬出來，攀上車子的前面板和右輪的位置。

她爬到前面的乘客座車門，牙齒不自主地在打顫。車門無法打開。它已經被壓得變形了。她繼續爬往後座的車門。

她用發麻的手指抓住門把，將車門往上拉開。她把車門拉到最開，然後往車裡端詳。沒有德瑞克的蹤影。

他在車子翻滾的時候被拋出車外了嗎？被甩到瀑布底下了嗎？那個王八蛋逃走了嗎？她無法看到最後一排座位，也看不到車子的最後面。

不要再猜了。快點。

艾蜜莉在她正下方的後座裡半淹沒在了水裡，無力地浮沉著。

凱特琳心跳加速地從身後的口袋裡取出她的水滴形小刀。她把刀子緊緊握在手裡，直到她確定刀子已經穩穩地握在了她冰冷的手裡。她告訴自己的手指，抓緊了，隨即跳進車裡。

她再度浸入了深及大腿的冰水裡。她吸了一口氣，低頭潛入水中，奮力讓自己不要在幾乎無法承受的冰水中倒抽一口氣。她沿著艾蜜莉的手臂摸索，直到發現了那條束線帶。她把刀尖滑入帶子底下，用力刷過。她一次一次地鋸著束線帶，直到切斷那條塑膠帶為止。

艾蜜莉漂浮了起來。凱特琳從水裡站起身，很快地吸了一口氣，隨即將艾蜜莉的頭撐在水面上。

她沒有了呼吸。

61

艾蜜莉的臉宛如鬼魅一樣白，她的唇色彷彿木炭。她的雙眼半開，眼白都翻出來了。凱特琳的手在發凍，不過，艾蜜莉的皮膚卻更冰冷。這女孩幾乎要凍僵了。

在翻覆又有限的車內空間裡，她無法把艾蜜莉放倒成急救的姿勢，更遑論把她抬出車子，讓她躺平。凱特琳把這個年輕女子抱在懷中抬高。

她在牙齒打顫中小聲地說：「加油，孩子。加油。」

急救步驟是ABC——呼吸道、呼吸、循環。她把一隻手放到艾蜜莉的後腦，讓她的下巴抬高，保持她的呼吸道通暢。

沒有反應。

「艾蜜莉，醒醒。」

車外，滔滔的水流擊打著車身。此刻，這輛SUV就像一座不斷發出轟鳴的污水坑。水正在從車子的每一個接縫滲進車裡。恐懼也是。

艾蜜莉依然疲軟無力。一陣恐慌爬上凱特琳的神經。這女孩缺氧多久了？

她挪動到艾蜜莉身後，將艾蜜莉往上托，抵在她的胸前，然後將自己的雙手握拳，緊壓在艾蜜莉的肋骨底下。凱特琳站穩雙腿，將雙拳用力壓進艾蜜莉的橫膈膜，幫她施行哈姆立克急救法。

一大團水立刻從艾蜜莉的嘴裡噴出。艾蜜莉咳嗽了幾聲，吸了一口氣。腎上腺素衝進了凱特琳的血管裡。「加油。」

她緊緊地扶助艾蜜莉。在第二口呼吸下，艾蜜莉睜開了眼睛。

在很短暫的一瞬間裡，艾蜜莉只是瞪著眼前的一片黑暗，什麼也看不到。她渾濁的呼吸聲迴盪在車裡。很快地，她眨了眨眼睛，似乎確定了自己身在何處，隨即變得渾身僵硬。她握著拳，把手伸出水面。弓起背，試著要掙脫。

「艾蜜莉，」凱特琳緊緊抱住她。「我是凱特琳·韓吉斯。」

艾蜜莉啐了一聲。「證明給我看。」

凱特琳在顫抖中持續抱緊她。「那得等我們出去之後。我們現在就要出去了。」

艾蜜莉依舊緊繃。凱特琳可以感覺到這個女孩年輕的精力開始恢復了。如果現在要在逃跑或者拚命之間做選擇的話，她一定會選擇拚命的。

「我的證件濕了。等我們離開這裡以後，我就證明給你看。」凱特琳說。

艾蜜莉持續地握緊雙手，準備揮拳。過了一秒鐘之後，她才緊張地輕點了一下頭。「嗯。」

凱特琳繼續抱著艾蜜莉，直到後者的腳開始試著站立。她還在搖晃，還在咳嗽和發抖。凱特琳不禁懷疑她是否可以自己站穩。

「往上。抓住門框。我會把你推出去。」凱特琳說。

車子後面傳來一個聲音。水花濺起的聲音。就在車裡。

車裡的空氣似乎在晃動。凱特琳的皮膚不自主地在收縮。

她側過身，目光掃過後面的乘客座和SUV漆黑的後車廂。陰影。身形，黑夜中的黑影。一抹閃光。

德瑞克蹲在車子的最後面，正在瞪視著她。

她立刻就認出他來了。發亮的眼睛，肩上揹著斜挎包。錢，她心想。證件。逃難包。

她把艾蜜莉推到她的身後。當她伸手取刀的時候，德瑞克已經向她撲過來了。

他越過後座，用力地撞倒她，將她一路撞到了儀表板。然後抓緊她的脖子。

鮮血從他前額一道嚴重的傷口湧出。在儀表板微弱的燈光下，他那雙灰色的眼睛閃爍著銀色的光芒。那樣的眼神是她從來沒有見過的。

那就是他的被害人在被他殺掉之前那幾秒鐘裡所看到的。他的神情在說：是的，就是這樣。你是我的。相信我，受死吧。

他的手裡拿著一把輪胎扳手。他把手往後揚，準備攻擊她。她彎曲手掌，用力一揮，重重地打在了他的側腦上。

他發出一聲嚎叫。他的耳朵裡浸滿了水——她希望她震破了他的耳鼓。他鬆開手中的輪胎扳手，用那隻手捂住他受傷的耳朵。憤怒在他的眼睛裡燃燒。

他身後的艾蜜莉屏住了呼吸。

凱特琳重重地喘著氣。「快出去。」

艾蜜莉全然不動。然而，凱特琳知道如果這個女孩再不走的話，將會發生什麼事。她們唯一的機會就是讓她離開這輛車。

她用腳推了推艾蜜莉。「快走。」

艾蜜莉張口結舌。她抬起頭，看向頭頂上方已經打開的車門。

凱特琳把手伸進身後的口袋裡。她抽出口袋裡的那把刀，然而，她的手指卻像冰塊一樣僵硬。德瑞克一掌將那把刀從她手中摑掉。他的眼裡充滿了銀色的怒光。還有其他的顏色隱約地反射在他的臉上。那是旋轉中的紅藍燈光。

凱特琳瞄準了他的眼睛。

她戳向他的雙眼，指甲在他的臉上一路往下刨。他在咆哮聲中往後畏縮，隨即盲目地毆打著她的臉。她的頭往後撞到擋風玻璃上。頃刻之間，無數的星星在她眼前炸開。有好幾秒鐘的時間，她什麼也看不到。然後，她的視野出現了一片黑黃交錯的晃影。還有水花噴濺的聲音。身體推撞的聲音。

那些星星消失了。她又回來了。艾蜜莉正在車子的後座往頭頂上挪動。只見她用雙手扶著門框，掙扎著要把一隻腳站穩在一張椅背上，這樣，她才可以從打開的乘客座車門爬出去。

德瑞克抓住了艾蜜莉。他將她的手從門框上拉開，硬是把她拖了下來。然後掐住她的喉嚨，將她的頭按入水裡。

老天爺。車子已經快要被冰凍的冷水淹沒了，而他居然只想要殺人。

凱特琳所在的角度讓她無法瞄準他的頭踢出一腳。她彎曲身體，抓住了德瑞克的皮帶。

她的右手被銬在了方向盤上。

老天。逃難包。綁架工具。

她用左手扯住德瑞克的襯衫背後。這讓他的動作減緩了一下，不過，她的手指麻痺到無法持續揪住他。

他鬆開掐住艾蜜莉脖子的手，轉而扣住那女孩胡亂抓扒的手，將她推倒，踩在了她身上。凱特琳再度向他揮拳。然而，他卻抬起一邊的膝蓋，重重地踢了她一腳。她試著要閃過，並且抓住他的腿，但他的靴子依然踢中了她的鎖骨。這讓她全身都麻掉了。

艾蜜莉不停地毆打他，企圖要將他推開，讓自己可以呼吸。

他暫停了下來。那張臉傷痕累累，一眼已經腫了，不過，他看起來卻變態地滿足。

「我告訴過你，我會優雅地離開，而你只能眼睜睜地吞下這個事實。」

凱特琳開始呼吸困難。沒有時間了。警察就快到了，但是，德瑞克很清楚，他不會讓她和艾蜜莉活著被警察找到。那股將他吞噬的原始嫉妒絕對不允許這種事發生。

只剩下一招了，她心裡在想——那是她唯一的機會。而且，她只有幾秒鐘的時間可以成功。

她吸了一口氣。「你告訴過我，有朝一日，我會後悔自己沒有自殺。」

她在顫抖。透過打顫的牙齒，她的話也在發抖。德瑞克鄙視地看著她。

放手吧，凱特琳。放開一切。你現在說的話必須是真實的。

她強迫自己讓聲音聽起來很平靜。「那是你所希望的。你要這樣嗎？」

他的臉上出現困惑的表情。於是，她說出了她在危機熱線中對他說過的那句話。

「我會漂浮在一片黑暗裡。那就像穿越一片星海，墜入了不知名的黑暗之中。」

德瑞克僵住了。他很快地倒抽了一口氣，在那一瞬間，她看到這句話生效了。他意識到那個企圖自殺的來電者蘿絲，就是她。他的眼裡充滿了不確定。

凱特琳將手往下伸出，抓住方向盤，猛然一轉。

車子的前輪雖然被一些物體的殘骸緊緊地卡在渠道裡，然而，凱特琳用盡全身的力量扭轉了方向盤。如果她轉得夠用力的話，也許她可以讓這輛車移動。

德瑞克的不確定轉成了恐懼。他尖叫著放開艾蜜莉，轉而撲向凱特琳，企圖要阻止她。

他試著要將她的手從方向盤上扒開，但她用手肘扣住了方向盤——當他拉住她的時候，她依然持續在施力。他像一隻瘋狗一樣，突然把注意力都集中在她身上，企圖要阻攔她。他毆打她、抓她，試著啃咬她的臉和脖子。後座的艾蜜莉站起身，屏住了呼吸。

凱特琳用左手在水裡摸索著她的水滴形刀子，不過，刀子已經不見了。

艾蜜莉撞向德瑞克，揪住他的襯衫。「住手。」

凱特琳的目光越過德瑞克看著她。「快走。立刻走。」

艾蜜莉張開了嘴，瞪大雙眼。她搖搖頭。德瑞克還在企圖讓凱特琳的手從方向盤上鬆脫。他沒有去抓她的槍。他曾經目睹她的槍故障。加上他一心要讓她鬆手，顯然沒有想到可以用她的槍來砸她的手指。

凱特琳大叫一聲：「走。」

艾蜜莉猛然一跳，踉蹌地爬出了車門。

凱特琳又喊了一聲：「把門關上！」

艾蜜莉重重地關上車門。凱特琳用沒有被銬住的那隻手摸索著車子的啟動器——以及車子的遙控鎖。那輛Tahoe的車頭燈依然亮著，儀表板的燈也是。那表示車子的電池依然在供電。她按下了上鎖鍵。

一道咚的聲響迴盪在車裡。德瑞克轉過頭，朝著聲音的來源眨著眼。他放開凱特琳，把手伸到頭頂上，抓了抓前座乘客座車門上的把手。然而，車門卻緊緊地被鎖上了。

凱特琳把鑰匙從啟動器上拔出，將遙控鎖塞進牛仔褲的口袋裡。德瑞克猛然轉向她，他明白發生了什麼事。

兒童安全鎖剛剛啟動了。他被困在了車裡。

他衝向她，不過，她將雙肘卡在了方向盤上。那讓她的頭剛好僅能浮出水面。

透過擋風玻璃，她看到手電筒的燈光往下照射在洩洪渠道的斜坡上。她的頭頂上方傳來了艾蜜莉重踩在車身上的腳步聲。

艾蜜莉大聲地喊道：「這裡！」

快速晃動的手電筒燈光在急遽的雨雪之中來到了渠道邊緣。高馬力的聚光燈從手電筒的燈光後面投射在山坡上。不過，那些手電筒的小亮光並未因此而等待或者停留在水邊。出人意料地，那一簇簇的小燈光開始串成了一條線。在不停的搖擺和晃動中越來越靠近。

一群年輕女子正在渠道的堤岸組成一條人鍊，她們涉水越過洩洪渠道，好來到那輛 Tahoe 旁邊，將艾蜜莉拉往安全之地。

德瑞克再度嘗試要打開他頭頂上的車門。他不停地用拳頭捶打著車窗。那一聲聲的咆哮裡充滿了憤怒和痛苦。然後，他轉向了凱特琳。

艾蜜莉小心翼翼地向 SUV 的前格柵挪動。車子的尾部已經被激流抬了起來。一條繩索在黑夜中劃過，艾蜜莉立刻抓住了繩子。

德瑞克的雙手緊抓住凱特琳的前臂，不過，她早已將她的手臂纏繞在方向盤上，彷彿下錨一樣。她將全身的重量倒向一邊，用力轉動著方向盤，企圖達到最大的槓桿效應。

她把雙腳牢牢抵在座椅上，以防他將她推開。艾蜜莉的處境依然不夠安穩。

在轟隆隆的水流聲中，有人正在大聲地幫艾蜜莉指示方向。她把繩索纏繞在自己的手腕上，笨拙地打了一個結。雖然不是最好，不過那已經是她冰凍的手所能做到的極限了。

有人將手臂伸向了艾蜜莉。凱特琳在一頂頭盔上瞥見了一道明顯的反光。那是一名穿著制服的男子。摩托車警察。在他身後，她看到了另一名救援者身上的運動衫印著格林斯平橄欖球隊幾個大字。

艾蜜莉大聲地喊道：「幫幫車裡那個FBI探員。」

語畢，她轉過頭，看著擋風玻璃裡面。她的神色緊張。那名搜救者抓住了她的手腕。她立刻就從Tahoe被壓扁的引擎蓋滑進了水裡。

艾蜜莉絕望的眼神是凱特琳最後的印象。那道搜救人鍊正在將她帶往安全的堤岸。

Tahoe的引擎蓋傾斜了幾度。

一分鐘以前，凱特琳轉動了方向盤，好讓德瑞克無法將她拉開。她改變了車子懸在那個位置的向量。但是，德瑞克並沒有注意到。在那輛SUV擁擠、冰冷的車內，他一直試圖要從凱特琳的口袋裡挖出車子的遙控鎖。不過，那已經無所謂了。

凱特琳開始急促地呼吸。要不了太久了。車子的尾部正在緩緩地滑向渠道的正中間。

她看到艾蜜莉抵達了渠道的堤岸。那名警察和她的橄欖球隊友將她從水裡抬上岸，她立刻就投入了那些姐妹們的懷裡。

一絲小小的火光在凱特琳胸口燃起。安全了。

Tahoe原本被卡住的前輪底下發出了一道嘎吱的破裂聲。艾蜜莉的體重讓車子一度保持在平穩的狀態下，剛好讓車子可以固定在那些卡住這輛SUV的碎石之中。凱特琳早就知道，當艾蜜莉爬下引擎蓋的時候，車上驟減的重量可能會對車子的平衡帶來影響。結果確實如此。

一道洶湧的水流沖刷在前格柵上。那輛Tahoe從渠道底部被抬了起來。在一陣晃動之下，前輪掙脫了那堆卡住車子的樹枝和石礫。

激流攫住車身，將它捲往了瀑布的方向。

德瑞克發出尖叫，鬆開了凱特琳，轉而拍打著擋風玻璃。凱特琳將自己縮成一團、抵住方向盤，用盡全身的每一分力氣支撐著，她在心裡默默地想：艾蜜莉已經安全了。現在，請多給我一點時間吧。

62

在洶湧的激流裡，那輛 Tahoe 浮浮沉沉地衝過通往瀑布的混凝土入口，往下墜入了一片虛無飄渺裡。德瑞克不停地在尖叫，凱特琳則持續保持著胎兒的姿勢，緊貼著方向盤。

車子墜落的過程彷彿沒有盡頭，不知道何時才會觸底。呼吸，呼吸，呼吸。

他們往下墜落了二十呎。車尾首先重重地撞擊到水面，整輛車隨即栽入了河裡。車子在劇烈晃動中停止了墜落，他們一路往下沉，直到那輛 Tahoe 彷彿鯨魚般地再度彈出水面。車頭在一陣水花中往前翻落，那輛 SUV 最終頭上腳下地回正了。

湍急的水流從車頂上方往下沖刷。豐沛的威拉米特河水很快地將他們捲入其中。車子立刻又被往後推入了河水的主流之中。

在一陣木頭破裂的聲音之下，他們停了下來。

他們被一棵倒下的樹幹卡住了。冰冷的河水向凱特琳湧來，然後又退去。

她吸了一口氣，很驚訝自己居然沒有失去意識。在他們的頭頂上方，閃爍的藍色燈光映照在瀑布頂端，散發出一種詭異的氛圍。手電筒的燈光掃過了陡坡。

在前面的乘客座上，德瑞克動了一下。凱特琳將左手伸到右臂，取出了她的槍。

車外，手電筒、車頭燈，以及一架直升機的聚光燈照亮了黑夜。德瑞克睜開了眼睛。

他的臉在陰影之中，不過，他挺直了身體。凱特琳用左手瞄準了他。

「凱爾，」她說。「你被捕了。」

他搖搖頭。「那東西發射不了。」

「你完蛋了。總之，側過身去。不准動。」

他寬闊的肩膀佔滿車內的空間。他的呼吸似乎正在將車裡的空氣偷走。他的自信讓他們之間的距離蒙上了一層陰影。他振作了起來。

儘管她的右手被銬在方向盤上，不過，手銬的鎖鍊依然有活動的空間。凱特琳往格拉克的槍托一拍，拉動滑套，然後將她的食指壓在了扳機上。千萬別再卡住。

就在德瑞克撲過來之際，一陣火光照亮了他的雙眼。

凱特琳的子彈射進了他的胸口。

波特蘭消防救援小隊將一艘充氣救援小艇和一輛水上摩托車開進了洶湧的河水裡。一架警方直升機在頭頂上方盤旋，它的聚光燈照亮了河水上滾滾的白色泡沫。消防隊員在車子的天窗鑽出了孔。

凱特琳試著要大喊，不過卻只能發出咳嗽般的聲音。「他被捕了。我射中了他，但他還是個危險人物。」

那輛 Tahoe 裡的水混合著德瑞克的鮮血，空氣裡充滿他困難的喘息聲。

「我不在乎他是不是會把自己的心臟吐在大腿上。不要把他抬進直升機裡。」她說。

他看著她，半昏沉地齜牙咧嘴。另一輛水上摩托車駛來，引擎在湍急的水流中高速運轉。摩托車駕駛的身後是一名帶著一把步槍的波特蘭機動部隊警察。他的槍口對準了德瑞克。

消防員將他勾到一條背帶上。再由直升機用絞盤將他吊拉出那輛 Tahoe，然後一路搖晃地把他吊到河岸，只見大量的警車和一組特種部隊已經等在那裡了。

那名消防員轉向凱特琳，舉起了手中的剪鎖鉗。「換你了。」

她記得手銬鉸鏈被剪斷時所發出的叮叮聲有多麼地美妙，還有協助她登上充氣艇的那名消防員是多麼地冷靜專業。她還記得自己說了聲謝謝。當那輛充氣艇把它帥氣的艾文魯德標誌對準洶湧的河水時，她注意到了河岸上的車頭燈。在那片燈光前面的陰影之中，她看到了艾默里奇挺拔的剪影。布麗安．雷尼就站在他身邊。

她隱約記得有一名護理人員把她帶向一輛溫暖的救護車，再用一條銀色的保溫毯裹住她。最後，當那股顫抖退去時，黑夜又變得清晰了起來。

雷尼坐在她對面，濕漉漉的身上還沾著血跡。蝴蝶形狀的繃帶貼滿她臉頰上那道長長的傷口。她身上依然散落著玻璃碎片。在刺眼的燈光底下，那看起來就像是一個微小的銀河系降落在了她身上。凱特琳伸出手，握住她的手。

雷尼捏緊了她的手。「艾蜜莉在外面。」

凱特琳站起來，顫抖地走下救護車。

艾默里奇走過來。「你……」

「我沒事。她在哪裡？」

他朝著一堆警車的後面點了點頭。一群年輕女子正站在燈光的邊緣。在執行了一場臨時救援任務之後，她們也都裹上了保溫毯。艾蜜莉和她們在一起，正在和一名波特蘭警察說話。

「她知道了嗎？」凱特琳問。

「關於莉亞的事？還不知道。」

她拉好身上的毛毯，走向艾蜜莉，艾默里奇也跟在旁邊。

艾蜜莉看到了她，儘管她渾身濕漉、低溫，而且剛經歷過一場幾乎溺斃的震撼，她依然從那名女警身邊走開，大步地走向凱特琳，伸開雙臂擁抱了她。凱特琳吐了一口氣，放鬆肩膀，緊緊地抱住她。

「我以為……，」艾蜜莉哽咽地說。「我看到車子衝出去，我以為……」

「我知道。」凱特琳當時曾經看到艾蜜莉的表情，就在她爬出那輛Tahoe的時候。那對凱特琳而言意義非凡。「你沒事了。」

艾蜜莉使勁地點點頭。

凱特琳抓緊她。「我們還有其他的消息。」

他們告訴了她。艾蜜莉垂下了頭。她痛哭了一會兒。然後挺起肩膀。

「我多快可以飛到內華達？我得要去那裡……」她的聲音分岔。「去料理莉亞的屍體。」

「很快，」艾默里奇說。「明天或者後天。」

凱特琳對這名年輕女子的毅力大為讚賞。艾蜜莉和迷戀上一個連續殺人犯的布蘭蒂・查德斯剛好完全相反，而那個殺人犯恰恰又是一個對於權力和滿足感具有扭曲欲望的人。

艾蜜莉擦擦眼睛。她的女性友人們走了過來。凱特琳感到一陣心痛，因為她知道德瑞克今天在短短幾分鐘之內就奪走了兩名年輕女子的性命，也許還有一位警察，而沒有什麼能夠讓他們再活過來。

凱特琳說：「你有一群很棒的朋友。」

艾蜜莉點點頭。女孩們很自然地圍成一圈，擁抱著彼此。

在閃爍的燈光底下，救護人員把一張擔架抬上了一輛救護車。失去意識的德瑞克被綁在上面，他的手腳都被銬住，還有兩名帶著步槍的戰術空軍指揮部人員監視著他。救護車的門很快就被緊緊地關上了。

63

翌日，暴風雨往東移動，金黃色的太陽也在彷如瓷器般的無垠天空中露了臉。街道、山坡和樹叢都在輕盈的微風中閃閃發亮。凱特琳在經久不消的疲憊中起床，她的手指還在刺痛，彷彿她依舊浸泡在冰凍的水裡一樣。

她花了一點時間待在波特蘭警察局地下室的射擊場，在那之前，她已經先把她的格拉克手槍拆開、清潔、上油，再重新組裝了起來。那把半自動手槍發射了一整個彈匣的子彈，完全沒有卡彈，乾淨俐落。有那把槍在她臀邊的槍套裡，讓她感到冷靜許多。自在而滿足。

在那之後，她、雷尼和艾默里奇一整個早上都在位於市中心的警察局刑事偵緝處和西澤塔之間穿梭。他們和波特蘭兇殺組警探一起在犯罪現場工作——訪談目擊者、列出搜索令的需求，以及蒐集足以起訴凱爾．德瑞克的證據。

那兩名曾經負責守衛西澤塔會館的警員都受到了重傷。那名巡邏車的駕駛在後車廂被發現時，頭部已經受傷了。德瑞克和布蘭蒂當時開了一輛看似FBI所屬車輛的SUV，然後帶著他們的假證件走向巡邏車。當他把車窗降下來時，布蘭蒂用泰瑟槍電擊了他，德瑞克則用一根輪胎扳手毆打他。他和他的搭檔雙雙都被送往醫院。他們的預後雖然還需要謹慎看待，不過卻依然樂觀。

波特蘭警察局的網絡部門和匡提科的尼可拉斯．凱斯合作，追蹤德瑞克從克萊因科到鳳凰城、傑斯特、太浩湖，再到波特蘭的路徑。那支當他被捕時還塞在他口袋裡的拋棄式手機需要被小心地弄乾，犯罪實驗室才能恢復手機裡的數據資料。布蘭蒂的拋棄式手機裡還保留著協調德瑞克從法院逃走的簡訊。其中一則告訴德瑞克，她把那輛他可以用來逃逸的車子停在哪裡。另一則裡面寫著，抵達奧克拉荷馬。在前往林康的路上。

他們拿走了艾倫．葛吉的手機，那是布蘭蒂在闖入他家、殺害他的時候偷走的。而那支手機也暴露了莉亞．法克斯家的地址。

在挖掘布蘭蒂和德瑞克之間的關聯上，這還只是剛開始而已。

從凱特琳遇見她的那一天開始，布蘭蒂對於德瑞克扭曲的依附就已經很明顯了。現在回想起來，她對其他女性以及她對執法單位的輕蔑和鄙視，也同樣地明顯。布蘭蒂對德瑞克的激情顯然來自於複雜的心理因素。她有過一次被捕的紀錄，原因是用一只破掉的伏特加酒瓶攻擊一名情敵。她的前夫曾經因為一場馬路上的口角衝突，而用槍柄毆打了另一名駕駛人。布蘭蒂是在他受審時，和他在法院裡結婚的。長久以來，暴力一直刺激著她的情慾。

她就是索勒斯複合電影院的監視器錄影帶裡，那個在德瑞克跟蹤他的被害人時，偷偷摸摸跟在德瑞克後面的人。從那時候起，她就知道德瑞克是個綁架犯。然而，他的犯罪行為——違法、狡猾、大膽——卻完全沒有將她嚇跑，反而讓她更加地受到吸引。

在德瑞克被捕之後，布蘭蒂開始積極地幫助他脫逃。自由會讓他欠她一份情。凱特琳猜想，布蘭蒂以為德瑞克會因此而心懷感激。布蘭蒂甚至曾經期待德瑞克會將她視為他的搭檔，而和她產生更密切的關係。

也許，她曾經認為他們是亡命之徒。畢竟，邦妮和克萊德也出身於德州。

然而，凱特琳無法想像德瑞克也會這樣看待事情。布蘭蒂讓自己在他的犯罪行為中變成了同謀。一旦她越過那條線，她就被困住了。他擁有了她。

他並沒有感激她。他是一個心理變態。他只是在利用她。

最終，德瑞克把她用盡了。當她被步槍擊中倒在地上時，德瑞克完全沒有多看她一眼。他只是開車逃走了。

在鑑識人員採集犯罪現場的證據時，姐妹會會館和外面的街道都被封鎖了。凱特琳走進廚房，看到第一具屍體被發現的位置已經被畫上了一圈輪廓，輪廓外圍還佈滿了血跡，她不禁感到全身的力氣都枯竭了。

原始的嫉妒。如果德瑞克無法擁有一樣東西的話，他就會摧毀它。

她在午餐時間開車回到了市區，回到那個忙碌、綠意盎然的市中心，然後著手寫一份關於她和布蘭蒂以及德瑞克對峙的報告。她在西北二十三街的一家咖啡館買了一個漢堡。清透的陽光灑進面對街道的厚重玻璃窗裡，她暫時放下漢堡，繼續書寫。她呼吸著新鮮的空氣，留意到蓋滿山坡的黃杉，浸淫在咖啡館裡正常的對話、笑聲、興奮和日常的氛圍裡。

她的手機在收到簡訊和來電時發出了嗡嗡的聲響。每一次凱特琳滑過手機裡的簡訊，都會看到蜜雪兒發來的那則訊息，那則她一直還沒有回覆的訊息。我們之間還好嗎，小妞？

凱特琳知道自己需要和蜜雪兒以及尚恩聯絡，她拖得越久，事情就會變得越困難。她喝完她的冰茶，拿起手機，開始回覆。

嘿，小妞。我快忙瘋了。我

她刪除了還沒寫完的訊息。

再試一次。我不是故意要讓你等。我一直在忙，而且

她按下退格鍵，刪除了剛寫下的文字。她的拇指停在一個笑臉的表情貼圖上方。

一陣敲擊聲響起。只見雷尼用手遮在眼睛上方，正從窗戶外面看過來。凱特琳招手示意她進來。

她走進門，敲了敲自己的手錶。「十五分鐘後出發去機場。」

凱特琳把她的手機塞回口袋裡。「我需要在途中暫停一個地方。」

那座醫學中心座落在波特蘭拓荒者隊的籃球場附近。那是一座點綴著綠茵的綜合大樓。醫學中心俯視著河岸邊的許多高樓大廈。當那輛Suburban開到主要入口的門廊下方時，凱特琳告訴雷尼和艾默里奇說：「我去去就回來。」

樓上是科技和脆弱的人體交會之處，在那個繁忙和安靜同時存在的區域，凱特琳對加護病房櫃檯的那名護士亮出了她的證件。

「拒絕探訪，」那名護士說。「也不能問問題。」

「我不會進去的。」

語畢，她沿著走廊走去。但見一名警員守候在德瑞克的病房外面。

在那面玻璃牆後面，德瑞克動也不動地躺在床上，他的身邊圍繞著各式管子和監視器，雙手也被銬在病床的欄杆上。她甚至沒有走到門口。就讓那道安全玻璃隔在他們之間吧。

不過，她希望他能看到她。看到她正站在這裡，而他卻無法起身。她透過窗戶望進去，等待著，直到他轉過頭。

他躺在那裡，面色蒼白。他的胸口在起伏。他瞪著她。

凱特琳揚起一隻手。揮了揮。然後，當她確定他所有的注意力都落在她身上時，她露出了一絲笑容。

後記

週六晚上，奧克蘭特麥斯卡醫院的急診室人進人出。當消防隊的護理人員將一名瘋狂的女子送進來時，時間是晚上七點五十五分。那不是當晚第一個被送到急診室的瘋女人，不過卻是狀況最糟的一個。

她被綁在一具輪床上，不停地扭動著。護理人員把她推進門，和分診的護士打了招呼。

「白人女性，大約四十歲左右。在柏克萊校園裡被發現，當時她仰躺在人行道上，情緒激動而且語無倫次地在尖叫。」那名資深護理人員說。「沒有皮夾或證件。」

他們沿著走廊推動著輪床。女子的衣服髒亂。然而，聞起來卻不像是長期露宿街頭的味道。女子拱著背，持續在尖叫。她的眼睛不停地在轉動，嘴唇上沾滿了口水泡沫。沒有人聽得懂她在說什麼。

她渾身是血。手腕上纏著……

「帶刺的鐵絲網？」

「她一直在掙扎，企圖不讓我們碰她，」那名護理人員說。「我們很勉強才把她抬上了擔架。當我們開始要脫她的外套時，她撲向前，還企圖要咬我。」

那名護士將他們帶進一間檢驗室。當急診住院醫師進來的時候，他們把輪床停在了檢驗台旁邊。醫生把橡膠手套戴上。他的雙眼看起來很疲憊，身上的白袍也皺成一團。他已經待命了二十六個小時了。

「數到三。」

兩名護士和消防隊的護理人員合力將那名女子抬上檢驗台。女子劇烈地扭動著，再度試著要說話，不過，她嘴裡發出的聲音卻只是動物般的呻吟。

那名護理人員說：「除了心搏過速之外，生命徵兆都很穩定。心跳一百零三。神經檢查總體來說也都正常。兩邊的瞳孔一樣大，呈現圓形，有反應。沒有頭部受創的跡象。我們發現她的時候，她意識清醒，不過語無倫次——無法告訴我們她的姓名、日期，或者身在何處。」

他把一張寫字板遞給那名正式護士，她簽完名之後，他們就離去了。

那名正式護士拿著綳帶剪刀開始剪開女子的外套。心裡一邊在想：腦部受傷？嗑藥？女子只是不停地在扭動。那名護士冷靜地開口，詢問女子的姓名，不過，女子並沒有反應。住院醫師檢查著綁住女子手腕的鐵絲。只見鐵絲從她的外套袖子底下，一路蔓延到她的手臂。那些倒刺陷進了她的肉裡。

「鐵絲鉗。」他說。

那名正式護士剪開了女子的外套和襯衫。然後停下了動作。「醫生。」

另一名護士把一柄中空狀的鐵絲鉗遞給了醫生。他隨即抓住了病患的手腕。

那名正式護士驚恐地看著病患的腹部。

女子身上纏著布膠帶。住院醫師將鐵絲鉗的窄口探入鐵絲底下，準備剪開。那名護士傾下身，小心翼翼地幫病人翻身，這樣她才能看到病人的背部。

那名護士撲向醫生，大叫了一聲：「不要——」

凱特琳在她那棟被維吉尼亞的山核桃樹和冬夜所遮蓋的公寓裡，用毛巾擦拭著她的一頭濕髮，然後套上一條牛仔褲和一件勇士隊的T恤。地板上躺著一只打開來的行李箱，以及從行李箱裡散落出來的衣服。史提夫・雷・沃恩[58]的那首〈驕傲與喜樂〉正從音響裡傳送而出。德州——好地方。她把音量調大。

當她半舞蹈地滑進廚房時，暗影豎著耳朵跳到她的腳邊。

凱特琳笑道：「小妞。不要再去散步了。太陽下山前，我們才剛跑完三哩。」

她揉揉暗影的狗毛，然後從流理台的盒子裡拿出一塊狗餅乾丟給她。

凱特琳應該要覺得筋疲力盡才對，不過，她卻覺得渾身輕盈。她從冰箱裡拿出一盆水果沙拉。考慮了一下，又拿出一大片的帕瑪森起司。還有帕爾瑪火腿。以及一瓶灰皮諾。公寓裡很溫暖。雖然還稱不上是家，不過，那片法式窗戶和內嵌式的書櫃卻深得她的喜愛。她把食物堆在一

---

[58] 史提夫・雷・沃恩（Stevie Ray Vaughan）1954-1990年。生於美國德州達拉斯的藍調吉他手、音樂家、歌手、詞曲作者、唱片製作人，有音樂史上最偉大的吉他手之稱。

只盤子上，倒了一杯酒，坐到沙發上。再把音響調到無聲，打開電視。準備好要播放黑鏡。

她發了一則簡訊給雷尼。這明明就是反烏托邦的諷刺作品。

她的手機嗶的一聲收到了回覆。哈雷路亞。下一部：歌劇。

凱特琳把手機握在手裡，露出一抹笑容。她嘆了一聲。沒有什麼時機比現在更好了。她用大拇指輕觸著手機螢幕，發給了蜜雪兒一個簡訊。抱歉，我真是個臭丫頭。然後，她打給了尚恩。

他的手機響了。暗影跳到沙發上，她的眼神流露著乞求，點心？凱特琳輕輕推了推她的背。

在一聲喀噠之下，尚恩接起了電話。氣流和引擎的噪音幾乎蓋住了他的聲音。「我什麼都還不知道。我在趕過去的路上。沒有人知道任何事情。」

她僵住了。「尚恩？」

「沒有可信的消息。現在是一片混亂。不過，凱特——情況看起來很糟糕。」

彷彿有一根發燙的針刺中了她的兩眼之間。她拿起遙控器，轉到一個新聞頻道。

螢幕上出現一棟爆炸的建築物。火焰正在從一樓的窗戶往上竄燒。車道上擠滿了消防車。在消防車後面，那棟建築物入口的上方有一個招牌寫著：急診室。

最新消息：奧克蘭醫院發生爆炸。

「天哪。」那是特麥斯卡。

蜜雪兒就在特麥斯卡工作。

尚恩的卡車引擎聲透過電話傳來。「醫院的電話不通。蜜雪兒沒有接手機。消防隊員甚至無法進入。」他的聲音有點撕裂。「凱特琳，是他。」

她自己的聲音聽起來彷彿很遙遠。「那個炸彈客。」

卡車的咆哮聲充斥在電話裡。橘色的火焰填滿了電視螢幕。

尚恩的聲音彷彿一把生鏽的刀。「萬一是他呢？」

凱特琳的視野在顫抖。她升起一股似曾相識的感覺。她似乎看到了一個畫面重現。一道不存在的陰影。

她站起身。喉嚨緊繃。

「我正在訂機票。搭乘今晚的班機。」她的脈搏在轟然作響。「尚恩。堅持下去。我這就出發了。」

感謝

一如往常地，我要感謝很多人，他們的能力、熱忱和奉獻，讓這本小說呈現出最好的面貌。我特別要感謝Dutton的每一個人，尤其是約翰・帕斯里、克莉絲汀・波爾、凱斯蒂・薩奇、潔西卡・瑞亨，以及傑米・卡內帕。我還要感謝The Story Factory的團隊，感謝他們這一路走來的支持，特別是大衛・克爾，以及最重要的夏恩・薩雷諾。我也要感謝安・奧伯利・韓森提供給我的反饋。唐・溫斯洛和史提夫・漢米爾頓的支持和鼓勵也讓我深為感激。我還要致上我永遠的感謝，感謝那個告訴我如何在黑暗中解除攻擊者的武裝——並且從我們相遇那一天起就對我深信不疑的人——保羅・史瑞夫。